光文社文庫

天山を越えて

冒険小説クラシックス

胡桃沢耕史（くるみざわこうし）

光　文　社

目次

天山を越えて

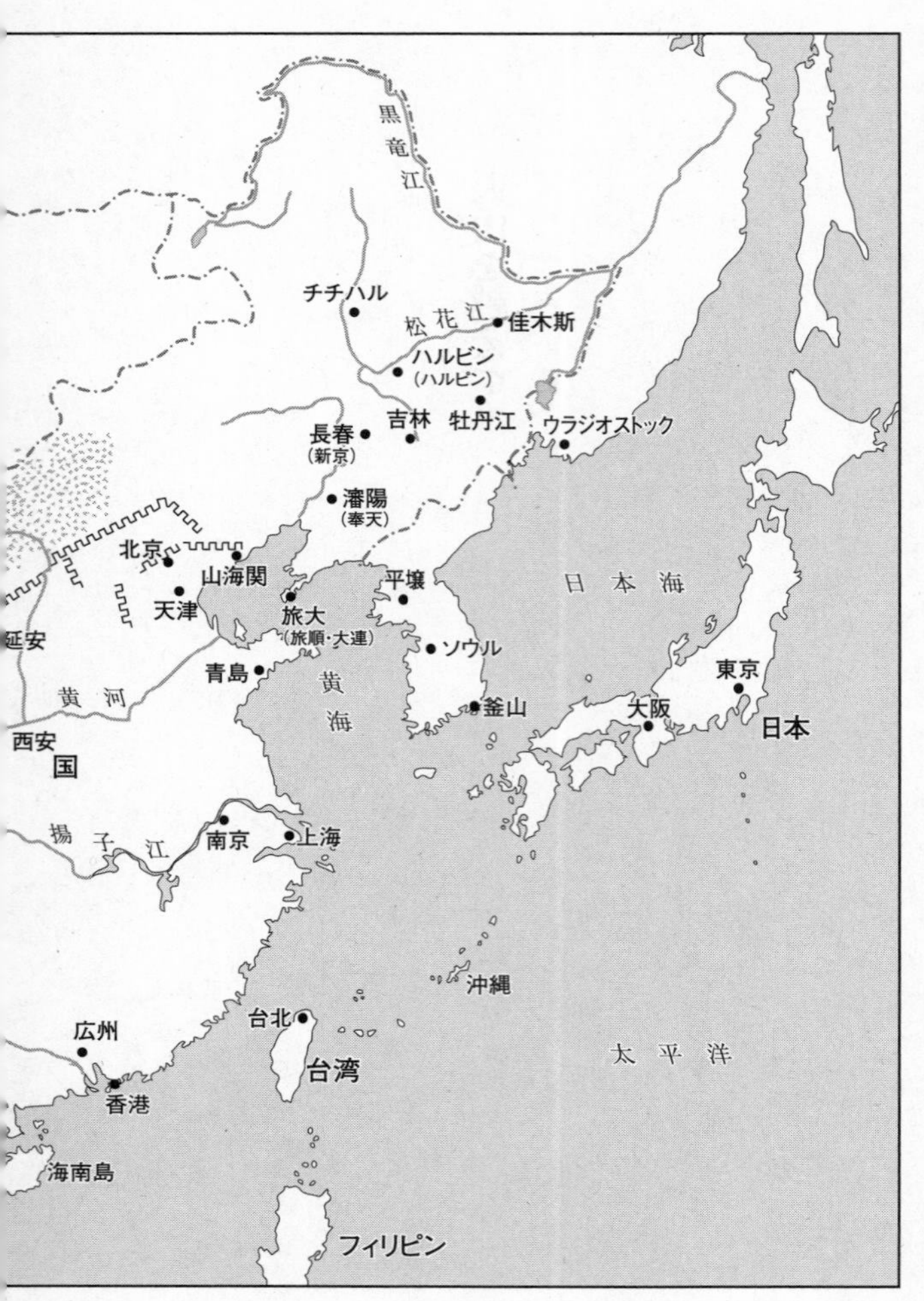
黒
竜
江
チチハル
松花江
佳木斯
ハルビン
（ハルビン）
牡丹江
吉林
長春
（新京）
ウラジオストック
瀋陽
（奉天）
北京
山海関
天津
平壌
日本海
旅大
（旅順・大連）
延安
ソウル
青島
東京
黄
海
黄河
釜山
大阪
日本
西安
国
揚子江
南京
上海
沖縄
台北
広州
太平洋
台湾
香港
海南島
フィリピン

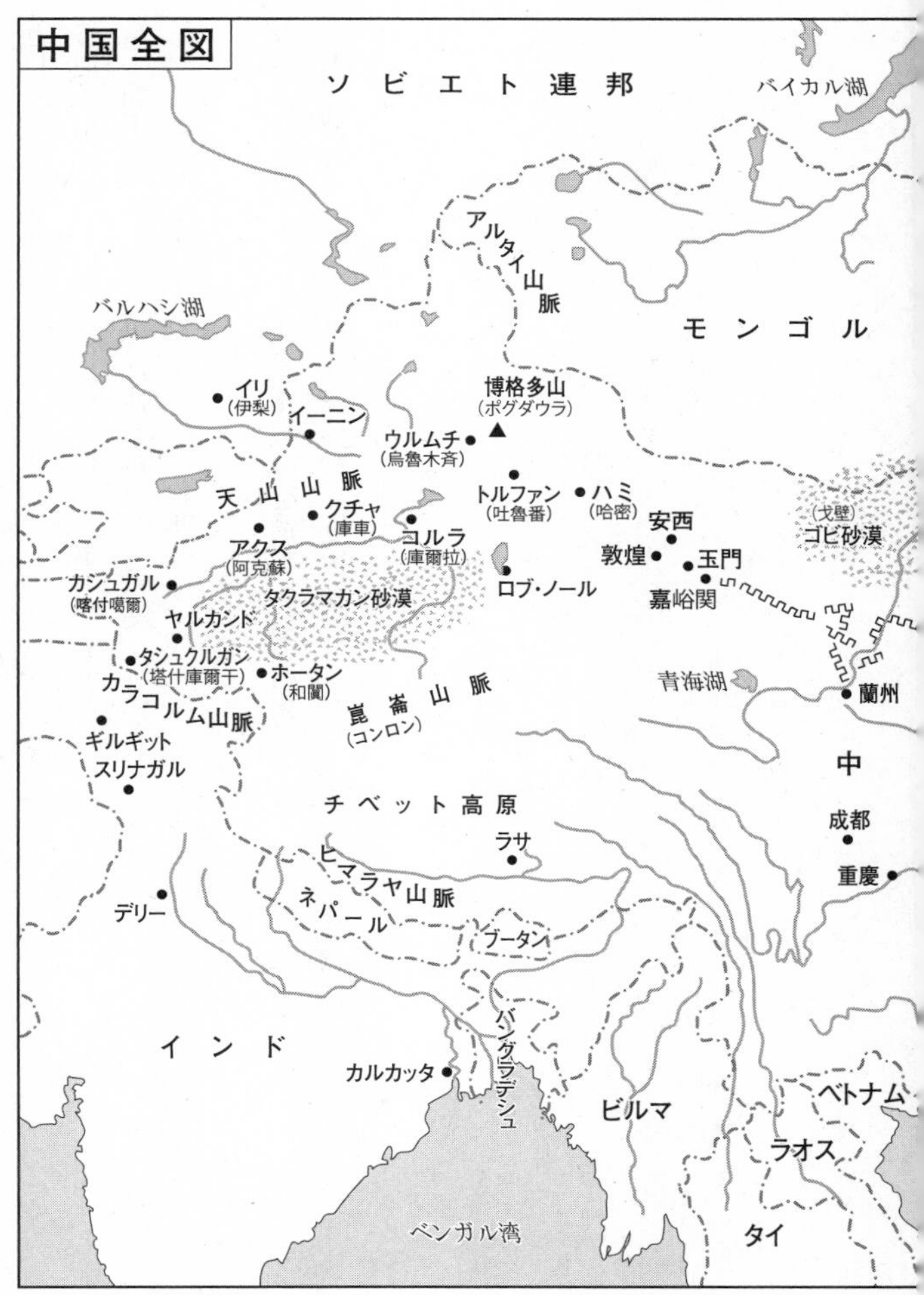
中国全図
ソビエト連邦
バイカル湖
アルタイ山脈
モンゴル
バルハシ湖
イリ
(伊梨)
イーニン
博格多山
(ポグダウラ)
ウルムチ
(烏魯木斉)
天山山脈
トルファン
(吐魯番)
ハミ
(哈密)
安西
(戈壁)
ゴビ砂漠
クチャ
(庫車)
アクス
(阿克蘇)
コルラ
(庫爾拉)
敦煌
玉門
嘉峪関
ロブ・ノール
カシュガル
(喀付噶爾)
タクラマカン砂漠
ヤルカンド
タシュクルガン
(塔什庫爾干)
ホータン
(和闐)
青海湖
蘭州
カラコルム山脈
崑崙山脈
(コンロン)
ギルギット
スリナガル
中
チベット高原
成都
ラサ
ヒマラヤ山脈
重慶
デリー
ネパール
ブータン
バングラデシュ
インド
カルカッタ
ビルマ
ベトナム
ラオス
ベンガル湾
タイ

五月天山雪
無花祇有寒
笛中聞折柳
春色未曽看

暁戦随金鼓
宵眠抱玉鞍
願将腰下剣
直為斬楼蘭

李白

五月になっても天山には雪が降る
花は見えない　とっても寒い
柳の枝が折れると笛のような音をたて
春はどこにも見当らない

朝には戦いを励ます太鼓の音
夜は馬の鞍(くら)を抱いて眠る
隊長は腰に剣を下げ
山の下の楼蘭(ろうらん)の町へ攻めこもうとしている

一章—A

昭和五十六年、衛藤良丸（七十一歳）突然の失踪について。

昭和五十六年の三月で、衛藤良丸(えとうよしまる)は七十一歳になった。年よりは、ずっと老けて見える顔なので、近くに住んで彼を見知っている人は、皆、もっと高齢だと思っている。

東京都日暮里(にっぽり)に、たった一カ所だけ残っている都営住宅に住んでいる。

都営住宅と都営団地とは違う。

昭和二十年、日本は太平洋戦争に敗北し、アメリカ空軍の爆撃で首都東京の大部分が焼野原になった。

終戦後しばらくして、状勢がやや落着いてきたとき、都が焼け出された都民のため、一軒十坪ぐらいの敷地で、一棟四軒続きの、木造の仮住宅長屋(バラック)を、都内各所の焼跡に急造した。それでもこの長屋は、当時としては、木の香の匂(にお)う、新しい輝やくばかりの住まいで、それへの入居は、何百倍もの抽籤(ちゅうせん)に勝ち残らなければならなかった。

戦争の間、衛藤は外地で、軍ではなく、民間でもないという、特別な仕事をしていた。敗戦と共に、着のみ着のまま、妻と二人の子供を抱えて引揚げてきて、戸山ケ原の軍宿舎の広い一棟を毛布で囲って何百世帯も同居している、引揚者寮に二年もいた。

戦前は小僧の時代から、マントや外套の仕立職人だったが、帰国当時はまだそんな店が持てる時代でなく、混乱の焼跡の町を、闇で作った石鹸の行商をしていた。

生活は必ずしも順調ではなかったが、これは当時の日本人の大部分がそうであったから、別に気にもしなかった。ちょうど年齢は三十代の後半に入り、体力も気力も充溢していたときであるから、都が入居者募集の抽籤を発表したときに、それに応じた気魄が違った。あまり籤運は強い方ではなかったが、とんとん拍子に勝ち残り、日暮里駅のすぐ近くの丘の下に建つ四軒長屋の一つに入居してしまった。執念の勝利だった。

それから三十三年たつ。

衛藤の体も年老いて、あちこち痛んできたが、もともと仮住宅造りだったその長屋の痛み方は、もっとひどい。屋根は雨漏りし、柱は傾いて、玄関の扉を始めとして、襖、障子まで、一ぺんにするりとしまる戸は残っていない。

壁も崩れ、瓦もずり落ち、人が居住するのには危険な状態になってきた。

それにいつの間にか、全東京都内で、終戦直後の粗末な材料による木造建築の都営住宅で残っているのは、衛藤の住居のある、その一棟の四軒だけになってしまった。

実は都の住宅局でもひどく困っていた。

衛藤良丸が、頑として立退きを承知しないのである。

かつては五十棟もあった長屋の住民は、皆説得に応じて、昭和四十年代の始めには立退いた。

すぐその敷地は、コンクリートの四階建て団地住宅に転用された。立退者はその際、優先的に希望階層を二軒分割り当てられて、一年我慢しただけで、全員、憧れの団地族になれた。

今では団地ビルに囲まれて、只一棟だけ、ひさしの傾いた長屋がそのまま残り、カメラマンの好題材にもなり、むしろ史蹟か天然記念物の扱いで住宅局の役人にとっては、一種のアンタッチャブルの存在にもなっていた。

衛藤が頑張ってきたのは、一つはその長い一生を、殆ど何も報いられることなく過ごしてきた男の、一種の屈折した反抗精神からでもあったが、現実には、月の家賃二百三十五円という、都心の住居としては、信じられない安さの家を手離したくない一心からでもあった。と同時に、ブルを一回走らせれば、跡形もなくなるような、この住宅を都がどうしても、取潰しを強行できない理由もあった。

その一つは、衛藤の職業である。

彼は本来はマントと外套の仕立職人である。

戦後しばらくは、行商人から闇ブローカー、露天商など喰うためには何でもやったが、四十歳を越して世間も落着くと、本来の職業に戻り、自宅のミシンで下請けの仕事を主にし、成長した子や、妻の稼ぎを合せて、どうにか生きてきた。六十歳を越してからは仕事をしていないから、実際にはここ十年は無職である。

だが昭和三十五年以来、衛藤が一貫して自称する職業は『作家』であった。ただし原稿料によって幾らかの収入を得たことは、只の一度もない。世間的には全く無名だが、彼が作家と称しても不自然とはいえない事情が存在する。

昭和三十五年、衛藤良丸が五十歳の年の始め、丁度、イージーオーダーの服が世の中の主流になり、その下請けが熟練した職人に殺到した。出来上った既製服を幾つか納品に行った池袋のデパートの中で二十年ぶりの友人に再会した。

終戦前の五年間上海で特殊な任務に従事していたときの同僚の柴野という男だった。

帰国後ずっと不動産関係の仕事をやっていて、折からのマンションブームのはしりで、大変に景気のよかったその柴野は、昔から文学好きでもあり、道楽に資金面を自分が殆ど受持って、今、同人雑誌を主宰していると衛藤に話した。

「何か書いてみないかね。原稿料は出せないが、のったら、その本を二十冊、無料で贈呈するよ。君なら友人だから同人費は不要だ」

その夜おそくまで近くの屋台で一杯飲まされて口説かれた。衛藤は何度も断わった。

「小説なんぞ一度も書いたことはない。とても素人に書けるもんじゃないだろう」

「只あったことをそのまま書けばいいんだよ。ぼくたちのやっていた大陸での仕事のことでもいいし、その前に君はたしかずっと、中国の奥地へ入ったことがあったといっていたね。それを思い出して正直に書いてみろよ。もはや何を書いても軍に罰せられることはない。真実だけがすべてだ」

衛藤は自分でも奇妙な経験をしたと思っている。満洲事変後の昭和八年から、日華事変の始まる昭和十二年まで軍の命令で彼の意志とは関係なく、人外の秘境ともいうべき地域を、何年もさまよい歩いた。そこは過去には殆ど日本人の足跡のなかった地帯だ。

昭和三十五年にはまだ一般の日本人は外国旅行が許されておらず海外の事情には暗い。折角書いても誰もその土地がどこにあるのか判らないかもしれないと思ったが、それだけに、一回書いてみてもいいと思った。

上の娘が三十に近くなってやっと嫁いでくれて、うまく行くと、今年中には孫も生れそうだ。男の子だったらいいが、女でもいい。

孫が大きくなったとき自分のした仕事を書き残した物を見せてやって、驚かせるのも悪くはない。

若いときから筆まめの性分だった。

軍隊時代にはしょっちゅう故国に残してきたかあちゃんに手紙を書いては、戦友にからかわれた。

柴野と上海で働いていたころは、現地の子供たちに菓子を配りながら見せる紙芝居の台本は、彼が主に書いた。柴野は多分それを覚えていて頼んだのだろう。

柴野の話にのって、正直で律義でもある衛藤は、仕事の合間に必死になって書き出し、三月かかって、原稿を書き上げた。素人だから、自分と他人の視点の区別などは書き分けられない。

ただあったこと、思い出したことなどを、筆の走るままゴッタ煮のように雑然と書いた。もともとやる気はあっても、年輩者の多い同人誌で、口ばかり達者だが、なかなか原稿が集まらない。提出すると待ちかねていたように採用され掲載された。

『東干（トンガン）』という、意味がさっぱり分らない題の作品で、考えたことを一つも取り残さないように書いたので、二百十枚もの長さになってしまった。

素人のひたむきさほど怖（おそろ）しいものはない。

その初めての作品が、どこで誰の目にとまったのか、文壇の登竜門とされている、有名な文学賞の候補作品になった。

当人もびっくりしたが、載（の）せたまま誰一人読もうとしなかった他の同人がもっとびっくりした。

この雑誌は、創刊から七年、三十冊近く出ており、同人の中には、十年も二十年も文学一筋で苦労してきたと称する古強者（ふるつわもの）もいる。

それでいて、まだ一度も候補作品を出していない。この突然の名誉を不当と思った同人も多い。

羨望と嫉妬で、落ちることを祈って、神社に日参した者も居たという。まさかそのせいではないだろうが、選考委員には、殆ど問題にもされずに、落選した。

発表日までに、衛藤が勢いにのって書いた、彼自身の考えでは、もっと大事なことが沢山書いてあるつもりの、第二部二百枚、第三部百五十枚は、全く発表されずに終ってしまった。同人の全員が続けての掲載に反対して、その原稿は、放置されている間に、いつのまにか亡失してしまった。

衛藤も、その年の秋口のある日を境にしてその原稿のことを、ふっと口に出さなくなった。むしろその話題に触れるのを避けるようになった。

しかし、候補事件のほとぼりがさめた後もずっと、自分の職業を作家と称するのはやめなかった。

多分区役所は、この候補作家という身分に、かなり遠慮している。つまらないことを書かれて、妙な運動を起されて矢面に立たされたくない。その上衛藤は自宅居職で、土地に古いせいか、選挙が好きで、毎回団地の票を五千はまとめてしまう力があるとされている。大臣の地位が近い地元代議士が頭を低くして頼みにくる。これでは小役人には手が出せない。団地ビルに囲まれた谷間の中の一棟のボロ住宅は史蹟のように、今はどんな役所でも手をつけられないのである。

去年、七十歳の誕生日に、五人の子供と、十二人の孫が、一万円ずつ出しあって、ヴィディオの機械をプレゼントしてくれた。

もともと狭い家屋だ。現在老人と一緒に住んでいるのは、孫の中の最年長者で、目下短大へ行っている清子だけだ。朝晩の食事を作るという条件で、都心地区ではもはや贅沢になったこの独立家屋の二間の部屋の中の一間を、勉強部屋として、使わしてもらっている。

衛藤の妻の玉枝は、五年前に、六十八歳で亡くなった。彼より二つ年上で、仕立屋の家付娘であったこの妻は、しっかり者の働き者であった。戦後帰国以来定職につくことのなかった夫を、ミシンの内職や、各種のセールスで、死の直前まで働き続けて助けた。五人の子が皆丈夫に成長し、今、ちゃんとした社会人としての生活を営んでいるのもこのしっかり者の夫人のおかげである。

さすがに夫人に先だたれてからは、老人の気力は急に衰え、殆ど外出することがなくなった。これまで孫たちがやってくると、誰彼なく捕えて、

『お爺ちゃんは、若いころは大陸で暴れ回ったんじゃ』

という、聞き馴れた自慢話も出なくなった老人には、このプレゼントは、よほど嬉しかったらしい。ヴィディオだけが、たった一人の友人か家族のようだった。一日中テレビの前に坐り、何本かのテープを、くり返し、くり返し、見ている。

孫の清子は、日曜の午後は、弟や妹の多い自分の家に戻り、母の手伝いをする。

そこでお爺ちゃんの最近の様子を報告することにもなっていた。

ヴィディオを贈って半年ばかりして、清子は実家で、父母に聞かれたことがある。

「うちの大ボラ爺ちゃん、ヴィディオに何を採っているの。あれでわりと、お色気が抜けない方だから、エレブンPMか、パンツのちらちら見える、女子テニスなんかだけ丹念に採っているんじゃないかい。まあー、どうでもいいけど」

「ところが違うわ。お爺ちゃんは、シルクロードを一つも洩れなく採っているのよ」

「シルクロードというと、NHKのあの砂漠ばかり写る七難かしい記録物かい」

歌謡曲か、昼のメロドラマ以外は、全く興味を持たない清子の母親は、不思議そうに訊いた。母は衛藤の長女である。芳江という。

これについては、婿である父親の方が、理解があった。

「なるほどねー、お父さんにはそのお爺ちゃんの気持が判るよ。昔よく、お爺ちゃんがおれは若いとき大陸で暴れ回ったといったろう。皆は大ボラ吹きと笑うけど、あれは本当らしいんだ。きっとそのヴィディオを見ながら、若いときに元気に活躍した場所を思い出しているんだな」

母親はその夫にいう。

「だってシルクロードといったら、中国よりもっとずっと奥にあるんでしょう。お爺ちゃんは、終戦までは上海で働いていたのよ。私は小学校二年で上海に転校して、十四の年に引揚げるまでいたから、上海の町の、虹口(ホンキュ)やガーデンブリッジなどをよく覚えてるわ。だから大陸といっても、シルクロードは全く関係ないんじゃないかしら」

「いやそうではないだろう」

夫は何かを思い出すようにいった。

「……ぼくがあんたと結婚した直後だったかな、お爺ちゃんが同人雑誌に書いた『東干(トンガン)』という小説を読んだことがある。ほら、有名な文学賞の候補作品になって、あの長屋に新聞記者や、テレビのカメラマンが大勢やってきて、お寿司(すし)を大皿に幾つも取り、ビールも何ダースもぽんぽんあけて、皆でワイワイ騒ぎながら待っていただろう」

「ええ、あの日のことはよく覚えているわ。皆ビールで酔っ払って、長屋中聞こえるような大声で話していたけれど、落選と判ったとたん、急にこそこそと帰り出して、三十分もしないうちに、お客は一人も居なくなって、喰べかけたお寿司や半分入っているビール瓶が始末に困るほど残ってしまったわ。勿体(もったい)ないのと丁度つ、わ、りの時期で、匂いが、胸にむかついてよく覚えているわ。でもその雑誌の小説はどんなことが書いてあったか、読んだ記憶はないわ」

「ぼくはあのとき読んで、今でも少し覚えている。自分ではあれから作家だといって、それらしく振舞ってはいたが、生涯で活字になって発表したのは、あの小説一つだけだ。他に書いたかどうかは判らないが、発表された物はないね。つまり何か実際に起ったことしか書けない人なのだ。あれは実際の出来事だと思う」

「私読んでないから、それがどんな事件か知らないけど、その出来事がシルクロードに関係あったの」

「ああ、まだ日本中にシルクロードなんて言葉が知られていないころだから、誰にも問題にもされなかったけれど、かすかな記憶では多分そんな所の話だったような気がするね」

その父母の話に、清子はびっくりした。

「まあー、あんなお爺ちゃんに、そんなロマンチックな過去があったの」

「シルクロードだからって、ロマンチックとは限らないさ。いきなり上官から命じられて軍の仕事の一つとして行かされただけで、自分では一体どこへ向って旅しているのか、さっぱり分らなかったらしいよ」

「その同人雑誌見たいわ。まだあるかしら」

「何しろ二十年以上も前のことだから、どこへ行ってしまったか。とっくにちり紙交換に出してしまったかもしれないね」

父親の返事もひどく頼りないものだった。

清子は短大で教職課程を取るため勉強をしている。実家では弟妹が多くて勉強ができない。日曜の午後だけ実家に戻り、たまっている洗濯や食料品の買い出しを手伝うと夕食前には、電車で二十分ばかり離れているお爺ちゃんの家に帰る。

父母とそんな話をしてからまた半年ばかりたった。

三月の終りの日曜日だった。暗くならないうちに戻って、お爺ちゃんに温かい御飯をこしらえてやろうと思った。

全くその長屋はビルに囲まれた谷間のようであった。四軒続きで祖父の頑固さに便乗して他にも、三世帯が住んでいる。

右のはじが大会社の守衛長をしている初老の男とその夫人の二人住まいで、夫人は自宅の一間を使って生花を教えている。

その隣りの右から二軒目が衛藤の住居。

左の隣りは、二人とも六十歳を越しているが、夫婦一緒で保険の外交で頑張っている。二間の奥の一間の半分に頑丈な木の格子を入れて座敷牢にしている。精神障害の男の子がいて一日中小さな声で何か呟やいたり、笑ったり泣いたりしている。

子供といっても四十歳を越している。施設で引き取ってくれないから置いているのだと老夫婦は言っているが、どうも夜戻ってきてから食事の世話をしたり、便器を洗ったりしてやりながら、いろいろと子供言葉で話しかけるのが、今のこの老夫婦の生き甲斐になっているらしい。

左のはしは、いつのまにか、若い夫婦が住みついていて他との交際はない。売買、又貸し、名義の変更は許されていないから、前住者の身内らしいが、詳しいことは誰も知らない。

ともかくこの四軒は都心の便利な土地で、月二百三十五円の家賃で、一応小さいながら庭も玄関もついている、水洗便所も木桶の風呂もある独立家屋なのだ。

清子は長屋に戻った。老人はこのごろ滅多に外出しない。大概はテレビを見ている。居間のテレビが一つついていると、電灯が消えていても、そこから出る灯りで、縁側のガラスは明るいはずだ。だが玄関の所へ来ても家じゅう真暗である。

「どうしたんだろう」

年が年だからと不安な予感がした。玄関の戸はすぐあいた。鍵はかけていない。中に居るはずだ。上って居間の電灯をひねりながら、

「お爺ちゃんどうしたの。暗いままで」

奥の部屋へ声をかけた。

だがテレビのある、縁側に面した奥の部屋には、人の気配がなかった。テレビも消えたままだ。狭い家だ。便所の戸を叩いてあけて見て、湯殿を覗いて、庭を灯りで照らして見て、ついでに床下に首をのばして覗いたらすべて終りだ。どこにも祖父の姿はなかった。

小さな机に紙が置いてあるのに気がついた。

前は手紙を書いたり、本を読んだりするのに使っていた机だったが、このごろは仏壇代りに、妻の玉枝の位牌を置き、たまにお菓子を供えたりしている。他にはテレビをみるときの背もたれの代りに一番利用されている。それですぐには気がつかなかった。

便箋が一枚鋲で止めてあった。

「あら……」

取り上げて読んだ。たった一行だけのメモだった。

『急用があって、烏魯木斉に行く』

たしかに祖父、衛藤良丸の字であった。それも別に急がされたり、無理に書かされたのではないようだ。しっかりとした四角い字である。烏魯木斉が一体何か分らない。多分地名だろう。まさか役所や、老人ホームなどの公共施設の名ではないとは思う。急なことなので、シルクロードのことなどは思い浮ばない。隣りの守衛長の奥さんの、生花のお師匠さんのところへ飛びこんできいた。

「ご免ください。隣りの衛藤ですが……」

出てきた老婦人に訊ねた。

「うちのお爺ちゃん、どこかへ行ってしまったんです。何かこちらへ言い残しては行きませんでしたか」

その老婦人は軒のかたむきかかった長屋にはふさわしくない上品な婦人で、行儀作法も教えているからいつも身ぎれいだし言葉もばか丁寧だ。

「あら清子さん御存知じゃなかったのですか。出て行かれましたわ。さっき」

「あたし何も聞いてませんが」

「お昼ちょっとすぎでしたわ。立派な外国車が前に止まりまして、二、三人の外人が下りて来て、中へ入って一時間ぐらいお話しておりましたわ。よくは分らないけど外人とお爺ちゃんは英語でお話していたようですよ」

「英語で？　絶対そんなことはないはずです。お爺ちゃんは昔の小学校しか出ていないし、全く英語はできません。この間も国鉄のポスターにあったフルムーン切符のフルムーンの意味が分らなくて、私に聞いたぐらいですもの、外人と話せるなんてとても信じられません」

「でもね、あたしも英語は分らないから、確実なことはいえませんが、何か日本語でない妙な言葉でお話してましたよ」

「そうですか。昔上海に居たことがあるから中国語なら少し話せるといってましたが、もう四十年も昔に使った言葉が急に話せるものでしょうか」

何とも不思議な出来事であった。二十分ばかり、二人は玄関で立ち話した。

それでも無理に連れて行かれたのでなく、にこにこ笑いながら喜んで外車の後ろの席に乗って行ってしまったということと、荷物は小さな風呂敷包み一つだけだったということが分った。お爺ちゃんは、新しい背広に替え、靴も帽子も新品だったが、どうもそれは外人が持ってきた物らしい。

話を聞くと清子が見たこともない服だし、新しい帽子も靴も、お爺ちゃんは持っていなかった。

話せば話すほど事情は分らなくなる。

最後にどうせ分らないとは思ったが、一応念のため、書き置きの便箋を老婦人に見せた。

「おば様、この字読めますか」

「さあ、チョウロモクサイ。読めることは読めても全く分りませんですわ」

「土地の名前かしら」

「そうです。きっとそうですよ。昔、あたしが若いとき虎の門の華族女学校で教わっていたころは、ロンドンのことを、竜が動くと書いたのです。昔も今も、ニューヨークのことを紐を育てると書くでしょう。きっとそのたぐいです。でもそれにしても、チョウロモクサイなんて、どこの国か、見当つけようもないですわねー」

結局疑問はますます深くなっただけで、肝腎なことは何も分らない。父母に知らせなくてはと、近くのボックスで電話をかけた。

「大変なのよ。お爺ちゃんが居なくなってしまったの。ええ、誰か外人が迎えに来たらしいのよ。……無理に連れて行かれたわけじゃないようよ。新しい背広に、白い鳥打ち帽をかぶり、ピッカピッカの靴はいて、ニコニコ笑いながら、車に乗りこんだそうよ。それにお爺ちゃん、英語か何かしゃべってたって。そりゃ、あたしだって、お爺ちゃんが全然英語をしゃべれないことぐらい分っているわ。でも隣りのお師匠さんがずっと見ていて、そう言うんだもの仕方ないわ。うん……それで置き手紙があったけれど、謎みたいな字で意味がまるで分んないのよ」

　それから清子は父に、一字一字をゆっくり説明した。父は一つ一つ復誦した。

「鳥に、舟の櫓の木偏のない字、三字目は、易しい方の木の字、それに斉藤さんの斉の字だね……うーむ、何だか、どこかで見たことがある気がするんだ。もう一時間したらまたかけてごらん、何かあったら、いつでもすぐに電話しなさい」

　そういうことで、父への連絡は終った。

　清子は何かしようとは思っても実際には何もできない。電気をつけるのも忘れて、暗い部屋でじっと待った。

　一時間して、むしろ彼女の方がすがりつくような思いで父に電話をかけた。父親がすぐ出てきいた。

「清子、もう一ぺん見てごらん。一番上の字は鳥でなく、烏でないかい」

　電話ボックスの中は薄暗い。ポケットから出した紙を天井にはめられている蛍光灯にかざすようにして見た。

「あらっ。烏よ。鳥じゃないわ。お父さん御免なさい」

「それだとお爺ちゃんの行った所は判る。私たちには、とても手の届かない、遠くへ行ってしまったわけだよ。でもね、きっとずっと行きたくて仕方がなかったところなのだよ。一年先か、三年先か分らないが、お爺ちゃんが帰ってくる日を、私たちは人にあんまり話さずに気長に静かに待っている方がいいよ。その家は当分一人だけでは淋しいし無用心だから、今すぐ良彦と、真佐子を行かせるよ。しばらくきょうだい三人で暮しなさい」

そういう返事だった。

北京を離れたCTCA機は、二時間飛んで蘭州に降りたち、そこで一時間休憩してからまた二時間飛んで、ウルムチ空港に着いた。

僅か五時間だ。機が下降の態勢に入った。

衛藤良丸には、それが全く信じられない。

隣りにいる、白いスーツの婦人にびっくりしたようにいった。

「本当にウルムチなんですかねー」

婦人は大きくうなずいて微笑んだ。

「こいつは驚いた。あの二カ月もかかった砂漠の道を、僅か二時間で越えてしまうなんて、信じろという方が無理だなあ」

婦人はその老人の言葉をただにこにこ聞いているだけで何も答えない。衛藤がこんなことを話しかけたのは、この婦人の正体についての疑惑がもう無くなったのを相手に知らせるためであった。

大体この旅行そのものがかなりおかしい。

突然、何の予告もなく三人ばかり外人がやって来た。玄関に並んで立つと、彼らは、衛藤良丸が、もう殆ど忘れかけていた言葉で話しかけてきた。日本語は三人とも全然しゃべらない。彼らの話しかけてきた言葉は、若いとき五年間もその中にどっぷり漬かるようにして暮してきただけに、耳で聞けばすぐ思い出した。中央アジアの奥地一帯の標準の言語として普及し、通用している、ウイグル語であった。

「現在アメリカにいる、ある婦人があなたと一緒に、今一度シルクロードを旅行したいといっている。私たちはアメリカの一民間の宗教団体だがこの婦人の申し出に、非常に関心を持ち、お二人の旅行を、資金面と、旅券その他の、難しい政府間の折衝のすべての面で、全面的に協力することにした。こうして、ウイグルの言葉でお話しするのは、あなたが、その当人であるかどうかを確認するためである。できれば、同じウイグルの言葉で、あなたのお答えをほしい」

そのときは、突然の申し出にびっくりした。言っていることは分ったが返事ができなかった。立ち話も何だからと身ぶりで、一応家に入ってもらって、ポットのお茶をつぎながら一時間ぐらい話しているうちにだんだん言葉も思い出した。そして老人は急にその昔の道を辿りたくなった。

最近のシルクロードブームで、中国政府も現地へ入れるようなツアーを認めてるらしいのは、新聞で見たことがある。ただ、今でもその旅行は八十万円近くの金がかかる。ヨーロッパへ行くときの二倍、世界一周旅行と同じくらい高い。自分には金が無いし、五人居る子供も、それぞれ孫の教育や生活に金のかかる時期で、誰もそんな資金を出してくれる余裕はない。テレビのシルクロードのテープを、くり返し、くり返し見ることだけでその思いを今まで我慢してきた。

もしそれがまじめな話であったら、烏魯木斉（ウルムチ）を始め、吐魯番（トルファン）、托克遜（タクスン）、喀喇沙爾（カラシャール）、庫車（クチャ）、阿克蘇（アクス）、喀什噶爾（カシュガル）、和闐（ホータン）、名前を思い出しただけでも胸が湧（わ）きたつような思い出の多い無数の町を、五十年たった今、ぜひとももう一度訪ねてみたい。日本に居ても、もう幾年もない生命だった。

途中で死んでもともとだ。この年になって怖しいものはない。心がはずむのを押えながら彼が外人に答えた最初のウイグル語は、

「ぼくは金がないのでね」

ということだった。外人はすぐにいった。

「勿論（もちろん）さっき申した通り、費用や手続き上の面倒は何も要りません。ほら旅券ももうできています。ただし便宜上、アメリカの旅券になっていますが」

青いパスポートを出してみせた。どこで写したのだろう。第一頁目に衛藤良丸の、きちんと背広を着た写真が張ってあったのには、びっくりを通り越して、呆れてしまったほどだ。

「こいつは。なるほどね……。それで出発は」

「今すぐです」

「また日本に戻れますか」

「希望するなら。ただしそれには途中の健康には充分に注意していただかなくてはね。何しろああいう所ですから」

「なーに念のため言っただけですよ。ぼくは年だし、行けさえすれば、もう日本へ帰れなくてもかまいやしませんよ」

いつのまにか、ウイグルの言葉に馴れて、大概のことは、楽々と口から出るようになった。五年間その中で、朝から晩まで生活していた実績は、半世紀たっても失われていなかった。

「それでぼくに対して、何か義務とか仕事があるのですか」

最後にそう念を押した。無償でこれほどの高価なプレゼントをしてくれる、酔狂な機関や個人があるはずはなかった。

「別に何もないはずです。ただ、さっきも申したようにあなたも御存知の婦人の旅行のお相手をしていただけばいいのです」

相手の言葉がここで多少歯切れが悪くなっても、そこまで見抜ける余裕はなかった。それよりあれからずっと忘れたことのなかった、一人の美しい女性の面影が、老人の胸に急激に広がってきた。

だがその途中で急に自分も七十歳を過ぎた現実を思い出した。相手もほぼ同じ年頃だ。今さら逢っても、夢がこわれるだけだ。むしろ逢わない方がいいかもしれない。そうは思うのだが、思慕の念はますます胸の中を熱くひたしてきた。

「ぜひ連れて行ってください」

衛藤良丸はそこで始めて頼んだ。

背広や靴、その他、五十年振りの旅行に必要なもの一切は、先方が用意してあった。車に乗りこむと、そのまま成田へ向って走った。

成田のホテルで一泊して、早朝のＣＴＣＡ機に乗りこみ、北京に正午前に着いた。外人が付添って、二日ばかり北京を見物させてもらったが、至れり尽くせりの丁重な態度であった。食事、宿泊、何の気苦労も要らなかった。

三日目の朝、北京空港を、国際線のジャンボよりやや小型の、それでも百人前後は乗れるジェット機で飛びたった。

そのとき始めて隣りの席の婦人から、衛藤は昔の名を呼ばれた。相手も七十歳に近いはずだ。しばらくは信じられなかった。四十歳から五十歳ぐらいにしか見えない、上品な美しい、若々しい女性であった。やはり当人ではないと思い直した。

蘭州で一時間の休憩があって、空港のビルの中を並んで歩いた。コーヒー・パーラーのカウンターに、西瓜の三倍もある巨大な瓜がおいてあった。二人は同時に見た。そのまま入って、テーブルに坐り、大きい瓜を切ってもらって、お互いにかぶりついた。そして思わず微笑みあった。

「哈密の瓜ですね」

「あのときはおいしかったわね」

同時に衛藤良丸は、この旅が、夢でも何でもなく、またこの女性が、あの人の娘や親戚でなく、あの人そのものだと実感できたのであった。

一時間の休憩の後、衛藤の心の中では、五十年ぶりの再会が、甘さとなって拡がってきた。それとともに、急に、親しさとは別の、かつての忸怩とした、弱気で卑屈なものも生れてきた。それは半世紀前の、衛藤の立場であり、二人の間柄でもあった。

もう良い加減そんなものから離れて、対等に話をしたいと思っても、結局はその呪縛から離れることはできないことを自覚させられた。

機が烏魯木斉上空へ到達したとき改めて彼女をもう一度よく見た。東洋系の顔だちをしているが、洋服の着こなしや、身についた動作が、普通の日本人と違う。強いていえば、香港か上海の上流の中国婦人かアメリカの二世の女性のような雰囲気を持っている。

飛行機を下りると近代的な空港ビルがある。

タラップを下りて、熱い日射しの中を歩きながら、衛藤良丸は、ここがもう五十年も昔彼が青春時代にやって来た、あの烏魯木斉の町とは、どうしても信じられない。彼が覚えているこの町は、城壁に囲まれた典型的な砂漠のオアシスにできた中国人町で、泥と埃りの道には、日乾し煉瓦を積んだ低い軒の家屋しかなかった。

一切の手続きを終えて、空港の玄関に出たときは、もっと信じられなかった。今は道路の両側には近代的なコンクリートの高層ビルが並び、緑の並木が涼し気な木陰を、アスファルトの上に落としている。しかも広い道路には、トラックや乗用車が行き交い、タクシーさえ走っていた。二人は思わず顔を見合せた。

かつて同じような砂漠の中の町を幾つか見てきたが、どこも土と埃りの道で、雨が降れば、泥が膝を埋める。町の真中で小馬が泥に溺れて死ぬようなことさえあった。

交通機関は、馬車と駱駝であった。

遠く北京や蘭州、逆に、ソ連領のイリやヤルカンドへ行くときには、人々は古代そのままに何十頭の駱駝に水と食糧と荷物を積み、キャラバンを組んで出かける。人間の通る所は、町でも、街道でも、砂漠でも、天気が三日続けば、泥は黄色い埃りになって、少し風が吹いても、目があけられないぐらいになる。

今の広々とした街路と、背広にワンピースで歩く男女の姿を見たら、尚のこと信じられなくなった。多分、かつて同じ経験をした婦人の思いも同じであったろう。その二人の前に中国製の紅旗という乗用車が近寄ってきた。

　中から現地の役所の高級役人らしい、布地の質の良い人民服を着た中年の男が降りて来た。顔は明かに半分は白人の血をひいている。しかしトルキスタンの血の濃いこの土地では、こういう顔だちも珍しくない。

「私たちのお迎えが来ましたよ。荷物は後ろのトランクに入れてもらってすぐホテルへ行きましょう」

　婦人の日本語は、もう何十年も使っていないらしく、かなり、抑揚がおかしくなっていて、ちょっと聞きにくかった。運転手が下りてきた。

　役人が何か命じ、それに答える運転手の言葉はよく判った。

「はい、旦那様、承知しました（マオリキレンギズカライ）」

　はっきりと耳にききとれた。かつて彼自身も使った言葉であった。これで半分ほどは、あの昔の町に戻ったことが信じられた。車は二人を乗せて走り出した。

町の通りの人々は、もう誰一人、白いターバンや、白い外被はつけていない。五十年前には男は殆どそれを着けていた。しかし今は、小さな六角の帽子をちょこんと、頭にのせているだけだ。その帽子は昔はよほど気取った、一部の若者がのせているだけだった。服も人民服や、背広、開襟シャツにズボンに変ってしまった。

　ただ町角には、屋台の車があり、蘭州空港で見た大きい瓜が、山と積まれているのを見て、また二〇％だけ、やはり烏魯木斉（ウルムチ）に来たことが信じられる気分になった。

あの大きい瓜は、世界中の他所の土地では見ることのできないものだった。

広い道路は昔と違ってどこまでも、まっすぐ通じている。その先にずっと視線を送った。

「おう！」

と思わず感嘆の声が洩れた。隣りの婦人もしっかりと手を握った。

もう間違いなく、かつての泥と埃りだらけのオアシスの町に着いたのだ。

直線の大道がはるかに尽きるところに雄大な山脈が見えた。中心に一際（ひときわ）高く、万年の雪を冠（かむ）った山が見えた。

天山の主峯（しゅほう）、博格多（ボグダウラ）山であった。

人はその前を通るとき、思わず頭を垂れると、唐（とう）代の詩人が詠じた神聖な山だ。飛行機の旅は、息を切らせることも、頭痛に悩むこともなく、この主峯をあっさり飛び越えてしまっていた。

世界の秘境の烏魯木斉（ウルムチ）に来たのだった。

衛藤良丸は、もう物も言えず、目の前の神聖な山を眺めた。

ふと衛藤は、本来は孫が成長したら見せてやるつもりで書きながら、もうとっくに行方が分らなくなっている薄い小雑誌のことを思い出した。何とか探して持って来るんだったと後悔した。今あれがあれば、この山への思い出は一層、はっきりとしたものになるはずであった。この女に見せてもやれる。

たしかあの二百十枚ほどの生れて始めて書いた小説は『東干』という題であった。帰国後十五年して、その時点から、約三十年近い以前のことを必死に記憶を辿りながら書き綴（つづ）った。そしてそれを活字にしてからももう二十一年たつ。

七十一歳。それはかなり重味のある年輪であった。

二章

昭和三十五年、衛藤良丸（五十歳）が、昭和八年の経験を思い出して書いた小説。某文学賞候補作品『東干』の全文。

東干

衛藤良丸

(一)

昭和八年の春のまだ初めのころである。

満洲事変のため、兵隊たちの現役が延長された。特に戦地に出動した部隊には、なかなか除隊や、凱旋の命令が届かず、普通は二年の現役を勤めれば終るはずの軍務がのびて、三年兵や四年兵が各中隊にはごろごろしていた。

衛藤上等兵もその一人であった。

本来ならとっくに除隊して、既に一人子供のいる家庭に戻り、親子水入らずで楽しくやれるはずなのに、まるで除隊の気配などないままに奉天市の城門や、主要な役所の周辺の警備歩哨を、毎日やらされていた。戦争は戦争でやっているとかなり面白いもので、退屈する暇などない緊張の日々が続くのであるが、どうもこの警備という仕事は、単調で面白くも何ともない。

　そのころの満洲の状勢を簡単に説明しよう。

　去年の昭和七年の間に、この満洲国の中で起った各種の戦争行動は大概納まった。七年の三月には辺境地区で、衛藤たちは、まだ匪賊と称する敵軍を追い駆けていたが、後に新京と呼ばれる長春市では、日本軍の後押しで、新しい満洲国家の建設が着々とすすめられていた。清朝最後の皇帝、宣統帝が、日本軍の手で長春に連れてこられて、取りあえず、執政の地位に就任した。

　日満議定書が三月に交わされ、この清朝の末裔が、やがて広大な土地の主権者となることは、このとき取り決められた。

　宣統帝は溥儀という名に戻り、二年後の昭和九年、大満洲帝国の建国と共に、正式に、初代の皇帝に即位した。ただしそのときは、衛藤上等兵は、もうこの満洲には居なかったから、満洲建国の前後の事情は、全く物語とは関係がない。

　昭和八年、衛藤上等兵は二十三歳、現役の三年兵であった。このときの現地の駐屯軍は、装備や機動性の関係で、正式の聯隊編制はとられず、派遣部隊の殆どが、本来は聯隊の機能は持ちながら、より移動し易い小人数の、独立大隊という形になっていた。

四つの中隊がその下にあり、中隊ごとに、奉天市内各地の守備を分担していた。衛藤上等兵は、二中隊に所属する只の歩兵の上等兵にすぎなかったが、中隊だけでなく、この独立守備隊の全員に広く名前と顔が知られていた名物男であった。

絶対に髯を剃らず、五月人形の鍾馗様のような怖しい顔をしていたからである。

軍隊は容姿にうるさい。普通、髯は隊長か、せい一杯突っ張っても、七年以上の古参下士官でなければ生やせない。まだ三年兵の上等兵ぐらいの身分ではやすのは、実は上を怖れざる不遜な振舞いであった。

大体、兵隊の方が将校より偉く見えては、軍の秩序は成りたたない。

ところがその一方でこれほどきびしい軍人の世界でありながら、また命令と規則だけではどうにもすることのできない、妙な部分もあった。

元来、南方の孤島で育ち、一般の日本人よりはかなり髯の濃い彼が、部隊長の目のあまり届かない匪賊討伐の最前線勤務で、敵兵を威嚇する目的でのばした髯だ。三月以上もかかった熱河省の討伐から帰ったときは、髯の中から顔がやっとのぞいている感じになった。戦陣ではそれでよくても駐屯地では通らない。根拠地の兵舎に戻ったとき、すぐ週番士官の目にとまり、

「むさ苦しいから直ちに切るように」

と命じられた。しかし彼はほっておいた。毎日が生命がけの戦場から戻ってきたばかりの気負いがあった。

一回無視してしまうと勇気が出てきた。何しろいつまた前線へ出るか分らぬ身だ。将校たちの間にも、兵隊に、あまり細かいことを、きびしく言わない遠慮があった。

その後何度か、隊長や上級者から、切れと命じられたが、

「衛藤上等兵は絶対に剃りません」

と言い張ると、それが自然に通ってしまった。

両耳から顎にかけて、鍾馗か関羽のようにそそけだつ髯は、やはりなかなか見事なもので、赤べたに星三つだけの階級章さえ見られなければ、古参特務曹長か、大尉ぐらいには見えた。

当時、人気歌手の東海林太郎が唱った軍国歌謡に、『陣中ひげ比べ』という、ややコミックな歌があり、この部隊ではそれが大はやりした。

〽おいおい戦友　おい戦友

　きさまのちょびひげ　なっちょらんぞ

何しろ目の前に歌のモデルが居るのだから、会食や宴会には必ず唱われた。

ところが、その四番にある歌詞の最後は、

〽山羊ひげ・虎ひげ・なまずひげ

　馬占山では　なっちょらんぞ

という文句で終る。衛藤上等兵も、面白がって、この歌を唱ったが、まさかそのすぐ後自分が馬占山の甥と、深い関わりを持つようになろうとは想像もしなかった。

馬占山というのは、昭和七年前後の日本人の間では、蔣介石やルーズベルトと共に、大変に有名な名であった。満洲事変のときの敵の一軍の将で、天才的なゲリラの名手であって、いくら追い詰めてもするりと逃げられてしまう。天に駆けたか、地にもぐったかと思っていると、またとんでもない所に姿を現わす。

日本人全体の敵愾心をあおりながら、一方、敵ながら天晴れと、妙に憎めない存在にもなっていた。その顔の鼻の両はしに垂れた、細い泥鰌髭がトレードマークになっていて、新聞の漫画欄に、この髯の人物が出れば、即ち馬占山のことであった。

それでもやがて馬占山も追い詰められたか全く姿を現わさなくなって、ようやく満洲の各地の治安が回復した。何しろこの時期、日本が、満洲地区（現在の東北三省）に投入した兵力や武器は、到底、普通の匪賊討伐では考えられないほど思いきったもので、大連、奉天、長春、ハルビン、牡丹江などの重要都市は完全に日本軍の勢力下に入った。

ただ組織だったゲリラが消滅した代りに、これらの都市の中での個人的なテロ行為は、あちこちで頻発して、なかなか治まらなかった。

各地の城門や、日本の要人が出入りする重要施設は、各守備隊から交替で出される衛兵によって、警備されていた。

臨時国家の首都として予定され、遷都の準備が着々とすすめられている長春市は、そのころは田舎で都市としての機能は発揮していなかった。

満洲国全体に睨みをきかし、やがては実質的に満洲国の支配者になる関東軍の司令部はまだ、大正八年に設置されたままの旅順に置かれていた。軍令も旅順から出て、各地へ伝えられたが、さすがにもうこのごろは、旅順では満洲全体の治安活動や、統治の準備には不便になってきた。それで要人や、高級軍人の相互の会合は、主に、奉天にあるホテルが使われるようになっていた。

外人や、日本人が経営している近代的なホテルが、奉天市には幾つかあったが、その中で近年アメリカ帰りの日本人のホテルマンに買収され、すっかり設備や内装を改めて開業された『奉天鉄道ホテル』が、最もよく利用された。日系のホテルでは、一番近代的で食事もコーヒーも、ずば抜けてうまかったし、サービスも行き届き、更に諜報上の安全性も、かなり考慮されていたので、佐官以上の軍人の会合の殆どは、ここで行われた。

衛藤上等兵の独立守備隊の兵舎は、この奉天市から車で二十分の郊外の小さな村、皇姑屯の原野にあったが、歩哨に当った兵は毎朝トラックで町に運ばれ、前夜の歩哨と、交替の申し送りをして、市内で二十四時間の衛兵勤務に就いた。奉天中の各所を警備したが五回に一回は、この鉄道ホテルの警備が回ってきた。

民間の施設であっても、半ば、佐官や将官のクラブのようになっているので、軍にとっては、自分たちの持つ施設と同じに警戒する必要があったのであろう。

昭和八年の三月も終りに近い日、衛藤上等兵の属する二十人ばかりの衛兵小隊は、若い見習士官を長として、いつものように、鉄道ホテルの衛兵勤務についていた。

実はその前日、一応部隊長から訓示がありその最後に形式的に、

「奉天鉄道ホテルは、高位の将星の出入りも多いので、各人は服装や容儀には特に気をつけるように。衛藤上等兵は必ず髯を剃っておくように」

と言われた。しかしいつものことだから、衛藤はてんで気にもせず無視した。無視したところで重営倉に入れるほどの熱意は隊長にはなかった。一応は注意はしたのだという実績さえあれば、部隊長自身も気が休まるらしかった。内地の衛戍地の軍隊と違い、いつ戦いが始まるかも知れない駐屯地では、このぐらいの融通をきかせないと、兵の心服は得られず、全員の掌握は不可能であった。

午前中の警備は無事すぎた。

二時間立哨、二時間休憩。

午後の一時に二度目の立哨についた。

玄関前は四人。長は衛藤上等兵だった。

十分ぐらいして、ふと向うからやって来る黒塗りの自動車を見て、衛藤上等兵の顔は硬張った。前に憲兵のサイドカー付オートバイが二台走っている。車の右前に、錦地に金星がつ

いていて、上下がピンと針金で張っている将官旗が立てられている。

「整列」

大声でどなった。衛兵小舎で休憩中の、見習士官と四名の控え衛兵も飛び出してきて、横一列に並んだ。

以後命令は、若い見習士官から出る。

見習士官の顔も、緊張のあまり蒼白になった。将官旗の星は三つ。これは大将の印で、実は広い満洲全土にこの時期、大将閣下は二人しか居なかった。一人は旅順にいる、関東軍司令官下田閣下で、今一人は、先年武装した朝鮮軍を率いて、勅命も無いのに鴨緑江を渡って攻めこんできた、森閣下であった。

軍隊に入っているのだから、少将や中将閣下なら何かの機会に目にすることはある。だが、大将閣下の実物を目にするのは、将校でも滅多にないことだった。

九人の衛兵は、目尻が吊り上り、足は硬張り、背筋は板をあてられたように突っ張った。

車はホテルの前に停った。見習士官の剣はひき抜かれ、一旦額の正面前で固定した。

「気をつけ。捧げ銃」

同時に全員の銃が、目の前に持ち上げられ、見習士官の剣は右斜め前、四十五度の角度に突き出された。

車から白い手袋も鮮やかな、陸軍大将閣下が、悠々と下りてきた。

兵隊のとは生地も違う真新しいラシャの外套に、金ベタ肩章の三つ星が光る。光る物はそれだけでない。腰のサーベルも、黒い長靴も、真昼の陽光を反射して、光った。

道行く人も一瞬足を止め、憲兵の作る円陣の外から怖しそうに眺めていた。

銃を捧げながら、ぴたりと注目した九人は即座にこの大将が二人居る大将のどちらかを悟った。ピーンと張ったカイゼル髯が、新聞にしょっちゅう出ていた。もっとも悪口で、プロペラ将軍などと書く新聞もあった。実際に見てみると、まるで飛行機のプロペラと同じに、両方に張っていて今にも回転しそうだったが、そんな不謹慎なことを考えた者は一人も居ない。

緊張の余り息が詰まった。間違いない。このお方は、当時の日本中の硬派の国粋論者の血を湧かした、森鉄十郎閣下であった。

ロビーから、ボーイや、支配人たちがあわてて出て来て、玄関口に整列した。それまでソファーや長椅子で気楽な雑談をしていた、外国人を交えた何十人かの客が、別に誰にも言われたわけではないのに、自然に立って、エレベーターに乗ったり、階段を上ったりして、またたく間に姿を消してしまった。

ロビーに居ても一向差し支えないのだが、将軍がそばにいて、憲兵にきびしい目で睨みつけられては、落着いて談笑はできない。

将軍は衛兵の間を黙って通りすぎようとした。これぐらいの大物になると、兵隊の捧げ銃ぐらいには、答礼どころか、目も向けない。そのまま無視して通りすぎるのが普通で、何もなくて通りすぎてくれれば却って衛兵たちにとっては最高の好運であった。

ところがもう少しで行き過ぎようとして、その足が止まったから、衛兵司令の見習士官の心臓が、外に聞こえるほどの大きい音をたてた。全員の全身が恐怖のあまり凍りついた。

誰かの襟章がひん曲っていたか、Mボタンが外れていたのか。

将軍の中には、何でもないときは、目も動かさずに通りすぎるのに、細かいことに必ず気がつく人がいて、容儀の悪い兵のボタンや、襟章をひきちぎって行く癖を持つ方がいる。もしそんなことがあったら、部隊始まって以来の不祥事になる。

将軍の目に止まったということだけで、その夜はまず半殺しにされた上、一週間以上の重営倉にされることは覚悟しなくてはならない。同時に監督不行届として、衛兵司令の見習士官の少尉昇進は一年ぐらいストップするだろう。

しかも軍では一度こういう処分を喰らうと終生その汚点が軍歴について回って、昇進から叙勲まで、常に大幅の差がついてしまう。

見習士官の顔面の血がひいて蒼さを通り越して、真っ白になった。これでもう陸軍大学には入れない。

森大将はつかつかと衛藤上等兵に近よった。そして髯をじっと見ながら、その先を少しひっぱった。いかめしい顔がほころび、ニヤッと笑った。

「上等兵、見事だな。名前は」

「ハイッ！　陸軍上等兵、衛藤もりふじ、であります」

軍の習慣に従い、階級と一緒に述べた。

「よし。わしの命令だ。その髯は当分、切らんでおけ」

そのまますたすたと入ってしまった。全員はほっとした。妙な命令が出ただけで、別に叱られたわけではなさそうだ。兵たちが銃を下したときには、将軍はもう玄関からロビーへ入ってしまっていた。威風あたりを払う。

勝てば官軍という言葉は、実はこの将軍のためにあるようなものであった。

胸を張り、足音も高く堂々と歩いて行く。

奥に二人ばかり残っていた外人客も、このプロペラ髯の軍人を見ると、うるさいと思ったのか、こそこそと姿を消してしまった。

ボーイの案内で将軍は奥の衝立のかげにある特別席のソファーに、深々と腰かけ、膝の間に回した軍刀を、床に突き刺さんばかりにして立てた。

背筋はまっすぐに前を見据える。その目はどんな剛気な者でも身がすくむほど鋭い。一礼して去りかけるボーイに、

「犬山君をすぐ呼んでもらいたい」

と命じた。犬山とはこのホテルのオーナー社長の名である。ボーイはまた一礼して、やや

足早に奥へ向った。

そこへまた玄関から、頭を短かく刈った、温厚そうな人物が入ってきた。五十歳丁度ぐらいか。吉田茂公使の下で、軍側の大陸政策と、民間側の要望との折衝という、困難な業務を担当している、林田賢介総領事であった。中国語の名手で殆ど中国人と変らない正確な北京語をしゃべることができる上に、日露戦争の時代、西域のウイグル地区に、特殊任務班で潜入して何年かすごしたため、ウイグル語や、カザック語の名手だといわれていた。現在は、執政溥儀の擁立の準備をしている間に、この若い皇帝に大変に気に入られ、近く満洲帝国が正式に発足したときは『行走』（侍従長）に就任がもう内定している人物であった。

しかし当時の官僚の常として、将軍に対しては丁重であった。

「閣下。林田でございます」

「ああ林田総領事、そこへ坐ってくれ。今、犬山社長も来るはずだ、今日ここでの相談の立合人になってもらいたい」

「承知しました」

森大将の言うことは、満洲国政府が正式に発足する前の時代に於ては、この広大な国土を支配する最高権力者の命令にも似た権威があった。

それが何よりもの証拠に外交官の中では、全く異質の一癖ある硬骨漢として知られている林田総領事でさえ、一声将軍が声を掛ければ公務を外して駆けつけてきて、将軍が言う言葉を緊張して待っているのである。

将軍は満足の表情で考えていた。

それはつまり軍のみでなく、政府の側も、自分の命令には今のところ無条件に従おうという姿勢と見ていた。

たしかに、わしは戦いに勝った。中国軍閥との実際の戦争だけでなく、自分の足をひっ張ろうとする同じ日本の、軍、官、財、各界の人々との戦いにもだ。

つい去年まで将軍は中将であった。

今はベタ金に星が三つ輝やく、陸軍の現役軍人の最高峰の大将である。

今年に入って、叙任された。中将と大将の差は星一つだが、この差を越えるのは、他のどの階級の間を越えることよりも格段に難しいとされている。

森大将にとっては、文字通り生命も名誉もかけての大勝負が必要であった。

将軍は去年の九月、朝鮮軍司令官として、京城の郊外竜山の司令部で、柳条溝事件の勃発を知った。現在居るこの鉄道ホテルとはそう離れていない、奉天郊外の柳条溝という小さな村を走っている南満洲鉄道が、この近辺の東北三省を根城とする軍閥の張学良軍のゲリラによって爆破された事件であった。

もっともこれは、関東軍の若い将校が戦争の口実を作るため、自分たちで爆破したということが、戦後明かにされたが昭和七年のその時点に於ては、そんなことは誰も知らない。爆破と同時に、中国軍が攻撃を加えてきたと称し、関東軍は満洲全域で一斉に軍事行動に入った。

そのため満洲の警備の一部が手薄になったときくと、朝鮮軍司令官の森鉄十郎中将は、もう黙っていられなくなった。

元来駐屯軍司令官は、その地域の治安の任を負い、それ以上の行動を考える必要はないのだが、森中将はそうは思わなかった。

満洲国をほぼ縦断して走っている、この南満洲鉄道は、日露戦争で多大な犠牲を払った日本がロシヤから奪いとった最も大事な権益だ。これが爆破されたということは、直接日本の国土を攻撃されたのと、何ら変りはない。今や、関東軍、朝鮮軍の区別をいっているときではない。

即座に自分の部下に戦時装備をさせ、国境の鴨緑江を越えて、満洲領に進攻させた。拡大解釈で戦争を合法化してしまった典型的な例として後々よくこのことは、人々の話題になった。

満洲と朝鮮は別な国である。

朝鮮軍が満洲に兵をすすめるのには、当然陛下の御裁可が要る。司令官が独断で外国と事を構えるのは、統帥権干犯の大罪で、陸軍刑法には、司令官は銃殺と明記されている。森大将だって、その条文を知らないで戦争を始めたわけではない。もし途中の戦局が思わしくなかったり、敗戦して兵の消耗でも起したら、日本陸軍始まって以来の不祥事として将軍は即座に逮捕され、銃殺にされただろう。現に陸士以来、将軍の終生のライバルで、以後もずっと確執の絶えなかった真鍋中将とその一派は、現在もこれは重大な軍紀違反事項として、軍政当局に、森将軍の処分を執拗(しつよう)に迫っているという。

だが大罪も、鴨緑江を無断で越えた後の、朝鮮軍の連戦連勝の勢いに、あっさり消えてしまった。初めのうちこそ、批判するジャーナリズムも無いことはなかったが、やがて越境将軍という綽名(あだな)は、軍の威光を示す、名誉のものに代った。同時にプロペラ髯も、日本中の人々の間に有名になった。

奥からこのホテルのオーナー、犬山社長が出てきた。アメリカ生活が長いため、タキシードがよく似合う。

「やあ、お待たせしました。林田総領事さんと森君ですか」
社長のその気軽な言い方に、陸軍の最高峰にある森将軍は少し不快そうに眉(まゆ)をひそめた。内心は甚だしく不快であった。自由平等主義のアメリカでの生活が幾ら長かったからといっても、これは非礼である。

二人は共に明治九年生れで、この年五十七歳、故郷石川県の金沢中学では同級生であった。二人とも中学時代は、学校始まって以来の秀才といわれた。その頃(ころ)はかなりライバル意識も燃やした仲であった。

家があまり豊かでなかった森は、官費養成の陸軍士官学校に入った。

犬山は藩主の遠縁にも当り、父が商業を興して富裕であったので、自分から望んでアメリカの大学に留学した。そのまま二十年以上日本へ帰って来ず、昭和に入って戻ると、すぐ大陸へ渡り、奉天を中心として、満洲、朝鮮、それに中国領内にも『鉄道ホテル』のチェーンを作った。

現在彼の傘下のホテルは大陸各地に七つある。

すべてアメリカ式のシステムで、どこでも普通の日本人の経営のホテルより、設備もサービス面でも、ずっとすぐれている上、気楽に泊れるというので人気があった。

犬山社長と森将軍との間には、どうしても平行線のように交わらない考え方があった。

ホテル業はアメリカでは、人にも敬意を払われる立派な職業だったが、日本の陸軍士官学校や、海軍兵学校では、伝統的に、女郎屋の子と宿屋の子は採用しない内規になっている。当時の軍人の頭の中では、女郎屋とホテルは同じである。だからホテルの社長がいくら同級生とはいっても、陸軍の最高峰を軽々しく君づけで呼ぶとひどくこだわるのだ。まして外交官の林田にはちゃんと総領事さんと階級をつけて呼んだのにだ。

そのうちに一度憲兵隊へでも呼びつけて、うんとしめ上げておかなくてはいけないかなと考えながら、将軍は重々しく口を開いた。

「林田総領事をお呼びしたのは、犬山君とこれから、国家的に重要なある計画案の相談をしたいと思ったからだ」

「ほう、そいつはまた何です。森君。こんな一介のホテルの親父(おやじ)に、国家のために役だつ仕事などあるのですか」

森君にはもうこだわらないことにした。

「ああぜひとも今度は協力をお願いしたくてやってきた」

「このぼくに相談があるとは意外です。吉田公使との話の仲介なら、林田総領事の方が適任だろうし、もし内地の西園寺さんや、近衛君とのひき合せなら知らない仲じゃないから、ゴルフのついでに、二、三言、耳にふきこんでおくことぐらいはできますがね」

森将軍は軍人としての最高峰を極めたからには、次は政治の世界の方にも目を向けるつもりなのだろうかと犬山社長は考えた。総理になりたがる軍人がこのごろは増えてきた。森大将は相変らず姿勢を正しくしたまま答えた。

「わしがやって来たのはそんな私事ではない。いわば日本国家を中心にして、アジア全域の百年の平和を考える大計のためだ」

「君の軍歴や、今現在の地位からは、当然そういう計画を考えるのは必要でしょう。だがぼくは一介のホテル屋だ。そんな計画を聞かされても、何の役にもたたないんじゃないかな」

それには答えず、将軍は突然に質問した。

「君は東干(トンガン)人という民族を知っているかね」

「トンガン？　さあー」

首をかしげて考えていたが、全くこれまでの知識にない。将軍はいった。

「林田総領事にうかがってみなさい」

二人の首が向く。林田総領事は温厚そうな丸顔を向けて答えた。

「甘粛省から奥、天山からタクラマカン砂漠一帯に広く分布している民族ですよ」

「それでは、カザックとかウイグルとかいう辺境の民族の一つですか」

「いえ、人種的にはれっきとした漢民族です。しかし一般の漢民族と違うのは、姓が皆、馬姓です。ほら、馬占山将軍なんかも、この東干人の一族ですよ」

「判りました」

犬山社長はうなずいた。もう七、八年、大陸の各地でホテル業の開設のため苦労してきた。種々の事情にも、自然に通じてきている。

「……つまり、全員が回教徒なんですね」

森将軍も我が意を得たりとばかり、身をのり出してきた。

「馬はつまりマホメットのマだ。七、八百年前の時代トルコの方からやって来た回教を信じて、常に時の政府に反抗して生きてきた。砂漠の中で戦争ばかりしてきたから、気性も荒く、軍は精強だ。馬占山が圧倒的な我が軍に追われながら、ついに逃げおおせて、未だに抵抗を続けているのも、東干の血を受け継いだ軍人だからだ。林田さん、そうですね」

林田は大きくうなずいて答えた。

「私は何度もゴビを往復し、現在はソ連領の中に併合されている、伊犂地方までも行きましたが、あの乱暴なカザックの騎兵までが、東干兵とはなるべく正面きっての戦いを避けるといいます。つまり圧倒的な兵力で囲めば勝てないわけではないが、敵を全滅させるには、死んだ敵の兵士の倍の数だけ味方も減るというのです。戦うと決ったら全員が死ぬまで戦うし、上から逃げろという命令がでたら、あっという間に全員が消えて、一兵も殺せない妙な軍隊だそうです」

実際のその地方を何度も単身で踏破しているだけあって、林田総領事の説明は適確であった。

「東干については分りました。それでこのホテル屋のぼくと、どんな関係があるのですか」

「まあー、ゆっくり聞いてくれよ。犬山君。ここに林田さんが居るから、わしがわざわざ説明するのは筋違いだが、目下、新しい満洲帝国の建設は着々と進んでいる。独立、新建国宣言も、もう目睫に迫っている。もっとも世界中どこでも、これは民族の自覚から生れた独立とは見ず、日本の傀儡政権と見るだろうがね。今の軍閥には統治能力はない。満洲民族は清朝の皇室を、中国に送り出した、誇り高い民族だ。一応看板に宣統帝を持ってきたことで、満洲民族の誇りは傷つけられないですんだ。これならうまく行くはずだ」

「でも陰に日本政府及び関東軍ありで、U・Pや、ロイターやタスまでが一斉に批難の論陣を張ってますよ」

「それは彼らの心の中にある抜き難い白人優越主義のせいだから、気にすることは要らん。林田総領事、私たちがここで一番気にしなくてはならない存在が、もっと他にありますな」

外交官だから、林田は正確に状勢を把んでいる。

「それは南京にある国民政府でしょうね、蔣介石がこの事態をどう考えるかです」

「わしとしては、もうそう遠くないうちに、蔣介石は意地でも、日本に戦争をしかけてくると思う。そうなれば、それはすぐに、両国が死力を尽して戦う大戦争になる」

犬山は呆れたようにして聞いた。

「一民間人のぼくに、そんな大事なことをしゃべっていいのですか」

「もうこれは軍の大方針だし、賢明な国民ならとっくに悟っている。ともかくこの大戦争を既定のこととして考えていてもらわなくては、これからのわしの話が、君に正しく理解してもらえないのだよ」

まだ犬山には将軍が本当は何を話したいのか、全然予想できなかった。

将軍は軍刀を握り直してとんとついた。

「いずれ必ず大戦争は始まる」

もし始まらなければ、自分がしかけてでも起すような勢いであった。

「そうなると、何しろ全地球の六分の一もある広大な地域での争乱になる。今やっている満洲事変のようには手軽には行かない」

「それはそうでしょうな」

「ところが、広い中国の全土には、必ずしも蔣介石に好意を持ってない軍閥や将軍も多い。その中でも最もそういう傾向がはっきりしているのが、東干だ」

「なるほど、森君の考えている大計というのが、いくらか分りかけてきましたよ」

犬山社長もやっと納得した顔をした。林田総領事も、一体これから森将軍がどんなことを言い出すのかと、じっと見ている。

「彼らは同じ漢民族でありながら、これまで歴代の政府に虐待を受けて、中国本土の民への恨みはまさに骨髄に徹している。ところで今の東干民族の指導者は何と僅かに二十二歳の白面の青年だ」

「馬仲英君ですね。なかなかの人物らしいです。新疆省の広大な地域で、ジンギス汗の再来と慕われているそうですよ」

やはり、総領事は現地の事情に詳しい。

「うん、そうらしい。広大な地域の民族が今かつて見られないほどの団結を示している。国民政府にとっては、体の中に爆弾を抱えているような物らしい。我が日本軍としては、当方が行動に移るまで、彼らに秘かに武器を送り、よしみを通じて、しっかり掌握しておき、やがて蔣介石との間に国運を賭ける戦争が始まったら、ただちに彼らを後方で蹶起させて、国民党軍を背後から攪乱したい」

たしかにこれからの国家の命運を懸ける大計だ。だがなぜ将軍が自分にこんな重要な話を打明けるのかがますます分らなくなってきた。

故郷の中学を出て、郷里の外で、多少とも名を成したのは二人きりだ。たまたま奉天にいたから話しに来たとも考えられるが、これだけの大謀略を将軍ともあろう身分の人が、一民間人に洩らすのはやはり不謹慎であろう。

犬山は職業がら外人の知己は多いし、アメリカの大学も出て、特に軍部が蛇蝎の如く嫌っているアメリカ人に友人が多い。しかし将軍は急に話に熱がこもり出した。

「わしが全中国の軍人の中で、必ず日本のために役だつと睨んだのは、この若い将軍馬仲英だけだ。何しろ怖しく戦争が好きで上手な男だという。十七歳のときには、もう全甘粛省の軍人の要望で大佐として、指揮を取ったという。小司令という愛称で呼ばれているが背は六尺もあり、絵に書いたような美男子だそうだ」

東京には電車どころか地下鉄も通っている。映画もトーキーになった。二十世紀に入ってもう三十年たっている。飛行機や飛行船だって、空を自由に飛んでいる。

それなのに、馬と剣で荒野に雌雄を決する、まるで三国志か戦国の時代に戻ったような、英雄の讃美であった。

「ところで、あの馬占山が、この馬仲英の母方の伯父に当るんだ。彼は最近我が軍の猛攻に追われて、満洲の領土内に居られなくなり、故郷の甘粛省の蘭州に戻った。そこで自分の若い甥にあることを吹きこんだ。実はそれが犬山君にとって、非常に深い関係があることなんだ」

急に話が自分に向いてきて社長も驚いた。

「えっ、ぼくに」

「うん。馬占山という奴は、細い泥鰌髭で一種の滑稽なイメージを我々にあたえていたが、これもかなり高級な戦術家でな、実物は相当なしたたか者だよ。彼が我が軍に追われて、何カ月か地にもぐって、姿を隠していたときは実は逆に一般市民に化けて、この奉天や、大連で悠々と暮していたのだ」

「まさか」

さすがに犬山も、林田もこの話は信用できないという表情をした。

「勿論、我が軍も、特務機関もつい最近までは誰もそんなことは気がつきもしなかった。分っていれば、当然、一兵の血も流さずに逮捕していたところだ」

「それにしても大胆ですな」

「つまりあの泥鰌髭を我々が記憶している間はどこへ行っても安全だったわけだ。この男だよ。御記憶がありますかね」

将軍はポケットから一枚の写真を出した。中年のいかにも大人風のおっとりした風貌の中国人だった。泥鰌髭どころか何の髯もない。犬山社長は思わず声を上げた。

「おう、この方なら、ぼくは良く知っていますよ。北京の古い商店の御主人ということで、年に二回や三回やってきて、四、五日泊って行かれます。たまたまフロントに居て宿泊の手配やその他のお世話をしたぼくの娘の由利をひどく気に入りましてね、いつも北京から沢山のお土産を持ってこられます。ここでは楊富徳という名でお泊りになりましたな。そう言えば、豚肉の入った料理は喰べなかったので、少しおかしいとは思ったこともありましたが、まさか有名な馬占山とはね」

「当方もつい最近この事実を知ったばかりだ。実は朝日新聞社が編成した、蒙疆地区学術探険隊に、優秀な特務機関の男を一人加えておき、甘粛省の嘉峪関を通過したとき、丁度そこにいた馬仲英に接触させ、日本との協力を打診させたのだよ。そのとき始めてこの事実が判った」

「なるほど、四千年を謀略に生きてきた、中国の民族のしたたかさですね」

「うん。まあ、実はこれからがわしの今日の話の目的なのだが、馬占山は、若い将軍に、奉天の鉄道ホテルの社長の娘で、大変にきれいで、しかも、中国語も英語も上手な、すばらしい令嬢が居るということを吹きこんだらしい。まさに王者の妃にふさわしい娘だとな」

「そんな……」

あまりの意外な話に絶句したまま何も言えない。

「馬仲英（チュウイン）も、自分と日本との結びつきをより深くするのには、その美しい娘をめとって、二人の間に強く聡明（そうめい）な子を何人も作るのが一番だと考えるようになった。ところで君は娘さんをこれまでホテルのフロントで働かせていたのかね」

「ええ、あそこで今日も事務を取っています。やがて婿でも取らせたら、ぼくの後を継がせ、このホテルをやってもらおうと思って、ずっと働かせていたのです。ご挨拶（あいさつ）によこしましょうか」

「いやー、話を進めるのには、なまじ当人に会わん方が、わしも気が楽だ。英語と中国語の二つとも、かなり上手だそうだね」

「はい。ずっとアメリカで育ち中学校の途中まで行きました。こちらで女学校へ入り直したときは、今度は日常の会話は一切中国語を使わせましたので、この土地の人々との会話も不自由しません」

「それで娘さんはいくつになられた」

「十九歳になりました」

「他にお子さんは」

「上に兄が二人で、由利は末っ子の一人娘です」

「上の二人の徴兵検査の関係は」

「二人ともアメリカにまだいるので、特別な延期処置をいただいて受けておりません」

「わしの方で手を回して、戻ってきても、即時丙種で軍役を永久免除にしてやろう。代りにその由利さんの身柄を軍にくださらんか」

犬山は呆然として将軍をみつめた。とんでもないことだ。なぜ可愛い娘を軍に差し出さなければならないのか。

娘はアメリカに恋人がいるとも言っていた。幼ないときにままごとのような約束をしたのをずっと信じ、マサチューセッツ州のそのボーイフレンドとは今でも年に何度か手紙を交している。先だってしきりにアメリカへ行きたがっていた。

あのとき行かせてやれば良かったと、今になって後悔してももうおそい。しかし軍だからどんなことでも通ると思ったら間違いだ。

「将軍。とんでもないことです。とても戦争や謀略に役にたつような娘ではありません。ただの女の子です」

「別に戦争に使うわけではない。今言った通り、馬占山に吹きこまれて、馬仲英はこのまだ見ぬ娘がほしくなってきたらしい。特務の秘密の通信でわしのところに、話の仲介を申しこんできたのだよ」

「結婚といえば、女の一生を決める大問題です。それに娘には、どうもアメリカに好きな男もいるようにきいています」

森将軍の顔は俄にきびしくなった。三軍を叱咤し、軍のトップに登りつめた、剛気な面が出てきた。

「君は召集令状が息子に来たとき、まだお役にたちそうもないといって、拒否するかね」

「しかし男と女は違います。そんな砂漠の奥地へやるなんて、あまりに可哀そうです」

犬山は林田総領事にも何とか口添えしてもらおうと思ってか彼の方も見た。しかし総領事もどうしていいか判らないらしい。悲しそうに見返すだけであった。森将軍は実戦と同様に、一度陣地の一角に取りつけば、もう攻撃の手は弛めない。

「男も女も、陛下の赤子であることに変りはない。二人の御子息を大使館を通じて、日本へ呼び戻すことも可能だ。なあ、林田総領事さん」

「ええ、それは外務省の所管事項の一つで徴兵関係で前例が二、三あります」

総領事としては事実を答えなくてはならなかっただろう。かなり辛そうに答えた。

「それでもし二人の息子さんが戻ってくれれば当然、すぐ徴兵検査を受けてもらって、軍務に就いてもらわなければならん。そうなったら、弾丸の飛び交う最前線へ配属されても、もうわしの力ではひき止めることはできない」

まさに男の子二人の命と、女の子一人の命のどちらが大事かという取引になってしまった。国民皆兵の原則がある限り、この将軍の恫喝から免れる道は全くない。

怒りと屈辱で、真赤になっている旧友に、将軍は慰めるような口調になった。

「なーに犬山君、女なんて一旦夫婦になってしまえば、自然に相手に対しての情愛が生れてくる。何国人であろうと男と女だ。何とかうまくやって行けるもんだ。美女と英雄の結びつきだ。アジアのために、ひき受けてもらいたい」

犬山社長はどっと顔や首筋に吹き出してきた汗を拭いた。

「ともかく娘に聞いてみます。ぼくが勝手に決めるわけにはいきません。閣下……」

とうとうこの男、わしのことを閣下と言いおった。森将軍は、ひどく満足気にうなずいた。慌てて立ち上ったタキシードのだて男の足がふらつき、視点さえ定まらないのを、むしろ満足気に眺めながら、

「よろしく頼んだぞ、犬山君。これは、わし個人の頼みでなく、日本の国家と軍とが頼んでいるのだ」

ときびしい声でいった。時代が悪かった。この言葉に抵抗できる日本人は居ない。

(二)

『天下雄関』

城門の上の三層楼の中央の、黒い額縁の大額に、雄渾な筆致で書かれている。

千二百年前にこの甘粛省の嘉峪関を守備していた、唐の名将李巡鵬将軍が書き残したと伝えられている。

満洲との国境に近い渤海湾（ぼっかい）に面した山海関の城門に、『天下第一関』という大額を掲げて起点とした万里の長城は、中国大陸の北西を殆ど囲って延々五千キロ、この戈壁（ゴビ）砂漠の中に突出した嘉峪関で終るのである。

ここは中国の終りであり、そして同時に広大な西域の始まりの土地でもあった。

この土地のことは、歴史上にもさまざまに書き残されている。その殆どは出征する兵士たちが再び帰る望みのない運命を悲しみ、故郷への尽きない名残りを惜しみながら通過して行く悲しみを誌（しる）している。

出了嘉峪関　　嘉峪関を出たら終りさ
両眼涙不乾　　涙ばかり出てくるよ
前望戈壁灘　　前は怖しいゴビ砂漠
後看鬼門関　　戻るに戻れぬ鬼の関所

これは昔からずっとこの地方に唱われてきた民謡だ。

昭和八年九月。

太陽が三層の楼城の真上から照らしつけ、門の外に拡（ひろ）がる黄色い砂地を灼（や）きつけている。一団の見送り人に囲まれて、旅行者の小部隊が城門をくぐって、無限に広がる砂漠に向って出発しようとしていた。

嘉峪関の周辺は、馬仲英（チユウイン）軍の軍司令部がある所だった。つい数カ月前までは、馬仲英将軍もこの嘉峪関に居た。

数年前、この地に居た、省督弁(チヨウカン)の軍を武力で追い払いながら、しかも蔣介石の南京政府には恭順の意を示す甘い書簡を送って、正規軍編入を願った。結局その方が統治に便利と知って許可されると、自分の私兵の東干(トンガン)兵を勝手に『国民党軍甘粛省派遣第三十六師』と名づけ、給料と衣服を党から送らせた。代りにこの地の治安を正し、租税のかなりの部分は、ちゃんと国民党に届けたりして、双方は狐(きつね)と狸(たぬき)の化かし合いで、数年間うまく行っていたようであった。

しかし馬仲英は、現在はこの土地にいなかった。春の終りごろ、天山の向うの烏魯木斉(ウルムチ)市で省政府がひっくり返るほどの内乱が起り、それに回教徒の反乱が加わって収拾のつかない大混乱になった。馬仲英は一応、国民党軍の第三十六師だから、政府軍の応援に駆けつけなければならないのだが、その前に回教徒でもあったから、回教徒の暴徒側からも救援を求められていた。

どちらにしても、砂漠を越えて軍を出さなくてはならない状況になった。そしてこれこそ、馬仲英がずっと長いこと待っていた、好機でもあった。

戦争が何よりも好きな若い将軍は、名目も所属も、その場の成り行き次第で、三十六師の大部分をまとめて、疾風のように飛び出して行った。

それより四カ月おくれて、つい五日前この土地へやって来た犬山由利を中心とする日本人の一団は、ここで予定が狂ってしまった。旅行団はこの土地で行われる予定の盛大な婚儀の日本側の立合人であり、それにふさわしく日本軍や民間ではかなりの地位にある人たちばかりで編成されていた。

まだ中国の全土を日本人が自由に旅行できた時代なので、外務省からは林田総領事以下五人、軍からは、関東軍参謀永坂大尉以下の将校六人が、皆、民間人の背広で、観光客の一団としてやって来ていた。

しかし馬仲英(チユウイン)が、砂漠の向う二月行程の、辺境の土地に出征してしまったと聞いた後、それを追って砂漠の旅行に旅だつ由利を一緒に送って行けるほどの時間の余裕のある者は誰も居なかった。

一方馬仲英の方では、花嫁を砂漠の奥の占領地まで送って来てもらうつもりで、一個小隊の護送兵を嘉峪関に残しておいた。

双方がこの町で協議した結果、花嫁の身柄は、やはりその一個小隊に護(まも)らせて、砂漠の奥地へ向わせることにした。ただし日本からも一人だけ、護送の兵隊が付添うことになった。

そうして出発の日が来た。今はすべてを成り行きに任せて自分の意志というものを失っている花嫁と、なぜか分らないままにその護送を命ぜられてしまった男の二人をまぜた一個小隊が、出発しようとしていた。

結局は由利の身を、見捨ててしまった日本側の付添人が、皆、いささかバツの悪そうな顔をしながら、これから長い旅に向って出発する一個小隊の東干騎兵を見送るため、整列していた。

　土地の有力者は半数は白い外被の回教服を着ており、残りは東干の青い軍服をつけていた。周囲に群がる物見高い一般民衆の砂埃り(すなぼこ)に汚れた衣服とは際だった対比をなしていた。

　見送り人の前に、小隊は整列した。

精悍(せいかん)な顔だちの東干騎兵二十人の中には、将校一人と古参下士が居(お)り、列のはじに馬の首一つ前に出していた。東干騎兵の列の前には彼らに守られて砂漠へ出発して行く白衣の娘と、その護衛を言いつけられた、只一人の日本人が乗っている二頭の駱駝(らくだ)が、中国人の人夫に手綱を取られて並んでいた。他に兵隊と同じくらいの人数の中国人の人夫が、荷を積んだ牛車五台の回りに、控えていた。

　水や食糧、天幕など荷台に高く積まれ、この旅の前途がかなり大変なものであるということを示していた。

　林田総領事が、駱駝のそばに来て、

「それではくれぐれも健康に気をつけてな」

と最後の別れの言葉を送った。

　小隊長は、馬仲英の従弟に当る、若い精悍な軍人で、馬希戎(シロン)という名の中尉であった。彼が、ウイグル語で、

「全員出発（ネカーダ）！」

と号令を掛けると、下士官の馬祈令（シーリン）曹長が同時に、人夫たちに、中国語で号令を伝えた。

全員が見送り人に背を向け、涯（はて）しなく拡がる荒野に向ってゆっくり動き出した。

前にあるのは戈壁（ゴビ）の砂漠だ。

地平線まで何一つ目を妨げる物はない。たった一本の道がまっすぐのびている。その道を、西洋人は、絹街道（シルクロード）という。中国人や、この周辺の民族は、皇帝道路と呼んでいる。

駱駝は兵士たちに挟まれて、列の真中へんにいた。

女は白い外被の下には、軍服を改造した旅行着を着ている。ベールはつけていないが、直射日光をさけるために頭に布をかぶっている。

それでも照りつける陽光に、もう顔から首筋一杯に汗をしたたらせ、駱駝の上でしきりに拭（ぬぐ）っていた。

隣りの男は、やはり日本軍の軍服から階級章だけ剝（は）ぎとった、カーキ色の服を着ていた。

この男がトラックで、護送の人々と一緒にこの地域へ入って来たとき、そこにいた人も迎えに来た人も一斉に恐怖の眼で注目した。子供たちは逃げたり泣き出したりした。

それほど髯に埋まった顔は怖しい物に見えた。だがもしその顔をゆっくり見返す勇気があったら、双（ふた）つの目はやや悲し気にまたたき、表情は絶えず不安に脅やかされたように落着かないでいるのに気がついたろう。

太陽はこの一小隊に、まるで砂漠中の光を集めたように降り注ぐ。

東干兵や、中国人の人夫にとっては、この暑さも大したことではなかったかもしれないが、妙なことで、いつのまにか旅行する羽目になってしまった衛藤上等兵にとっては、ひどくこたえた。衛藤は、日本本土よりは、南にある孤島の出身で、暑さには強い方だった。だがその暑さとはあくまで、浜辺の椰子やガジュマルの下を吹き抜ける風があっての暑さであって、こういう種類の、日陰も風もない暑さでは、顔中に髯が生えているだけに、却って苦しい思いをしていた。

それに衛藤は、生れて始めて、この駱駝という奇妙な動物の背に乗った。絵や歌で知っている知識によれば、とても楽な乗物に思えるが、実際に乗ってみると、難しいのだ。駱駝の背は、馬と違ってひっきりなしに揺れる。それも一定の方向でなく、前後、左右、上下と、あらゆる方向に揺れるのである。

高い鞍の上では、膝をしめつけてまたがっているのでなく、あぐらをかいて坐っているので、安定が悪い。いつでも自由自在に動き回る揺れ方に合せて、自分の体も動かしていないと、忽ち転がり落ちてしまう。馴れて、自然に体が反動を取れるようになるまでは、緊張の連続でひどく疲れる。

これでも、会議がまとまって旅行団が編成され準備が整うまでの期間に、三日間ぐらい二人は乗り方の講習を受けた。

そうでなければ、もともと無器用な衛藤など、五十メートルも行かないうちに砂の上に転がり落ちてしまったろう。

あぶみも、鞍もない。頼りは手綱だけだ。

両手でしっかりと握って体を支えている関係上、馴れるまでは衛藤は目の上に汗が伝わっても、拭けないでいた。

しかし由利の方は早々と、背中の動きに体を合せるコツを覚えてしまい、ほどなく片手で手綱を合せて握り、あいた方の手で、汗を拭いたりできるようになった。

衛藤にはそんなまねは当分できそうもない。汗が目にしみて痛くて、本当に泣きたくなった。内地の原隊から、事変勃発と共にすぐに満洲に連れてこられた。直ちに北満の、北安（ペーアン）や、黒河の地方の討伐をやらされた。そのときは、この世で寒さほど辛いものはないと思った。

しかし今はもうその寒さが逆になつかしかった。

今年の三月に、あのプロペラ髯の大将の目につかなかったら、本当はもうとっくに除隊になって、日本でかあちゃんや、子供と楽しい生活をしているはずであった。各地の軍閥はあの三月の時点で組織的な抵抗はやめていた。

三年兵は、現役より一年おまけがついたので、まっ先に日本へ帰してもらうことになっていた。まして現役兵には珍しい妻帯者で子供まで居たのだから、彼は除隊者の中でも、一番先に帰してもらえるはずだった。上等兵のくせに、猛将のような髯を生やした罰だ。気が遠くなるような長い旅は、今やっと始まったばかりなのだ。

未練がましく振返ってみると、城門はもう見えない。ときどき、尖端（せんたん）が丸い、土山の道標（ボダイ）が立っていて、これが、一里か二里かの道のりをずっと示しているらしい。

こんな小さな物がやたらに目だつのは、見渡す限りの広い戈壁（ゴビ）の地帯に、石と土以外、他に何一つないからだ。もっともこの道標（ボダイ）も石と土でできているのには変りはない。ただ平面から少し出張っているところだけが、他と違うのだ。

しばらくして石ころが多い道になり、黄色い砂があまり舞わなくなった。衛藤はこの機会に、髯にびっしりとこびりついた砂を片手でしごいて払い落したくなった。

ところが駱駝が石を避けて道を選ぶせいか、前よりずっと大きい幅で揺れるようになった。手綱をまとめて片手に持って、片手で髯をと思っても、それどころではない。バランスをとるのが難しくなり、とたんに、船に酔ったときのように、胸が苦しくなった。

生れたときから、小学校を卒業して奉公に出るまで、ずっと狭い島の中で暮していたので、乗物というものに全く乗ったことがなかった。

東京へ出て働き出して一番参ったことは、市電、バス、省線電車、何に乗ってもすぐ酔ってしまうことであった。何度かあわてて途中下車して、ホームのはしでゲーゲー吐いた。

軍へ入ってから、汽車やトラックでの移動がしょっちゅうあり、必ず、トイレに近い所や、身を乗り出せばすぐ吐ける所に坐らせてもらうようにした。それでも苦しむ姿を上官にみつかり、『軍人精神が入ってない』という理由で、殴られたことが何度かある。

三年の軍隊生活で昔よりはかなり強くなったつもりでも、この駱駝はひどすぎる。苦しくなって、下を向いたのが、却っていけなかった。地面が迫り遠のき、目が回った。

手綱も持っていられなくなって、駱駝の首にしがみつき、地面に向って大きく口をあけたが、吐瀉物は喉にひっかかって出てこない。

いきなり横から鋭い叱声がした。

「みっともない。関羽髯が泣くわよ。もっとしっかりした態度で、回りを睨み回していてくれなくちゃ、私の用心棒の役目は勤まらないわよ」

日本語だから、他の兵士には意味が分らないのでよかったが、女に叱られたことで、ひどく面目を失った気分だった。

もともと旅順から中国本土の西北の端を突っ切るようにして続けてきた旅でも、この娘は、衛藤にだけはひどく高圧的で、つっけんどんであった。最初から、従者として扱う言葉遣いであった。よくむっとした。しかし民間の服を着ていても他の人はすべて将校と偉い役人ばかりの中だったので、たった一人の兵隊である彼は、口答えできなかった。嘉峪関へ来て、肝腎な花婿が居らず、さらに砂漠の中を追って行くと決ったとき、衛藤だけが一人、その旅の同行を言いつけられた。理不尽とは思っても、軍の命令では仕方がない。

その代り、砂漠の中で二人きりになったら、機会をみつけてこの見識ぶった娘を一度思いきりひっぱたいてやろうと思っていたのが、これで完全に出鼻をくじかれてしまった。

たしかに猛将のような鍾馗髯の用心棒が、駱駝の首にしがみついて、苦しんでいるのはみっともないことこの上ない。

一度、その娘の方を睨みつけてみたが、こんな状態では相手はてんで応（こた）えない。だがそのときふっと女の体の方から、戈壁（ゴビ）の荒野を這（は）うように動く、かすかな空気の移動にのって、甘い化粧品の匂（にお）いがした。

出発の直前、別れの儀式に備えて、彼女が身だしなみを整えたときのものであろう。

それは衛藤にとっては、入営の二カ月前、あわただしく行われた、彼の結婚式の日の夜のことを懐しく思い出させるものだった。


衛藤上等兵の結婚前の名は、中田衛藤（なかだもりふじ）といった。

九州より南にある島の小学校を出て、二年間の前借金を母に置いて、東京へ行き最初に奉公したのが、マントの仕立屋の店であった。

それが結局手についた唯一の技術になり、三つ四つ店を替ったが、徴兵検査、入営と続く、二十歳の年まで、ずっと仕立台に坐って、オーバーや、マント、レインコートなどを作る日が続いた。

体がごつく、髯が濃く、いかめしい顔のわりには、力仕事には縁がなかった。町内で相撲大会があったとき、店の主人にすすめられて出たが、自分よりかなり体の小さいクリーニング屋の小僧にあっさり投げ飛ばされた。気の弱いところもあって喧嘩したこともない。言葉の訛りや、人並以上に毛深い体のことを言われると、急に我慢ができなくなり、まだ給料が残っている月の途中でも、店を抜け出して、他の店に替ったりした。

どういう縁があったのか、十八歳の年に、とびこみで仕事を求めて住み込んだ仕立屋が、衛藤仕立店といった。

店の名が、その当座ちょっと気になったが、別に大したことはないので、そのまま勤めた。珍しく、店とはうまく行った。他に競争相手や、やや一般の日本人から比べれば異相ともいえる、彼の容貌をからかう男の店員がいなかったせいだ。主人夫婦と彼より二つ年上の、家付きの一人娘の三人だけで仕事をしていた小さい店だったので珍しく居心地がよかった。向うからも大事にされた。

そして徴兵検査が近づいてくると、主人が、

「おまえ、うちの婿にならないか」

としきりに言うようになった。

「うちの玉枝はきらいかね」

ともはっきり聞かれた。二つ年上で、無口だが働き者の一人娘は、色白で体付きのすらり

としたかなり見栄(みば)のいい娘であり、町内でも付け文したり、追い駆けたりする者も多かった。嫌いどころではない。やや異相で、東京では全く身寄りのいない、しかも九州の先から海上はるかに離れている南の小さな島の出身の中田衛藤(もりふじ)にとっては、これは望んでも得られない良縁であった。

衛藤家の申込みはかなり積極的であった。これまで二人だけの外出や、夜間の話し合いは、母が目を光らしてなるべくさせないようにしていたが、そのころから、暗に娘にそうさせるようにして、二人が自然にでき上るような機会を待っている感じがあった。勿論、そんな事態がはっきりしたら、主人の威光をきかせてすぐに、式をあげさせてしまう意図は見え見えであった。

衛藤仕立店のような小さい店が、その商売を続けて行くには、娘に婿を取らせる以外にはない。婿にしてしまえば、高い給料で職人を雇わなくてもすむ。

主人はまだ五十代で、もう十年ぐらいは働けるだろう。大体、離島の出身者は、甲種でも、意識的に現役免除になることが多い。入営したところで丸二年だ。待つのは何でもない。

それより兵隊に行ってる間に、誰か他に好きな女でもできて、この店へ帰って来ないような事態が起っては困る。

だんだん話がすすめられる内に中田衛藤にはたった一つだけ、前から気がかりなことがあったのが、表面に出てきた。

当然この結婚は、養子縁組だから、中田は妻の姓に改名する。すると中田衛藤が、衛藤衛藤になって、姓も名も同じという、妙なことになってしまう。

届けを受け取った役場の人はどう思うだろう。巡査に道で不審訊問にあったとき、信じてもらえるだろうか。警察官を馬鹿にしたという罪で、ひっぱたかれたりしないだろうか。離島から本土へ来て、かなり理不尽な取扱いを受け、何度か口惜しい思いをしてきた彼は、当然、用心深くなっていた。

それで実際何度も主人の申込を固辞したのである。

事実入営したときは、まずこのことでかなり不思議がられた。最初は人事係下士官から、何度も呼び出されて、間違いじゃないか、軍をおちょくっているんじゃないかと、きびしく追及された。

入営に際しては、いわゆる寝台戦友になる二年兵殿が、予め、帽子や衣服に名前を書いた小布を縫いつけてくれることになっている。そのときにも、二年兵の間にこれが問題になり、もうじき神聖な軍隊をなめた奴が入ってくるというので、入ったら皆で一発きつーい修正を加えてやろうということになった。おっかない古兵さんたちが手ぐすねひいて待っていて、何の理由もないのに、彼は入ってすぐ半殺しの目に会わされてしまった。

そういうやがて近い未来に、自分の上に加えられる運命についてのかすかな予感があったのかもしれない。なかなかいうことを聞かなかったのだが、ついに店の主人に口説き落とされた。だが婚礼の式の日が来ても、どこかに少し心重いものが残っていた。彼の人生にはいつもいいことがあると必ずすぐに悪いことがあり、幸せをすなおに喜べない癖が身についていた。

たしかに美しい花嫁は、今日から自分の所有物になる。眉をひそめて、初めての体にこのおれを受け入れる姿を思うと胸がときめく。だが、離島生れの男に、そんな手放しで喜べる幸せがやってくるはずがない。いつかきっとこの分の不幸が返って来るぞと戒める声がしょっちゅう耳もとにきこえてきた。

結婚の日は、家ではむしろ娘より母親の方が浮き浮きしていて、娘を美容院へ連れて行き、借り衣裳を着つけさせ、一方、御馳走の煮焚きや盛りつけをしている親戚の女衆には、ひっきりなしに冗談をいって話しかけて笑わせていたりした。

店の方はいつもと同じに、夕方まで休まなかった。冬に向って、高等学校生徒のマントの注文が殺到していた。特にこの店の主人が考案した特殊な裁ち方で、外から見ては何も変りはない同じマントでありながら、布地が半分節約できて、値も三割方安い、エトウ印吊鐘マントというのが、近くの第一高等学校に通う生徒の中でも貧しい家庭から出た苦学生の間に人気があった。それで九月ごろからもう、手を休めることができないほど仕事がたまっていた。

日が昏れてもまだ仕事は終らず、灯がつき、式の用意が出来、招かれた人々が、大体集ったころやっと娘の父親と婿の衛藤との二人が、膝の上の裁ち屑を払って立ち上った。

二人は下で、用意してあった紋付き袴に着替えた。二階の三間しかない部屋は、襖を払ってぶち抜かれ、親戚や近所の人が、もう十人近く集っていた。それも嫁側の縁者ばかりで、婿側は誰一人居なかった。

東京はおろか、日本の本土といわれる各地には、中田家の親戚知人は誰一人居ないのだった。島を出て六年、親しい友人さえできなかった。

盃ごとや、高砂の謡は無事すんだ。仕出し屋の料理が半分、家で作った家庭料理が半分のお膳は賑やかで、この貧しい小さな店にとっては、精一杯はずんだものだった。

中田衛藤から、衛藤衛藤になった花婿はそれまで、女の体というものを想像以外では知らなかった。手軽な処理施設は、まだ沢山あった時代だし、彼自身、興味がなかったわけでは決して無い。店からもらった給料の殆どを、孤島で唯一人暮している母に送金してしまって、一円五十銭の玉の井、二円十五銭の吉原の、最低の女郎さえ、それを相手にする、経済的な余裕がなかったのだ。

衛藤の父、中田斉藤（なりふじ）は、まだ衛藤が小学生のころ、島の名物のハブに噛（か）まれて急死してしまった。衛藤が仕送りを途絶させることは、貧しい島では、母を餓死させることになりかねなかった。

盃事が終って、手拍子で賑やかな歌が始まっても、もう一つ彼の気持がのってこなかったのには、その母への仕送りを、これからどうしようという問題があったからである。

一わたりの歌や挨拶などもすみ、刺身や酢の物など生の物だけが平らげられると、後の御馳走は、予め用意された折箱に、大事に詰められて御土産にされ、僅かの客は立ち去ってしまった。

座が片づけられ、二階の三部屋の一番奥がこれからの二人のための部屋とされ、母親が娘のために新しく作った布団が敷かれた。

これまで衛藤は階下の階段のかげにかくれるようにして作ってある三畳の間に眠り、家族の居住区域である二階には、滅多に上ってくることはなかった。晴れて二階に住む家族の一員に加えられたのだ。

今日だけは遠慮して、主人夫婦が、下の三畳に寝てくれることになった。

座の片づけの手伝いを終え、残った酒肴（しゅこう）で、主人と三十分ばかり雑談をした後、彼が奥の間に入って行くと、敷き詰められた寝床の横に、主人の娘の玉枝は、もう白い寝衣に替え、きちんと坐って待っていた。

膝の上に両手を置きうつむいている。白くのびたうなじから、生れて始めて衛藤が嗅ぐ甘ったるい女性用の高価な香水の匂いがした。

衛藤の胸はどうしようもないほどときめいた。

この家付き娘にとっては、高価な香水など使用したのは、婚礼の夜が始めての経験であったろう。それが一般の娘の習慣でもあった。

二日目からはもうつけないようであった。

当時の軍制では、入営は十二月一日と決められている。

二人には僅か二カ月だけの新婚生活だった。

そして入営の夜また、若い妻の体からあの香水の匂いがした。

寝床に入るといきなり狂ったように体をすりつけてきて訴えた。

「どうしても生きて帰ってきてね。卑怯者だって言われてもいい。片腕無くなってもいい。生きていてくれればいい」

まだ妊娠の徴候は当人も自覚していない。だが抱かれる喜びは充分に分ってきていたようだった。

匂いのことでつい思い出さなくてもいいことを思い出してしまった。

現実に戻れば、四方に何一つない砂漠の中であった。今朝出がけに、ふだんはろくに口もきいてくれなかった高級軍人が、旅の仕度をしている衛藤を、珍しく励ましてくれた。

「ともかく、おまえは次の町まであの娘さんを連れて行く旅行に付添えば、一切の任務は終る。そこで賑やかな結婚式が行われるはずだ。おまえは日本の軍を代表して列席するのだから、ちゃんとした衣服に着換え、真黒い髯で、正面から腰抜け中国人や、野蛮人たちを睨みつけていればいい。日本人は怖しいんだぞという畏怖感をあたえれば、それで目的は達成されるのだよ。式が終ったらもう用はないから、すぐ元の道を戻って来い。旅順の司令部までは、先方からちゃんと見送り人が出て連れて来てくれるから心配は要らん」

衛藤は思いきってその士官に聞いたのだった。

「それで隣りの町へ着くまで、どのくらいの日程がかかるのですか」

士官は俄に不機嫌になった。

「そんなことは知らん。分っていても軍の機密だ。一兵卒に軽々しく洩らすわけにはいかん」

そしてぷいと立ち去ってしまった。

今、駱駝の上から見ても、町などまるで見えない。広い海の中にいるようで心細いこと限りない。一年や二年、こうして歩き続けさせられるのではないかという悪い予感がしてくる。今の衛藤にとっての唯一の頼りは、帰りは、この東干の兵隊が、彼をもとの司令部に送ってくれるということだけだ。司令部に帰りつきさえすれば、そこで除隊、内地へ帰国、そして、玉枝と、もう三歳になった、まだ顔を見てない女の子に逢える。

自分ではどうすることもできない。定められた運命に従って、できるだけ抵抗のないようにして、生きて行くより他はなかった。

三時ごろ一行は、小さいオアシスに着いた。

そこで平たいパンと野菜の漬物だけの簡単な昼食をした。積んで来た水には手をつけずオアシスの泥の匂いのする水を腹一杯飲んでから、またすぐ熱砂の中の旅が続いた。

オアシスから出て三十分ばかりしたころだった。

前後を守っていた騎兵が何か騒いで、列を乱し、牛車を押していた人夫が、大声を出して、車を急がせだした。二人が乗っていた駱駝も、それぞれ同時に、首をのけぞらせると悲しげな声を長く曳いて泣き出した。

娘がまた生意気な口調でいった。

「衛藤衛藤上等兵、様子が変だわ。注意して」

それまでうつむいて二度目の吐気を必死に耐えていた衛藤は、始めて自分の名を女に呼ばれてびっくりした。旅順から、宋哲元将軍の居る比較的親日色の強い北京を通過し、延安を経て甘粛省の蘭州までの四日間の汽車の旅、それから蘭州の傅作儀軍政府が丁重な歓迎の後用意してくれたトラックでの嘉峪関までの五日の旅の間に、衛藤はこの女には紹介もされなかったし、向い合って口をきいたこともなかった。もし何かあるとしたら、コップに水を汲（く）んでこいとか、寒いから毛布を借りてこいとか、頭ごなしに用を言いつけられたことだけであった。出発前の打ち合せすらなかった。

だからこの娘が、自分の名や、階級まで知っていることは意外であった。

そしてこんな旅にまで、上等兵の身分がついて回ることを思い知らされて、一層いやになった。

それでも仕方なく、首をのばして皆が指さす前方を見た。

たしかに前方の空から地にかけて、何か異様な状況が起りかけていた。しかしそれまでの彼の経験では、それが何を意味するのかまるで分らなかった。

これまで見渡す限りの大空には雲一つなく、太陽は目が眩（まぶ）しくてあけていられないほどに照っていたのに、今、急に地平線から、黒いドームがかぶさってくるように雲が広がって来ている。

隊長の馬希戎（マーシロン）が、サーベルを抜いてひらめかしながら皆に大声で指示した。それにつれて、古参下士の馬祈令（シーリン）が、人夫たちに、彼らが分る、甘粛訛りらしい中国語でどなりつけていた。人夫のうちの二人が、牛車から離れて、駱駝の方へやって来て、手綱を奪うようにして持ち、ひきずり出した。駱駝はその人夫たちの誘導にすっかり安心したのか、泣くのも首をのけぞらせるのもやめ、人夫の早足に合せて走り出した。

それは良かったのだが、二人ともまだ乗り馴れていないから、スピードが上ると、今までのように坐っていられない。振り落されないためには、見栄も外聞もかまっていられず、夢中になって、長い首にしがみついた。

牛車の輪の間からは鉄と油がすれて、青い煙が出るほど、人夫たちは全力で押した。道を少し外れたところに、やっと幾らか斜面になっているところが見つかった。

騎兵はすぐ馬から飛び下り、斜面に腹をすりつけるようにして、馬を横倒しにした。その上に鞍に巻いてあった天幕用の布を拡げて、たてがみからひづめまでの、馬体すべてをおった。布のはしはしには、風で吹き飛ばされないように大きい石が置かれた。駱駝は早くも吹き出してきた風に尻を向けるようにした形で膝を折ってうずくまらされた。鞍から下りた二人はそれぞれ、首の下の胸の前の部分に、もぐりこんで、じっとしているように指示された。人夫や、騎兵たちは、全員が牛車の下の狭い空間に膝を抱えるようにしてもぐりこんだ。そのころには、空はもう黒灰色の傘が一面にかぶっていた。あたりは夕闇のように暗くなった。

衛藤は突然やってきたこの異常な状態が怖しくて堪らず、駱駝の首の下にうずくまりながら、自分の胸に両手を合せて、故郷の岩屋に祀ってある神に向って、本土の人にはまるで意味の分らない、自分ももう十年以上使わずに、忘れてしまっていた島の方言の祈り言葉を急に思い出して大声で唱えだした。

突然、四方に山が崩れ落ちるような音がして、天から小石ぐらいの大きさの塊(かた)まりが落ちてきた。それと同時に、すぐ隣りの駱駝の首の下にもぐりこんでいた女が、

「怖いー！」

と悲鳴を上げて、衛藤のうずくまっている所に飛びこんできて、抱きついた。天から降ってきた小石は、そのあたりの地面のものより大きく、当るとはねて鋭い音をたてた。石はよく見ると、白いガラスの塊まりのようで中には透き通っているものもあった。

「ひょうだ」

やっと分った。石にぶつかって割れた小片が、頰(ほお)や手に当ると、冷たかった。あれほど高慢だった女が、正面から抱きつくと、彼の胸に顔を埋めるようにして、細かく震えていた。手の爪(つめ)が彼の二の腕の衣服を通して、皮膚に喰いこむほどだった。

すぐ目の前で稲妻が光り、雷鳴がそれを追いかけて轟(とどろ)いた。牛車の人夫たちも、彼らの国の言葉で、声高に祈りをあげていた。一瞬また、衛藤が知っている戦場の砲火よりもっと凄(すさ)まじい音がして、もうこれがこの世の終りかと、思わず目をつぶった。

女はまた、

「いやーっ！」

と泣き声を上げて、口と髯がくっつきそうなほど顔を間近にしてしがみついてくる。女の体の震えは確実に伝わってくるが、柔かい肌や、甘い匂いなど感じる余裕はまるで無かった。

衛藤は心の中で、

『あのプロペラ髯め！　ここで死んだら、絶対祟ってやる』

と怒り狂っていた。二十分間ぐらいそんな状態が続いていたが、それはまるで二時間も三時間も続いたように、長く感じられた。その間、誰も皆、ただじっとしている外に何の手段もなかった。

馬の体の上にかぶせた天幕用の布は、忽ち氷の塊まりで埋まって、真白になった。あたりの砂や石の黄色い荒野も、一時、北極へでも行ったように、真白になった。だがすぐに地平の彼方が白く、ドームが外れて、明るくなった。そうすると空は、傘をかたむけるように、急に明るくなった。

一旦明るみが射すと、天候の回復は信じられないほど早かった。雷鳴が止み、瞬間、ひょうは降ってこなくなった。

物馴れた東干騎兵たちは、すぐ立ち上ると、馬の上にかけられていた天幕を外し、たまっていた氷を地面にぶちまけた。再び灼熱の太陽が照りつけてきて、今地面に降った氷をみるみる溶かし、砂地にしみこませて、忽ち白い塊まりは見えなくなった。

自分で『怖いー！』と叫びながら飛びこんできてすがりついたくせに、その娘は、男に抱きついている自分の姿を知ると、

「何をするんです。失礼な」

とまるで衛藤がむりに抱きすくめでもしたように彼の体を突き放した。しなやかな右手がひるがえったと思った瞬間、髯の上から頬が鳴り、鋭い痛みが走った。厚い髯の層も、力一杯叩かれる掌の力を少しも減らすものではなかった。

もうわけが分らず、呆然と女の方を見たままの衛藤を女は睨みつけながらいった。

「いやらしいことをしないでください。上等兵のくせに。身分を弁えなさい」

すたすたと自分の駱駝の方に歩いて行く。全く癪に障る。東干兵たちがいなかったら、追いかけて行って、思いきりひっぱたき返してやりたかったが、たった二人の日本人が争ったりしては、外国人に対してみっともないと、できない我慢を無理にした。

二人はまた駱駝に乗り、回りを騎兵が囲むようにして行列は元に戻った。

今の雹で埃りはおさまり、地熱も下って、幾分、体が楽になった。今晩泊る予定の、額済納河のオアシスまでは、まだかなりあるらしいし、今の四十分近くの時間の浪費が気になるらしく、行列の足並は早目になった。

衛藤はもともとあまり笑ったり騒いだりしない男だった。生いたちの暗さからか、無言で暗い顔をしていることが多かった。その衛藤の顔がますます、憂鬱になった。

自分でもまだ行先も目的も分らぬ旅が、どうも十日や二十日では終りそうもないような予感がしてきた。辛い旅になりそうだったし、最初から生意気な振舞いばかりして気に入らなかった娘が、ますますうっとうしいいやな存在になってきた。

(三)

苦しい単調な旅もいつか半月はすぎてしまった。地面の形は相変らず同じで、四方見渡す限りの平らな地平線と、黄色い石と砂の荒野であった。

自分たちは一体、一日に幾らかでも、前に進んでいるのだろうか。これは疑い深い衛藤だけでなく、一行の旅の主役である由利さえ、時々ふっと内心に感じた思いであった。日もはっきり分らなくなった。

ただその日の朝だけは少しいつもと違っていた。

駱駝の泣き声や、炊事に働き出す、東干兵のおしゃべりで、いつもは目をさますのに、その日ははっきりとした人々の罵り声で、由利は目をさました。

「ワーシャーッ」(控砂子)

砂から掘り出せという意味である。昼間は牛車の車輪がしょっちゅう砂にめりこみ、そのたびに全員が叫んで掘り出すので、聞き馴れた言葉であった。

しかしまだ皆が眠っているはずの明け方その言葉をきくのは珍しかった。

由利も、衛藤も、同行の東干人も、中国人の人夫も、皆、この砂漠の旅では、一人で一つの三角天幕に寝ていた。一枚の布のはじの中心に棒をたてて左右に流して作った、入口はあいたままの、最も原始的な天幕である。その下に、体を軍用の荒い毛布で巻いたままもぐりこみ、直接地面に横たわる。これは沢山の荷物を持てない砂漠の旅行での標準的な眠り方であるらしく、女性の由利もまた例外ではなかった。

何百年も昔、波斯国（ペルシャ）から長安に、眼の青い金髪の胡旋女（ダンサー）が、何十人ずつ一遍に連れて来られたが、そのころからこの旅の方法は変っていない。

風に三角の背を向けて、入口はあけたままのテントだから、空気も、音もストレートに入ってくるし、横になったままで、外に起っている光景も眺められる。

どこからやって来たのだろうか。大きなトラックが、砂にめりこんで動けなくなっていた。このあたりは最初の甘粛省の嘉峪関を出たあたりと、地形があまり違っていないようでありながら半月の旅はほんの少しずつであるが、やはりその地形を変えていた。大きな石が殆（ほとん）ど無くなり、その分砂地が多くなって、地面はすっかり柔らかくなっていた。

だからこの何日間の間に牛車のわだちがめりこむことが日に何回かあって、『ワーシャーツ』の叫び声に馴れていたが、しかし身内のではない声にぶつかるのは始めてであった。まして こんな所にトラックが来るとは思いもしなかった。

由利は天幕の中から這（は）い出してから、トラックの方を見てみた。一人の赤毛が、車の横で、自分たちが連れてきた人夫たちを指揮して、タイヤの回りの砂を掘らせていた。

由利はその赤毛と話をしたくて、そばへ寄ってみた。国籍までは分らないが、赤髪でまだ若い。顔はもう砂埃(すなぼこ)りにまみれて黄色くなっているが、鼻の形や、目の凹(くぼ)み方を見ても、明かに東洋人の顔だちではなかった。

とりあえず英語で聞いてみることにした。

「どこから(ウェア・フロム)」

久しぶりの西欧人にちょっと英語が使ってみたくなったのでもある。もしかしたらアメリカ人かもしれない。かすかな希望を持ったが、英語は分らないらしい。

彼はびっくりして首をすくめた。そして何か言いそうになったところへ、跛行しながら、下士官の馬祈令(マーシーリン)がやってきて、二人の間に入って、

「しゃべるな！」

と中国語でどなった。馬に乗っていると目だたないが、この下士官が地上を歩くと、その跛行がかなりひどいものだということが判(わか)る。

由利に対しては、銃を向けながらも、今度はわりと丁重な中国語で訴えるようにいった。

「あなたは、我らが神と慕う馬将軍の花嫁になる方であります。良き回教徒の妻は、見知らぬ男と軽々しく話をしてはなりません」

「はい、分りました」

赤毛は、兵士と中国語でやり合っている由利の方を心配そうに見ている。

それからわずらわしいことをもうこれ以上避けたいと考えたのか、すぐに人夫たちの方を

向いて、最前までの作業の指揮を続け出した。

トラックがギヤをかけて、後輪を動かせば動かすほど車輪がめりこむ。彼らの人夫だけでは、力が足りないのは明かであった。

だが二十人近い東干騎兵も、同じほど居るこちら側の人夫も誰も、回りに立っているきりでトラックを押すのを助けようとする者はいなかった。

すべての人がお互いに助け合うことが不文律になっている苛烈な砂漠の環境の中で、こんな無関心な態度は珍しかった。ほんのも少しの人力が加わって一押しすれば、何とかなりそうな一歩手前で、またずるずると、タイヤは砂の中にめりこんでしまうのだった。

衛藤上等兵はどうしているのだろうと、あたりを見回したが、あの髯の中から出ているような顔は見当らなかった。念のため彼の天幕を覗いてみると、中でまだ何も知らずに眠りこんでいた。

由利は皆の前で、ピストルを車に向けたまま見張っている馬希戎中尉の方に歩いて行って、ウイグル語で後ろから、隊長に聞いた。

「馬希戎隊長、助けてやれないの」

馬希戎隊長は、自分たちが尊敬する馬仲英将軍の花嫁になる由利に、いつも充分な尊敬を持って対していた。彼女がウイグル語もかなり話せるので、彼女との対話は不自由ない。

「奥様、ここから最初の都会、哈密（ハミ）までまだ一千キロもあります。目的地の烏魯木斉（ウルムチ）までは更にその先にそびえたつ天山を越えて、五百キロも行かなくてはなりません。疲労は死を意味します。人夫たちの体力は、水や食糧と同じに貴重なもので、私たちは節約しながら大事に使いのばして行かなければならないのです」

言葉遣いは丁重だが、決して自説を曲げようとしない強さがあった。

さすがにこの騒ぎに、衛藤上等兵もとうとう目をさましてしまった。目をこすりながら出て来て、目の前で人夫たちが押しても動こうともしないトラックを見ると、

「こらいかんな」

とのんびりと言いながら近づき、人夫たちの間に交って、トラックを押し出した。誰の言葉も分らないし、周囲の情勢など気にする人間ではなかったので、全く平気であった。

実際に彼の力などは大したことはなかったろう。ただ鍾馗（しょうき）のような物凄（ものすご）い髯の男が仲間に加わったことで、今まで押していた人夫たちは、千人力の味方を得たような気持になったらしい。自分たちにも一層の力が湧（わ）いてきたようであった。お互いに何か大声で、罵りあって押しているうちに、一度大きく横揺れしたかと思うと、一気に砂地から飛び出した。

一斉に安堵（あんど）の声を上げたのは、これまで牛車のそばにしゃがみこんで、黙ってこの騒ぎを眺めさせられていた、人夫たちであった。

車がようやく平地に出て走り出そうとする直前、さっきの赤毛がまた近づいてきて、由利

に何か話しかけようとした。だがその前に下士官の馬祈令が、小銃の遊底を動かし、

「車が動いたらすぐ出ろ！　よけいな話をするな。ロシヤ人め」

と赤毛に中国語でどなりつけた。ロシヤ人というのは最大の罵り言葉で悪魔の代りに使われていた。

運転席をよく見てみると、やはり他にも赤毛が居てしきりに由利の方を見ていた。

そのまま大きいトラックは砂埃りを上げて走り去って行った。

思いがけない事件で、いつもの起床の時間より早く起された東干の兵士や人夫たちは、騒ぎが静まると、早速、朝食の用意にかかり出した。

中央に石や土でかまどを作る。行進中も、牛や駱駝が糞をするたびに、す早く拾い集めて、大事に貯えてきている。その最高の燃料を、下に入れ、少量の木を加えて火をおこす。乾燥しきっているから、昨日の糞は強い火力を持って燃え上る。

袋の粉と、アルミ缶の水とで、どろどろの粥を作り、乾燥羊肉と玉ねぎを刻んだ物を加える。他に饢パンという平たく焼いたパンが各自に一枚あて支給される。

砂漠の旅では他にはもう材料が無い。来る日も来る日も同じ食事だった。

食事の途中で、由利はウイグル語で、馬希戎隊長に聞いた。

「どうしてあんなきびしい警戒をしたんですか。車の回りで騎兵は全員、銃を向けていたでしょう。理由がよく分らないわ」

隊長はかじりかけの固いパンをおいて、丁重な態度で答えた。

「ああいう幌（ほろ）をかけて、中が見えないようにしているトラックに対しては、私たちは決して気を許してはいけないのです。現にあのトラックのタイヤが、砂にめりこんで、なかなか出て行かなかったのも、規定以上の重量の物が積まれていたのです。それは武器に決っています。勿論（もちろん）我々の首領の馬将軍の所に届けられる銃器であったら、全員でトラックを押しましたでしょう。しかし、ああいう連中は探険や調査に名を借りて、有利な買手を探して歩いているのです。戦争をやっているという情報があると、そのそばまで駆けつけて、どちらでもいいから、よけい金を出す方に売りつけるのです。彼らには人間的な信義心などこれっぽっちもないのです。文字通り、死を商いしているのです」

憎々しげにいう。びっくりした由利は目の前まで持ち上げた粥の椀（わん）をすりもせずにおいて、すぐに聞き返した。

「じゃ、あの車の中の荷物は、もしかすると私たちの方に向けられる武器の可能性もあったのね」

「ええ、そうです。馬将軍の言い値が彼らの希望する値と合わなかったらそうなります」

そこで思いきって由利はきいた。

「それじゃ、ここに二十人の精強な兵士がいるのに、なぜあの連中のトラックを襲って、奪おうとしなかったの。ここなら、どんなことをしても、見ている人は一人も居ないから、全員を殺してしまえば、誰にも判りゃしないでしょう。いいお土産になったのに」

「この砂漠の中の旅行に馴れていない者なら、多分そう考えるでしょう。そして却って襲った方が、てもなく殺されて、水や持物を逆に連中に取られてしまうのです。勿論女は大事な財産で娯楽用品だから、注意深く弾丸を避けて、生かして連れて行くでしょうけど」

「どうして。向うの方は、ずっと人員が少なかったのよ」

「幌のあるトラックに決して油断してはいけません。あのトラックには、あと二人、赤毛が乗っていました。彼らはどんなに人夫が力が足りなくて苦しんでいても、決して出てきません。幌と幌との僅かな隙間から、機関銃の銃口を出して常に我々を狙っていたはずです。彼らだって本当は何かほしくて近づいてきたのかもしれません」

「まあー」

「つまり何もお互いにしないのが、一番よいことだったのです。私たちの任務は、戦闘や掠奪にあるのでなく、花嫁である貴女を、無事将軍に届けることです。もし機関銃の流れ弾丸が貴女に当ったり、我々が倒れて、貴女が拉致されたりしたら、我々は死んでも将軍にお詫びがかなわない重大な過失を犯したことになるのです。だから襲いもしないで助けもしなかったのです」

だだっ広くて何もない、人間の姿など何日も見ることがない、この辺境にも、普通の土地以上に激しい人間の愛憎がむき出しで渦巻いているのだった。もっときびしい気持で生きなくてはと、由利は反省した。

衛藤上等兵には、二人の話すウイグル語はまだ全然分らない。ともかくこの生意気な娘を、花嫁にしようとする不幸な男のところへ無事届けてさえしまえば、彼の用はもう終りである。すぐ砂漠を戻り、旅順へ帰り、申告をすませて日本へ帰る船に乗る。そこにはかあちゃんが居り、子供が居る。強いて言葉を覚える必要など全くないのだ。

アルミの皿のスープの中に入っている乾し肉を指の先でつまみ、髯だらけの頰を動かしうまそうに噛んでいる。

水にひたさず、いきなり粉のスープの中に入れて、一緒に煮るだけだから、まだ固く、喰べるためには気長に噛まなくてはならない。そこで髯中が震える。無心に喰べている。たしかにきびしい旅だから、しっかりと食事をすることは、大切なことではあるが、その只、喰べることだけに心のすべてを奪われている男の姿を見ると、由利は急に内心が怒りで波だってきた。

これから由利自身が果さなければならない任務、そして今、馬仲英や東干民族が、この西域全土で置かれている立場を考えれば、のんびりと肉など噛んでいられる事態ではない。哈密、烏魯木斉、砂漠のオアシスの大都会では、彼女の未来の夫は死力を尽して戦っているはずなのだ。広い荒野の旅で、外部からの連絡は何もないので、却って不安が増す。もし将軍の軍が圧倒的な勝利を納め、それらの都会の治安がもう回復しているなら、軍の一部をさいて、この砂漠の中まで迎えの兵士たちがやって来るはずだった。

　これは、日本と東干の、両民族のためだけでなく、西域アジアのシルクロードといわれる広大な地帯の全域の平和を永遠にするための基礎になるはずだった。不安でつい怒り出そうとするのをやっと押えて由利はおとなしく、また食事を続けた。


　由利はこの旅に出ることが決った、三月の終りごろのことを考えていた。手紙が来て、直接、旅順の関東軍司令部に呼ばれた。そこで別棟に間借りしている、朝鮮軍司令官の部屋に出頭した。森将軍は、越境して満洲事変に参加した作戦目的がもう達成されたので、全軍をまとめて本来の朝鮮の竜山の司令部に凱旋するための準備で忙しかったのだが、奉天から一人の少女がやって来たと知ると、まるで大会戦の勝報でも得たように喜び彼女をすぐ司令官室に呼びよせた。

　副官や当番兵まで退け、由利と二人だけになると、その手をしっかり握りしめていった。

「よく引き受けてくれました。日本の軍を代表して、厚く礼を言わせてもらいますぞ。あなたがこれから引き受けてくれることは、帝国陸軍が、一個師団や二個師団かかってもとてもできない、大きな作戦なのですぞ。どうかしっかりやってくだされ」

「承知しました」

由利も、緊張した表情を見せて答えた。しかし由利には、まだ国のためという気持はなかった。

仕方ないからそう見せているだけだった。彼女の心の奥は複雑な悲しみで一杯であった。なぜ自分一人が、こんな辛い仕事をやらなければならないかという恨みが、決して消えたわけではない。

ここへ来る直前、奉天の郵便局から、国際郵便でアメリカのマサチューセッツ工科大学の研究室に学ぶ、アーサー・カマルという青年に、英文でこの事情をのべた手紙を出した。彼しか本心を訴える相手はいなかった。

由利が、自分の身に何かが起っていると気がついたのは、ホテルへ珍しく、森将軍がやって来た日のすぐ二、三日後のことであった。

いつもは陽気で、ジョークの好きな父があの日以来、急に憂鬱そうな表情に変ってしまった。夜おそくまで社長室に詰めて、支配人やフロントにさまざまの注意をあたえていた父が、夕方になると、さっさと自宅へ引き上げ、食事の際もろくに話もせず、自室へひきこもってしまう。

廊下や食事のときにたまたま由利と顔を合せると、じっと悲しそうな目で見ている。何か特別の話でもあるのかと、問いかけようとすると、顔をそむけて、黙って行ってしまう。

昼の間はホテルのフロントで、由利は経理の帳面と現金の出し入れを受け持っていたが、ときどき遠くからじっと、自分の姿を見ている父の視線に気がつくことがある。悲しそうな目で見ている。深いため息をついたりしている。由利だけでなく、母や女中たちも、この父の奇妙な変化には気がついていた。

どうもその間にも、森将軍からは再三、

「娘さんの返事はまだかね」

という催促の電話があったらしい。

三月の終り、もう四月に、二、三日というころ、父はとうとう自分一人で、この秘密の苦しみを守りきれなくなったらしい。夜もかなり更けてから、まだ起きていた由利を自分の書斎に呼びよせた。

苦悩をあらわにした顔で、三月の半ばの森将軍の訪問時に、膝詰めで迫られた話の内容を始めて伝えた。

由利が泣いたり、怒ったりするかと父は思っていたらしい。

だが由利は若干顔を蒼白にしただけで、後は別に狼狽の様子を見せず聞いていた。断われば、二人の兄の身に、確実に軍の兇手がのびて来るという事実を聞かされたときは、固い表情のまま大きくうなずいたほどだった。

すべてを聞き終えて由利はいった。

「わたしは、小学校から中学校まではアメリカで教育を受けたので、こういうとき自分の幸福を先ず考えて、自分を強く主張することも充分知っています。それだけにパパの心労も逆によく分るのです。将軍に目をつけられてしまったこと、それ以前に、楊富徳という商人、実は馬占山の目に止まってしまったことが大変な災難だったのでしょう。わたしとしては、誰にでも親切にしてやるのが、ホテル従業員の勤めと思ってやっただけのことですけど」

意外にしっかりした返事に父はむしろ驚いて娘の顔を見ていた。

「かまわないのか」

「わたしだって、心の中には好きな人もいましたし、こんな一方的なお話で、人跡もまれな砂漠の中の特別な民族のところへ、お嫁に行くことを、好ましい話だなんて思うはずはありません。でも今、わたしたち一家がアメリカに行って、場合によったら、日本国籍を捨てて、帰化申請でも何でもするつもりならこれをお断わりできます。しかしこの奉天から、長春、ハルビン、上海と、あちこちに作り上げた鉄道ホテルチェーンの何百人にもなる従業員の生活や、パパがこれまでこのホテル設立に注いできた努力のことを考えると、とても自分一人のことは言ってられないと思います。何と言ってみても、もう今更どうしようもないなら、一切をさっぱり諦めて、その運命に従った方が、賢い生き方だと思います」

これまで気の優しい娘だと思っていた由利が、実は怖しいほど気の強い子だということを父は始めて知った。

「ともかく、あたし近く将軍の所にお伺いしてお話を聞いてきます。そしてその上でこれが、日本の国のため、どうしても必要なことなら、将軍のおっしゃるとおり、東干の将軍にお嫁に行くことにします」

こうして、由利は直接、旅順まで旅をして森将軍の部屋を訪ねたのであった。

由利は、もう奉天には帰らなかった。奉天を出たときが、父母との別れの日と、決めていた。将軍から正式の委嘱を受け、承諾すると、折返しの満鉄の特急に乗り、奉天を通過して、長春に向った。

駅には、軍司令部からの連絡が既にきちんと通じていて、総領事の林田賢介が、いつも変らぬ温顔をたたえて待っていた。

満洲帝国設立と、新宮廷の諸人事、調度、礼式の一切の責任者であったこの外務省の高官は、忙しい日程をさいて、由利の現地での生活が、より快適に行くようにと、出発までの間、自宅であずかって、彼女の教育を受持ってくれたのである。

難しい回教徒社会の生活様式。特に婦人として、妻としての心得。毎日五度の礼拝時におけるコーランの祈りの文句の違い。

それに何よりも、しっかりと教えこまれたのは、広く、西域アジア一帯に使われているウイグル語であった。

この林田総領事は、明治三十八年、日露戦争の最中、東亜同文書院の第二期生として卒業し、そのまま軍の委嘱を受けて、単身、新疆省の伊犁(イリ)地方の探索に出発した。

伊犂地方は、昔から中国領とロシヤ傘下のカザック地方との国境地帯で、中国領土になったり、ロシヤ領土になったり、常に所属が決らず争いの多い地方であった。

中国商人、林賢勝という名で単身潜入して充分な調査をした。伊犂ではやがて当時の土民の政府の首長である、吐爾扈特(トルハト)郡王に気に入られた。特に彼の新しい知識を、郡王が地域の青年を集めて教育している、陸軍学堂（士官学校）、法政学堂（官吏学校）の教授となって、この土地の若者に伝えるように熱望された。

陸軍の委嘱を受けての探索中なので、返事を保留し、一旦(いったん)、日本へ戻って、伊犂地方の状況を正確に報告した後、外務省に入省し、外務書記生の身分のまま、また中国商人の林賢勝として、伊犂に戻った。

明治四十年から四十二年までの二年間、伊犂の郡王に仕え、二つの学堂の教授として、近代軍事学や法律経済、それに北京官話を教えた。同時に、自分は、カザックとウイグルの二つの言葉を、全く現地人と同じぐらいにしゃべるまでに勉強して三年目にはまた日本へ戻ってきた。

日本人で、この西域(シルクロード)地方の状況を知っている人間は、参謀本部の将校に三、四人、学術探険隊に交って調査した特務機関員に五、六人はいたが、現地人と同様に言葉をしゃべれる人は林田総領事しか居ない。これらの将校も、特務機関員も、すべて出発前には、林田賢介のきびしい指導を受けてから、奥地へ入って行ったのであった。

由利が彼の家に寄宿したときは、総領事は五十三歳、最も円熟した時期で、同じ探険行で辺境地方で偶然に会った、陸軍の参謀日野少佐の妹さんを妻とした、平和な家庭の主人でもあった。その家庭には由利より三つ年下の長女を頭に三人の女児と八歳になったばかりの末っ子の男児が居た。忽ち仲好しになった。夫人は任務を知らされていたのだろう。親身も及ばぬ世話をした。出発前の三カ月、習得する物が多く、日々の学習はきびしかったが、まるで四人の弟妹を同時に得たような環境で、由利は楽しい日々がすごせた。

ともすれば、行く末の異常な境遇や任務を思って暗くなり勝ちな気分が、それでどのくらい慰められたか分らない。

三カ月で現地に赴く準備のための教習は終った。宗教的な戒律や礼拝儀式の他、日常生活の作法も、いつ回教徒の家庭に入っても、困らないよう、身についたものになった。ウイグル語は、林田総領事との間でしゃべるだけだが、それでも日常の会話は、日本語や中国語の力を借りずにすべてすますことができた。

途中一度、林田総領事が大連へ公務で出張する機会があったとき同行して、大連の北胡同に住む、イブラヒムという老人を訪ねたことがある。

ソヴィエート革命成立と共に崩壊した、タシケント王国の教主で、現在は亡命して、満洲地区の回教徒の長老職にあった人だ。年は九十歳を超えていた。ピンクの皮膚の顔は、七面鳥の頬のように皺だらけであったし、尖った鼻は先が錐のように細く垂れ下っていた。

片方の耳には、卵ぐらいの大きさのサファイヤが、耳たぶの肉をひきちぎりそうにしてぶら下っていた。

ここでコーランの朗誦（ろうしょう）についての最後の教習を受け、入信の手続きをした。教主は若い入信者に、教団で最高の、最も身分の高い人々だけが受ける、アミナという教名を授けてくれた。アミナというのは、マホメットの母の名で、キリスト教の世界のマリヤに当る神聖な存在であった。

七月の半ばにすべての学科の習得を終えた彼女は、改めてもう一度、関東軍の司令部に出頭した。既に森大将は、自分の軍の司令部のある、朝鮮の竜山に帰ってしまっていたが、この作戦のため、馬仲英（マーチュウイン）の軍の根拠地のある、甘粛省の嘉峪関へ同行する、現役将校や特務機関員を、旅順に待機させていた。

林田総領事も、責任者の一人として、公務の間をさいて、同行してくれることになったが、これは少女の身できびしい任務に就く由利を励まし、少しでも気持の負担を軽くしてやろうという、慈愛から出た、特別の行動であった。

まだ日本と中国とは、戦争に入っていない。

お互いに自由に旅行できる。特に北京からその奥にかけては、比較的日本に好意的な、河北軍閥の宋哲元将軍の支配下にあったので、蘭州までの四日間の汽車の旅は、普通の物見遊山の旅とまるで変らなかった。

蘭州で鉄道が終り、それからはトラックの旅になった。砂漠といっても、畑が黄土化した程度のほんの入口の地帯なので、五日の旅も、ちゃんと宿屋や、食事のできる店が、どこにでもあり、特別のきびしい旅ではなかった。

ただ嘉峪関についてみて、始めて、この計画は、最初の齟齬（そご）をきたした。

一行はここで、まる五日も滞在した。その間、由利は全く知らなかったのだが、実は輸送責任者の永坂大尉と、林田総領事との間に激しい論争が行われていたのだ。

永坂大尉は折角ここまで来たのだし、既に砂漠を追って行くための、一個小隊の東干騎兵まで、待機しているのだから、そのまま砂漠の中の町まで送って結婚させるべきだとの意見を強硬に主張した。それに対して林田総領事は、既に将軍が出発してしまって、この嘉峪関で婚姻の盛儀があげられないのなら、日本人の面目の上からも、このまま由利を連れて帰るべきだと顔を真っ赤にして机を叩（たた）かんばかりにして、主張した。しかし多勢に無勢どころか、他の全員と、総領事一人の論戦となって押し切られた。

そして同行の日本人からは、当番兵代りと、婚姻の儀式に、その鍾馗髯を飾り物として、式場のはじに立たせておくための、森将軍の冗談半分の気持から連れて来られた、衛藤上等兵だけが、由利の唯一の随伴者として砂漠の旅に加わったのである。

本来なら飾り雛（かざりびな）の用を終えれば、そのまま戻れるはずの男を、行先も分らぬ、酷烈な砂漠の旅に同行させることになった。髯がなければ当り前の男だ。可哀（かわい）そうではあるが、そうもいっていられない。

今は、この頼りない男が由利のたった一人の味方なのだ。

本当はもっとしっかりした、日本軍人らしい人間がほしかった。だから髯だけもぐもぐさせて、うまそうにいつまでも乾し肉をしゃぶっているのを見ると、その気楽な態度に、そばへ行って猛烈な往復ビンタを加えてやりたいぐらい、無性に腹がたった。

もっとも気持がひどく昂ぶるのは二日前から、月のあれが回ってきていたせいもある。

どうやら全員の食事は終ったらしい。

炊事の跡を片づけると出発の用意にかかった。牛車係りの人夫たちが、燃えかけの薪を砂でこすって消して、大事にしまいこむ。

兵隊たちも、人夫たちも、食器を砂でこすって洗い、腰の袋の中にしまうと少し離れた砂地の凹みや、石のかげを見つけてズボンを下してしゃがみこむ。由利も、

「ちょっと」

殆ど口に出さずに、目だけで衛藤に合図をする。そして兵士たちのしゃがんでいるのと全く反対の方向へ歩き出す。衛藤は毛布を一枚持ってついて行く。かなり離れた所で毛布を後手でマントのように拡げて彼は兵士たちの方を見守る。こちらに好色の視線を送る兵士や人

夫があったら、その髯だらけの怖しい顔で睨みつけてやるためである。

　これが今のところ、彼の毎日の役目でもあった。由利の姿は、その一枚の毛布で、人々の視界からかくれる。それがなくては、この四方の地平線が見通せる平地では由利が朝晩の用をゆっくり足せる場所は見つからないのだった。

　もう十五日間、衛藤は朝晩、ときには昼の休憩時に、こんな仕事をやらされてきた。実はそんなとき、必ず、彼の脳裡に浮んでくる思い出があった。それは日がたつとともに、日々鮮烈なものとなって、目の中に灼きついてくるのだった。


　去年の秋の、熱河省討伐が始まる前、少しの間、独立大隊が、通遼という小さい町に、駐屯していたことがあった。

　治安の悪い土地で、土地の住民も反日的で、夜間にはゲリラがしきりに出没した。

　実戦に馴れていない初年兵が大量に到着して補充されたので、毎日の兵舎警備に、古年次兵は神経をすり減らした。

　討伐よりは、ずっと気の重い、危険な状況も多い、毎日だった。

　……そんな緊張の日々、突然、部隊に思いがけない吉報が舞いこんだ。慰問団がやって来るというのだ。しかも丸髷に着物姿で有名な歌手の、勝丸姐さん一行だということだった。

彼女がレコードで日本中に広めた『島の乙女』や、『満洲偲んで』などという歌謡曲は兵隊の間にはやり、兵隊の宴会のときには必ず唱われる。わりと歌が好きで、上手でもあった衛藤はよく皆に唄ってみせた。慰問袋に入っていたブロマイドや、雑誌の『キング』のグラビヤなどで、皆、その歌手の顔やいきな、あで姿はよく知っていたが、この東京出身者の多い部隊でも、実演の舞台や、その他の場所で、実物を見たことがある者は、只の一人も居なかった。

町の小さな店の仕立職人として、ただ布を裁ち、縫い合せるだけの生活をしていた衛藤も、勿論そんな有名歌手の実物の姿など、見たことはなかった。

部隊中の期待は昂まり、まるで熱に浮かされたように湧きたった。

早速慰問団の歌手一行を迎える準備が始められた。

演習用の営庭に、仮の舞台が作られ、アンペラ囲いの、楽屋が作られた。久しぶりに皆楽しそうに作業をしていた。

ところがこんな浮きたった空気が周辺の村落に伝わるのか、ゲリラの方も、決して攻撃の手を休めず、毎夜いやがらせの発砲騒ぎが近くで起った。

そんな中で当日が来た。

軍だから周辺の歩哨や、少し離れた分遣地の警戒兵を休ませるわけにはいかない。むしろいつもより一層きびしく配置しなくてはならない。

　だが誰でもその日ばかりは勤務を逃れて、演芸が見たい。芸妓姿、着物姿の若い女を見て、四、五日の夜の一人の楽しみの幻の相手にしたい。できれば舞台の真下でお白粉の匂いを胸一杯吸いこみたい。

　結局、入りたての初年兵と、ふだんの勤務成績がだらけている二年兵が、その当番にあてられた。しかし三年兵からも、束ねになるのを出さないと、統制がとれない。上等兵が一人だけ出ることになり、結局その損な役目が、衛藤上等兵に回ってきてしまった。

　がっかりしたが、命令だからどうにもならない。

　仮設の舞台が夜の光の中に華やかに浮き上る。その分、兵舎の回りの高粱畑は、無気味に暗く見えた。甚だ面白くないから、歩哨小屋から立哨に出る前に、初年兵全員を並べて、近ごろ気合が入っていないという理由で、二発ずつ強烈なビンタを取ってやった。

　いつもより責任が重いと思うと、余計暗闇への恐怖は増してきた。こんなときを狙って腕利きのゲリラが忍んで来れば、バックが明るいだけに、確実に狙撃される。

　どう見張っても何一つ見えない暗闇を、目を突っ張らせるようにして、じっと見つめていた。突然、彼の横を華やかな赤い物が通りすぎた。

　舞台の途中で衣裳のまま抜け出してきた一座の看板歌手勝丸姐さんであった。三十を一つか二つ越したばかり、女としてはまさに盛りで、やや小肥りのその体は、お色気に満ち満ちていた。

急ぎ足で通りすぎ高粱畑のふちでしゃがむのを誰何(すいか)する暇がなく、ハッとしたが、そのまま見送ってしまった。彼女の方は自分の用に夢中で、暗闇に立っている歩哨の存在に気がつかなかった。畑に向ってしゃがむ前に、くるりと着物をまくり上げ、丸い大きい白いお尻(しり)を出した。二つの丘が夜目にもくっきりと浮き出した。

銃を持っている衛藤の体が硬直し、視線が止まった。舞台の設営班は朝からはしゃいで、舞台や楽屋を作りながら、慰問団用の臨時厠(かわや)を作るのを忘れてしまったのだ。

彼はじっと女の尻を見つめていた。勿論、男性としての本能もあった。だが歩哨の任務の一つとして、もしどこからかゲリラが狙っていたり、或(ある)いは性質(たち)の悪い下士官あたりがつけてきて、女の身に何かの危害でも加える者がいたら、守らなければいけないという、義務感の方が強かった。しゃがんだ女の周辺にも油断なく目を見張っていた。

女はやがて地面に、花びらのような小さい白い塊(かたまり)を一つ残して立ち上り、着物の裾(すそ)が下りて、白い尻や太腿(ふともも)がかくれた。しかしその瞬間女は、自分の背中に痛いほどあてられている、男の視線に気がついた。

くるりと振返ると、そこに立って無礼な視線を注いでいる兵隊を発見して、非難するように大きい瞳(ひとみ)で睨みつけた。だがすぐ彼女はその兵隊が、あたりを警戒している歩哨だということに気がついた。

瞬間、彼女は悟った。

今、他のすべての兵が、舞台の上の和服姿の彼女の歌に聞き惚れ、間に行われるアトラクションの、若い娘の脛や、ときには腿までがちらつく妖しい踊りに酔っているとき、この兵隊さんだけは、不意のゲリラの襲撃から慰問団を守るため、孤独できびしい任務についていてくれたのだ。

「兵隊さん」

彼女は自分でそばまで近づくと、少し涙ぐんで呼んだ。

服務中は私語は厳禁だが衛藤上等兵も思わず、

「ハッ」

と答えてしまった。今まで彼女の秘密の肢態を覗いていたという後ろめたさもあって、コチコチに緊張していた。

「ごくろうさまですね」

ふっと彼女の白い手がのびて、首筋にまつわりつく。

「いいことしてあげるわ」

彼の顔がひきよせられた。まだ髯は生やしていなかったが、夕方になると、たわしみたいにごりごりする。それなのに柔らかな頰がくっつき、紅い唇が彼の唇に重なり、お白粉の匂いが強く鼻を刺激する。彼の唇を分けるようにして女の舌がねっとりと割りこんできた。

「あっ、自分は……自分は決して」

何か言いかけようとしたが口がふさがれて声にならなかった。

キスは衛藤にとっては生れて始めての経験であった。

入り婿して、仕立屋の娘と二月ばかり、毎日が蜜のような新婚時代をすごした。眠るのが勿体なくて、一晩に二度も三度もしたこともある。

だがとても照れくさくて、こんな西洋人のやるようなことはやったことはなかった。

十秒ぐらい彼女の舌は彼の唇の中で、うごめき回った。だがさっと唇を離すと、

「しっかり頑張ってくださいね」

そう言い、くるりと振り返り、足早に明るい仮設舞台の方に、戻って行った。

衛藤上等兵はその後、ひどく勿体ないとは思ったが、拳で何度も唇や、頬のあたりをこすった。口紅や、お白粉の粉が、顔に残っていたら、上官に半殺しの目に会わされる。いやしくも歩哨勤務中なのだ。

言いわけが通ったり、冗談ごとですまされる世界ではなかった。

幸いこのことは、他の者の誰にも見られず彼一人の心の秘密になったが、それだけに思い出は鮮烈にいつまでも残った。

「もういいわ。ごめんなさい」

こんなときばかりは、やさしい由利の声が背中でした。

やっと用は終ったのだ。

二人は駱駝の方へ戻った。

騎兵も牛車の人夫も、すっかり出発の用意が整っていた。馬希戎（シロン）隊長の甲高い声が砂漠に消えると行列は動き出した。

今日もまた一日、見渡す限りの黄色い砂と石だけの道が続くのだ。

一体どちらへ向いて歩いているのか、全く見当もつかない。何一つ変った光景の見えない単調な旅が今日も始まり終るのだ。

㈣

「私は花嫁の到着を、嘉峪関では待てなかったが、せめてこの烏魯木斉（ウルムチ）で待っていたかった。私たちの式はやはり多くの人々が住んでいる都会で沢山の人々を招いて行いたい。しかし今ではそれはどうも私には許されない贅沢（ぜいたく）な願いになってしまった」

馬仲英（チユウイン）は司令部の部屋で、苦悩にみちた顔でそう語った。

その昔中国から来た役人たちが政務をとった衙門（ヤーメン）の建物が今の、馬仲英の司令部で、その一番奥の督弁（チヨウカン）の公室が、この若い将軍の部屋になっていた。今、彼の目の前にいるのは叔父に当る、馬福伴であった。馬福伴は現在砂漠の中を花嫁を護送している小隊の隊長、馬希戎(シロン)の父であり、馬仲英の父親の末弟にも当る。馬仲英が最も信頼する、相談役であり参謀でもあった。

二人は黒檀(こくたん)の大きいテーブルに向い合い、地図を間において、もうかなり長い間、この地方の現状の分析と、新しい作戦のための、意見を戦わせていた。年長の叔父ではあるが馬福伴の言葉はあくまで、この馬仲英に対して臣下としての丁重さを失わなかった。

「やはり、あの金樹仁を生かして砂漠に逃がしてしまったのが、私たちの最大の失敗でした。それが盛世才将軍の台頭も許すことになってしまった」

「その通りですよ。叔父さん」

馬仲英もやや口惜(くや)しそうに大きくうなずいた。

部屋には透かし陶器の古風で贅沢なランプや、高価な黒檀の調度が揃(そろ)えられており、往時のこの地方の中国政府の威光の大きさを示していた。

「もう十日早くこの城へ攻めこんで来られたら、彼ら政府軍の鼠(ねずみ)共をむざむざ砂漠へ逃がしはしなかった。まさか軍事長官の盛世才に、ソヴィエートに逃げこみ、武力援助を直接交渉するだけの才覚があるとは思いもしなかったですよ。まあ、金樹仁はこれで失脚して、今度は盛世才督軍の天下になるでしょうが、えらいやりにくい相手とぶつかったものですね」

叔父はいった。

「将軍、私たちはもっと早く、盛世才の存在に気がつくべきでした。盛世才は日本の早稲田(わせだ)大学の露文科を出ているそうです。とても辺境の田舎政府の督軍で納まっているような小物じゃありません」

「全く今一歩のところまでに追い詰めながら何とも残念なことですなあ」

地図を見ながらいまいましそうにいった。

この西域一帯の統一は、もう百年以上の間、東干(トンガン)人や、ウイグル人ら、回教徒民族の夢であった。このあたり一帯の砂漠地帯が中国役人の支配地帯にくり入れられたのは、清(しん)国の乾隆帝(けんりゅうてい)の盛時であった。

それ以来、中央から派遣されて来た中国政府の役人による重税と圧制から逃れられないでいる。

若い将軍は叔父に語った。

「かつて私は何度か亡くなった父に聞かされたことがあります。今から二十年前、我々東干人がもう少し時世を見る目が敏感であったら、この新疆省の広大な土地を、中央政府から分離独立させる好機があったのです。それは清朝が崩壊し、国民党政府に代られたときです。我々は砂漠の中でのお互い同士の争いに夢中で、この事実に気がつかず見送ってしまった。だから今、二度目に訪れたこの機会を逃すわけにはいかなかったのです。盛世才の交渉に応じて、ソヴィエートが欲にからんで本腰を入れてくる前に、連中を砂漠の中に追いつめ自滅させたいのです。今では花嫁をこの町で待っている余裕が、もう私たちにはないのです」

これは二人がその日一日かかって、討議した結論でもあった。

約五十年も前になる。清朝政府の最盛期にこの新疆省烏魯木斉(ウルムチ)に、若い役人が督弁としてやって来た。その役人は、中央政庁で行われる高級役人の登用試験の科挙を通った進士であった。

成績からいっても、そのまま中央政庁の文部次官ぐらいには残れるはずの、高い席次で合格した。ただ出身の家系が地方の平凡な小役人の息子であったので、思ったような地位に就けなかったらしい。新疆省という、地方官の中でも最も分が悪いとされている辺境に回された。これは中央の政界には、もう一生復帰の見込みのない人事だ。

楊増新(ヤンツオシン)という名の若い役人は、そこで、こうなったら、地方の支配者として徹底し、中央には未練を残すまいと開き直った。

それからは、辺境地区の統領として、清朝政府の力を利用しながらも、まるでこの広大な地域を、自分個人の領土のように統治し、いつでも自己の築いた軍隊や政府で、独立できるだけの力を養っていった。

東干人はそのころ、五人の馬姓の親分をいただいて、匪賊(ひぞく)として暴れ回っていたが、忽ちこの若い役人に懐柔され牙を削がれるようにして、私兵にくりこまれてしまった。さすがに科挙に優秀な成績で通るだけあって、今までの督弁とは、切れ方が違った。

それから三十年、楊督弁はこの地域で万年督弁の盛名をほしいままに、誰も手を出せない、強力な政府を作り上げてきた。

ところが彼が五十代の始め、思いもしない危機が訪れた。楊督弁の強力な権威の根拠になる、清朝政府が革命で崩壊してしまったのである。

それは楊督弁の督弁の地位さえ吹っ飛んでしまう重大な危機であった。普通の役人ならそのまま追われるように任地の町を去るところだ。しかし早くから中央の情報や、世界の動きに注意していたこの督弁は、実に鮮やかな転身を見せた。革命成立の報を電信で誰よりも早く知ると、自分の役所の中央の国旗掲揚柱に、これまでの清国の五星青竜旗の代りに、青天白日旗を高々と掲げたのであった。一般の役人や、附近の住民はまだ事情も分らないでいる間に、督弁一人が、国民党政府に恭順の意を表し、一切の措置に従い協力するから、代りにこれまでの身分を保証してもらいたいという電文を送った。

まだ自分たちでさえこれからどのくらいの勢力になって行けるか、見当もつかなかった革命政府の臨時大総統の孫文から、折返し、

『貴殿を、中国国民党政府、新疆省政府主席、兼、軍事本部司令に任ずる』

という電文の辞令が届いて、翌日にはまた新疆省の統領としての権威を回復してしまった。

後にこのことを知った、馬仲英の父たちが、

「あのときに攻めこんでいたら」

とその空白のたった一日をひどく口惜しがったが、もうおそかった。

当時の各省の督弁でもこれだけす早い対応ぶりを示した人物は居なかった。大概は旧清朝の身分にこだわり、無駄な抵抗をして殺されたり、新政府と衝突するのを怖れて、逃亡して無官の庶民に落されてしまった者ばかりだ。

一見無条件降伏に見せて、実は辺土の一片たりとも相手に渡さぬ、この狡猾な政策が成功したのも一つには中央からひどく離れているという地理的な条件と、新政府にはまだ辺境まで軍を出すだけの力がなかったことに原因がある。だから楊増新のこの協力の姿勢は、欺されたと判っていても、国民党にとってはむしろ好都合のことだったのである。

それから更に十七年。

楊増新の独裁勢力が続く。

中央の国民党軍は、党内の内争が激しく総統がしょっちゅう変ったりして、とても辺境に目を向ける余裕がないのに乗じて、楊増新の勢力はますます浸透し、新疆省は彼のもとに、一つの独立帝国のような安定した政府が続いた。

現在の馬仲英以上の暴れ者として知られた父親の馬福伸が、いつも、

「楊の爺さんが生きている間は、おれたち東干人の出番はない」

と嘆いていた。

ところが今年の三月に、その楊増新が暗殺されたというニュースが入って来て、それが甘粛省の地区軍司令官に甘んじていた馬仲英に突然の軍事行動を取らせる理由になったのであった。

楊増新には、樊耀南という、重臣がいた。

楊督弁より年長で、やはり清朝時代の科挙の合格者であった。督弁が赴任するとき、北京から連れてきた、何人かの譜代の臣の一人で、ずっと長いこと外交部長をやっていた。序列二番で、もし楊督弁に不慮の死が訪れたら、すぐ代りに督弁になれる地位にいたが、いつまでも楊督弁の失政はない上、彼の健康は上々である。樊はスペヤータイヤのまま年を取ってしまいそうで、辺境にもう五十年、七十歳を越してから急に焦りが出てきた。督弁にもなれないで一生を終ると思うと耐えられなくなった。

四月になると、烏魯木斉(ウルムチ)にある、政府付属の官吏養成所の、法政学堂の卒業式が行われる。現在の新疆省の中では最高の教育機関で、この卒業式は、今では独立国家でもある、省政府の重要な行事でもあった。

毎年、楊増新はこの式場に赴き、一場の訓辞をするのが例となっていた。

樊はこの機会を狙って、一挙に自分の野心を実現しようと計った。

講堂での訓辞が終ると全員の記念撮影が庭で行われる。それが終ると、学内の食堂で督弁や、学校の幹部職員たち、主だった者たちの会食が行われる。そのとき序列三の内務部長の金樹仁だけが、急用があるからと、会食に参加せず、自分の役所に戻って行った。残った楊督弁や高官、学校の幹部職員たちが、食堂へ入って行った。楊の護衛兵は、食堂が狭いので、隣室で待機することになった。

全員が席につく。

樊がボーイたちに、用意ができたら料理を運ぶように命ずるため、廊下へ指示しに出た。まず酒と盃(さかずき)が配られた。給仕たちによって盃に酒がみたされた。

楊督弁は正面の席で立ち上り盃を上げて、

「乾杯」

と発言した。

それを合図に、白服のボーイたちが、料理の皿を運んで一斉に入って来た。テーブルの回りを囲むと同時にボーイたちは皿をほうり投げ、服のポケットからピストルを出し、督弁を始め、列席者のすべての高官を背中から射(う)ち出した。抵抗の間もなく全員がほんの数分で絶命してしまった。隣室の護衛兵は我先に逃げ出してしまって役にたたなかった。

白服のボーイたちは皆、樊の忠実な部下であった。一人だけ廊下へ出ていて、この事態を見ていた樊外交部長は、すぐさま役所へ急行して新疆省支配の象徴である金印を手に入れるため、ボーイたちに守られて学校の門を出て行こうとした。

既に仲間の金樹仁内務部長が、軍を召集し門の所で銃をかまえて待っていた。二人の打合せでは、軍は樊たち一行を護衛して、役所へ行く予定であった。勿論この計画が成功すれば樊が督弁、金樹仁が外交部長に昇進することに予め決められてあった。約束通り兵をひきいている金に向って、

「やあ！　ありがとう」

と樊が手を上げて、礼を言おうとしたとき、

「殺！」

と金の鋭い号令がかかり、樊やボーイたちに向って、一斉に弾丸が注がれた。

忽ち樊と腹心が扮したボーイたち全員は殺された。しかもこれは反逆者の処刑として、大義名分のある行動になった。

金樹仁には、楊増新の仇を取った合法的な政権後継者として、新疆省主席の地位が、ごく自然に転がりこんできた。

ところがこの地域の回教徒住民にとってはこれはひどく具合の悪いことになった。

金樹仁は徹底的な回教徒ぎらいで、楊督弁のとった、比較的穏やかな政策はすべて、廃止されてしまった。金督弁にとっては、人間は回教徒であるだけで既に罪人であった。

漢人の家の前に落ちていたボロ布一つを拾っても、それが回教徒であったら、窃盗罪として、右手の指を全部切るという、差別政策をとった。

漢人を罵るだけで舌を切りとられたり、僅かな過失で、足や胸に生石灰を塗りつけられて筋肉を腐蝕(ふしょく)させられ、骨がむき出しになっている男が増えてきた。

堪(たま)りかねた回教徒が、あちこちで兵を集めて反乱を起した。忽ち新疆省全体が、楊増新の死後、一カ月もたたないのに、収拾のつかない大争乱に陥った。

それは、甘粛の嘉峪関で、国民党の一軍としておとなしく辺境守備を勤めていた馬仲英(チユウイン)にとっては、願ってもない好機であった。

国民党の派遣軍として、取りあえず辺境地区動乱平定の名分がたつ。しかも一方回教徒として烏魯木斉(ウルムチ)政府攻撃の理由もたつ。

ひたすら砂漠を疾駆して駆けつけ、一月後の五月初めには、烏魯木斉の政庁から金樹仁の一党を追い出してしまった。

政庁の軍は広いタクラマカン砂漠の周辺に散在する幾つかの町へ散って逃げこんだ。

それを徹底的に追いつめることは、戦略上消耗ばかり多く不可能のことだったが、しかしそのときの詰めの甘さが、三月後の今となって、困った事態をひき起してきたのである。

もともと砂漠での戦いは、馬仲英を中心として団結している、東干の騎兵が最も得意としている戦闘である。動乱に応じての追撃戦の中で、徹底、殲滅(せんめつ)をしておくべきであった。

この二、三日、砂漠の各地に警戒に出ている各支隊の斥候将校から、急使が相次いでいる。

その報告の束を、一つ一つ取り上げては地図と照らし合わせて、叔父と協議していた。

西域アジアの都会は、天山の東側の面積を殆ど占めてしまっている、タクラマカン砂漠という、大海のような、黄砂の土地の外側に円周状に散在している。

一旦この砂の海の中に入ってしまったら、人間が住めるようなオアシスも、土の平地もない。哈密(ハミ)、吐魯番(トルファン)、烏魯木斉、庫車(クチャ)、阿克蘇(アクス)の各都市はそれぞれ十日以上かかるほど離れており、何もない荒野の旅を続けてきた人々が、水と食糧、そして屋根のある宿屋を求めて、やっと人心地を取り戻す、大事な港であった。

その周辺の土地の全部に、金樹仁の軍隊を散らしてしまい、そこで土地の回教徒や少数民族と激しい争いが起きて、どこもここも蜂(はち)の巣をつついたようになっているというのが、現在の状況である。

お互いが争い合う相手も、回教徒と漢族というような、単純な図式でなく、四分五裂して、回教徒同士も戦い、漢族同士も戦い、昨日の敵は今日の友で、誰が敵やら味方やら、分らなくなっていた。

「まあ！　こんな報告も入っていますよ。つまり、戦争なんてごく簡単なことで起ってしまうんですね」

馬仲英(チユウイン)は斥候将校の報告の一つをにがい顔で叔父に読みきかせた。

「阿克蘇(アクス)の町で、楊政権時代に収税吏を勤めて、まるで町の親分みたいな感じで威張っていた男がいたんです。金政権に代ると混乱に乗じて、町の中で、新政府の代表者みたいな感じで勝手にふるまいだしたらしいんですな」

叔父がいった。

「砂漠の町の収税吏には、私兵まで蓄えていて、国家の権力も、自分の権力も区別がつかない奴(やつ)が多いですからね。皆、苦しめられているんですよ。百年先の租税まで力に任せて先取りする奴もいる」

「まあ、そのたぐいですな。彼は町の富裕なウイグル人に、美しい娘がいるのを知って、つい二月前、その家に強引に押しかけ婿に入って、娘と家の財産と二つともに手に入れようとした。ところが婚礼の席で、かねてからこの収税吏に恨みを持っている商人の親戚(しんせき)たちによって、乱酔にかこつけて、殴り殺されてしまったんです。それが分ると、収税所の私兵たちが一斉に押しよせてきて、その日宴会に居た人々と一緒に、商人の一家、娘や両親まで斬(き)り殺してしまった。するとまたそれを知って怒り狂った附近のウイグル人たちが一斉に隠匿していた武器を取り出し、収税所の私兵を取り囲んで、全員捕虜にしてしまった。楊増新が生きていて威令が行き届いていたらこんなことは決して起らなかったでしょうが、中央が乱れてるからもう目茶苦茶だな。捕虜の全員の武装解除をしてから、砂漠の一画に穴を掘って生き埋めにしたのです。そこへ三日おくれて、金樹仁の軍が到着した。ただちに町を包囲し、前日武器を取って蹶起したウイグル人は当人だけではなく、その妻、子供、両親まで捕まえて、砂漠の中で、機関銃で殺してしまったんですよ」

「これじゃ、小司令、きりがありませんな」

「たしかにコーランには、歯には歯を、目には目をの教えがありますがね。これは、むしろ我々にとっては、出兵するための最高の機会が訪れたと考えられるんじゃないかな。今、全員の力を結集してタクラマカン周辺の町を、一つずつ攻めこんで掌中に納めて行っても、これは決して侵略とはされない。回教徒の安全保護という大義名分がたちます。東干民族が何百年も待っていた時期がやっと、やって来たのですよ」

「たしかにそうです。将軍。機会というものは一度逃すと、またなかなかやって来ません。今こそ全員に号令をかけて、一気に進発すべきかも知れませんな」

「だから私は今晩ありったけの兵を集めて、先に飛び出す積りです。軍装、糧食の整った者から、すぐ私を追い駆けさせてください。三月ぐらいあれば、遠く喀什噶爾から、和闐までの、全西域の唯一の主人になれるでしょう」

「私はすぐ作戦命令を起案しましょう」

「うん、そうしてください。ただ一つ私にとって気がかりのことは、あんたの息子さんに守らせて、こちらへ護送してもらっている、私の花嫁のことです。もしここへやって来たら、更に護送の兵を加えて、天山へ追い駆けさせてくれませんか。どうやら私たちの結婚式は天山の山中かどこかの途中の砂漠の町で行われることになりそうですね」

「それが一番良い。きっとその花嫁を送ってきた日本の軍部や将軍も、二人の間に結婚の式が行われたかどうかをひどく気にしていましょう。作戦に支障のない限りは、一刻も早く挙式して、森将軍に吉報を送ってやるべきです」

すべての打合せが、叔父と甥(おい)の間で終ると営庭が俄(にわか)にやかましくなった。

牛車が揃えられ、騎兵たちが、各自の宿舎や、家庭から続々と集合してきた。いずれも甘粛省駐屯軍以来の歴戦の勇士で中には、馬仲英(チユウイン)の父、馬福伸時代からの老兵もいる。皆獰猛(どうもう)な面構えをしている。戦い馴れた下士たちがどなっている。

「馬にはたっぷり水を飲ませておけ」

経理の下士が、予め今日から一月分の月給を分配している。砂漠で道にはぐれたり、敵に追われて、四方に散ったりしても、その金で食糧や水を買って生命をつなぎ、次の命令が発せられる集合地点に姿を現わす義務を兵は持っている。

この軍では、一地点の占領や、会戦の勝利より、兵力の温存の方を優先事項にしていた。広大な砂漠の戦いでは、名誉より消耗を防ぐことを先に考えなくてはならない。

食糧も水も、弾丸も、各自が個人で持てるだけぎりぎり分配され、残りは牛車や駱駝隊の荷に回された。

どの兵たちも出陣に胸をはずませ、声高に話しあっていた。夜になり、かがり火の下で全員が、馬将軍を中心にして食事をした。回教徒だから酒は出ない。それでも勢い盛んで歌が出て、踊りが出た。

やがて出陣の時間が迫った。慣例上夜中の十二時ということになっている。庭に作られた祭壇には、いけにえの羊が屠(ほふ)られ、喉(のど)を切った血が、地にこぼされた。白い馬に乗った、若き小司令(ガースリン)、馬仲英が全員の前に立つ。全員が夜空に向って、一斉にコーランの章句を斉唱した。烏魯木斉(ウルムチ)の城門は天山の方向に向って大きく開かれた。

「ツオーヤー！」

と大声を上げながら、まっ先に小司令の馬仲英の白馬が飛び出すと、その後ろを歴戦の部下たちが同じように、

「ツオーヤー！」

と叫びながら、砂漠の中に駆けて行く。しばらくは闇の中に、てんでに抜き放った軍刀が光って見えたが、やがてそれもすっかり、夜の静寂の中に消えてしまった。

㈤

『このおれには、この世で何一ついいことなどあるはずはない』というのが衛藤上等兵の心

の中に巣喰（すく）っている、一つの人生哲学であった。

そして少しでも良いことがあれば、必ずそれに数倍するしっぺ返しを喰うのがこれまでの彼の現実でもあった。奉天のホテルの前の立哨で森将軍と会ってから、三月ほどして内地の妻から、郵便が届いた。中に出征後すぐ生れた赤ん坊が、もうちゃんと七五三のための、赤いべべ着た写真が入っていた。妻に似てきりょうよしであった。

それを自慢気に同僚に見せ歩いた。これが失敗だった。

反動はその日の夜中にもうやって来た。

大隊本部へ、軍司令部から大佐参謀が迎えに来て、衛藤一人を、サイドカーと、プロペラ飛行機で旅順まで運んだ。そして理由も何も示されないままに、甘粛省へ向う、幹部たちの仲間に入れられ、それがそのまま、この怖（おそろ）しい砂漠の旅になった。そしてこの旅路も、もう一月はとっくに越した。暑さは益々（ますます）ましてくる。苦しくて、苦しくて、いっそこのまま死んでしまえたらと、何度か思った。

持ってきた水が不足してきたので、今朝、護送隊長の馬希戎（マーシロン）から、特別の注意があった。次のオアシスで水を補給するまでは、朝コップに一杯だけ飲んで、日中は我慢し、夜の食事の前に、もう一杯だけ飲むことにするというのである。

そのときは何気なく注意を聞いたが、十時をすぎるころには、もう衛藤の体はへばってしまった。喉（のど）はひりつき、瞼（まぶた）の裏まで乾いてきて灼熱（しゃくねつ）の陽光が面と向って照りつけてきても、目が閉じられなくなってしまった。

これを解決するには水を飲む以外ない。それができない。動物の本能か、犬のように舌を突き出して、空気にあてて喘いでいた。

隣りの駱駝の上の娘も苦しそうであった。

いつも何もいわずじっと先方を睨んでいる。彼女はそれでも衛藤よりは根性が坐っている。ぐち一つこぼさない。勿論舌を長くして喘ぐようなみっともないまねもしなかった。

この一月の間、朝の『ちょっと』と終った後の『ごめんなさいね』の他は、この娘は殆ど、衛藤に向って口もきいたことがない。

牛車引きの中国人たちは東干騎兵よりは、砂漠の旅に弱い。車を押したりひいたりして直接、砂の上を歩いているせいもある。

息を喘がせ、やはり舌をだらりと外に出して、足どりも、もうろう、、、としている。

砂が光って目に痛い。瞼が開閉できるようにしたい。

この旅に出るとき司令部の偉い将校は、任務が終りさえしたら、すぐ除隊で、内地の家族の所へ帰してやると約束した。それを信じて皆と一緒に出発したのだが、今となっては本当に、可愛い子供の芳江や、妻の玉枝のところへ帰れる日が、自分にはあるのかどうかさえ信じられなくなってきた。

一人だけ護送を命じられて、嘉峪関から東干騎兵と共に、出発することに決った前の日、将校たちに呼ばれて、懇々と言い含められたときのいやなことが思い出された。

「砂漠の中を、由利殿を、馬仲英(チュウイン)将軍の所へお送りするに際して、おまえが最も気をつけなければいけないことは、由利殿のお体を無垢(むく)の生娘のまま、ちゃんと先方にお渡しすることだ。もしお体に万一のことがあったら、その原因や、暴行に及んだ相手が誰(だれ)であれ、その責任はおまえが一身に背負(しょ)わなければならない。おまえが死を以(もっ)て、皆の手から守る。守れずにおめおめと生きて戻れば、おまえが暴行を加えたと同じこととして、陸軍刑法で処断される」

随分ひどい命令もあるものだと思ったが、一介の上等兵の身では文句はいえない。黙ってきいていると、更に怖しい言葉がつけ加えられた。

「刑法に触れて処断されると、おまえだけですまず家族の身にも不名誉の罪が及ぶ。残された家族の全員が、日本中に身のおき所のないような悲惨の目に合わなくてはならない。特におまえは、由利殿に日常、身近に接する身だから、破廉恥な妄想はくれぐれも慎しまなければいかん」

最後には、まるで怪しいのはおまえ一人という、決めつけ方であった。

あんな生意気な娘などに誰が妄想など抱くもんか。おれのかあちゃんの玉枝の方が、よっぽど女らしくていい。早く内地へ帰してくれ。本当にもうこんな旅は沢山だった。

帰りたい、帰りたいという思いが、日毎(ひごと)に強くなる。だが、逆に一日ごとに、日本から遠ざかる旅が続いている。
ときどき、目の前に白い湖が見える。これには一番腹がたった。
一瞬、誰でも『水だ』と思う。だが近づけば、自然に遠のいて、やがて地平のかなたに消えてしまう。まれに消えない湖もある。しかしそれは、そばまで行くともっとがっかりする。一滴の水も無く地表に一面に白い塩がふいているだけの鹹湖(かんこ)だ。

いっそ夜陰にまぎれて、砂漠の道を元の方向に逃げ出そうと思ったこともある。しかし、砂漠の中は大きな海と同じだ。小舟一艘(いっそう)ではどこへも渡れないように、一匹の駱駝だけでは越えられない。たとえうまく越えたところで、再び満洲領土にある軍司令部へ着いてからがどうにもならなかった。これは軍命令拒否の敵前逃亡だ。多分銃殺にされるのが、おちだろう。

どんなに辛(つら)くても、苦しくても、それにばからしくても、忠実にやり抜いて、正式に軍に解放してもらう以外は、生きて再び妻や子に会う手段はない。また諦(あきら)めて、舌を出しながら、やっとその日も歩き抜いた。

不安といらだちはこの冷酷な娘にも、時には襲ってくるらしい。一日水が無い行進が彼女に理性を失わせた。夕食後、今日も黙りこんで、天幕へ戻ろうとする衛藤は由利に呼びとめられた。珍しいことだった。

「ちょっと、上等兵、黙っていないで、何か眠る前にしゃべりなさい」

早く天幕に戻って横になりたかった。

「自分には何もしゃべることなどないであります」

反抗しているのではない。これが正直な感想でもあった。由利の追及はやまなかった。

「それでは歌でも唄いなさい」

「歌など何も知らんのであります」

由利の大きい目が怒りに吊り上った。この反抗的な態度は、決して許すことはできない。今は旅の途中だから、胸をさすって我慢してやるが、向うへ行ったら、将軍によく事情を話して、きびしく罰してもらい、不逞な根性は叩き直してもらわなくてはならない。

「それでは何を考えているのか言いなさい」

「自分は頭がからっぽなもんで何も考えてなんか居らんです」

「嘘おっしゃい」

薪が彼の体のそばに飛んできた。

「昨日も夜中まで天幕の中で泣いていたでしょう。子供の写真か何か見て。いやしくも帝国の軍人でしょう。未練がましい」

ここで始めて、この男は耐えかねたのか、口答えした。

「考えていたのは、赤ん坊のことなどではありません。自分は妻を抱きたいであります。かあちゃんの柔らかい体を撫で回しながら、夜通し話したかったであります」

この返事で由利の怒りは尚、爆発した。

「私の前で二度とそのような淫らなことを口にしてはなりませぬ」

むっとふくれた顔で自分の天幕に戻った。

しゃべれといったのは誰なのだ。口もききたくなかったのにと、衛藤の不満は内訌するし、由利も由利で不愉快だった。

元来こういう仕事には特務要員としてのきびしさに耐える適性を調査してから、就かせるべきだ。

それがただ将軍の気まぐれで顔中に鍾馗様のような髯が生えているというだけで、任命された。最初の内はそのこけ脅しで、回りを怖がらせることはできるだろうが、そんなものは結局のところ、砂漠の長い旅では、何の役にもたちはしない、当人にとっても気の毒だった。

こうしてその夜の言い争いの不快さは、単調な旅では、それから何日もぐずぐず二人の間に持ちこした。

朝起きて飯を喰う。

それから出発。

夜は飯を喰って三角天幕にもぐりこむ。

昨日寝た所も、今日寝た所も全く同じに思える。

……そのうちに出発してからの日取りを数えるのも面倒くさくなった。

あれから何日たったかなんてことは、もうこの砂漠ではどうでもいいことだった。

いつの間にか砂漠が終って、山脈に入った。それでも旅はまだ終らなかった。水には不自由しなくなった。代りに夜になると三角天幕と毛布一枚だけでは寒さがきびしくて、ろくに眠れない日が続いた。木々の間に、鳥やけものの姿も時折散見して、何か人間らしい気持が戻ってくるようになったが、今度は逆に、呼吸が苦しくなった。

馬や駱駝には血圧を下げるため額にナイフで傷をつけて、血を外に流さなくてはならなかった。日々山脈が急になり道は険しくなった。高度がひどく高く空気が薄いのだ。

これはこれで、また衛藤には苦しい旅になった。頭はひっきりなしに痛み、いつでも悪酔いしたように、胸がむかつき、吐気が切れなかった。少し大きい声を出したり、歩く速度を速めたりすると目が回った。

典型的な高山病であった。日本の富士山の頂上より二倍ぐらい高い峠を、毎日越えて行くのだった。先日までの砂地の灼熱の太陽がもう遠いことのように思えたりした。

ただ、山脈であろうと、砂漠であろうと、すれ違う人も、並行して歩く人も、およそ人影というのは全く見ない孤独の航海のような旅だということは同じであった。

ところが山脈の高い峠を越して、日々暑さも戻り、再び平地のあたりが遠く望めるようになったとき、何十日ぶりの人影を見つけた。

隊列のはるか前方の小山の稜線（りょうせん）を蒙古（もうこ）馬にまたがり、長い猟銃を背中に背負って、駆け抜けて行く若者の姿であった。青年の馬には、荷物らしい物は何一つ積んでいない。ということは、これは村落に近いということも意味していた。もしかすると人家があるかもしれない。一行の人々にやっと元気が出てきた。それから三日目に山脈を下りきると、二つ集落があり、食物や果物などやっと補給できた。

この長い旅の間で唯一の楽しい期間でもあった。ようやく、烏魯木斉（ウルムチ）の町へ向う、いわゆる天山北路の道になった。何百年もの昔から、軍隊が駆け抜けて、戦争のための花道となったところなので、道は比較的よく整備され、途中には宿泊所や、仮眠のための空家などがあり、旅はかなり楽なものに代った。

砂地の中に、半分ぐらいうもった電信柱が見え出した。ただし電線は切られて、全く残っていなかった。

柱そのものも、短かく切りとられて、満足なものは、一つも無かった。

足が悪く歩くとひどい跛行になる、下士官の馬祈令（シーリン）が、この電信柱を見ると、早速自慢気に、若い東干騎兵や、中国人の人夫に、馬上から話しだした。

不思議なもので、このごろになると衛藤にも自然に、彼らの話し合う言葉の意味が分ってきた。はっきりと言葉が聞きとれるのではないが、意味はわりと正確に伝わってくるのである。

「この針金は、移動住宅（パオ）の組立具合がいいので、蒙古人がすぐ盗んじまうのよ。昔は哈密（ハミ）から始まって、天山の外周を回り烏魯木斉まで通じていて、お互いに機械を取ると町と町との間がいくら離れていても話ができた」

他の東干騎兵は信じられないという顔で、馬祈令を見ている。

「勿論そんな不思議なことは、そう長くは続くはずはねえ。一年もたたないうちに、声が届かなくなった。おれも子供の時代、山の中や砂漠の中へ、電線を盗みに行ったものだ。役人に見つかるとその場で射殺されるが、鞍（くら）のはじに、巻いた奴（やつ）を積んで帰れば、三月や四月暮せるぐらいの金は入ったものよ」

東干兵たちは、その下士官の泥棒話にすっかり喜んで、一しきりお互いに、泥棒に関する自慢話を始めた。

どこで、どれだけの物を盗んだか。彼らにとってはそれは戦争の手柄話にもひとしい、誇らしいことであるらしかった。

だんだん電柱の形が、まともに残ってくるとともに、荒野を開いて、畑になっている地帯になってきた。

始めのうちは、大分前に捨てられた荒れた畑ばかりが続いた。風と砂に埋められて過去に耕作したことがあるのを示す、うねや、水路の跡が残っている程度だった。

だんだん、歩いて行くうちに、枯れた草や、垣根が残り、そのうちには、低く地を這(は)うつる草と、それを手入れする、何人かの農民に出合うようになった。しかし農民たちは、東干兵を見るとあわてて身を隠して近くへ寄ってこなかった。やがて遠くに土製の塀が低く見えた。歩いているうちに低いと思っていた土製の塀がみるみる高くなり、立派な煉瓦(れんが)の組み合せで築かれた城門であることが、遠目にもよく解(わか)ってきた。

馬希戎(マーシロン)隊長が、由利のそばへ近寄ってきて嬉(うれ)しそうにいった。

「あれが烏魯木斉(ウルムチ)の城です。私がこれまで受けてきた命令によると、あの城に、我らの小司令(ガースリン)の馬仲英(チュウイン)将軍が待っておられるはずです」

「そうですか。旅もいよいよ終りですね」

さすがに由利も駱駝の上から嬉しそうに答えた。もう六十日に近い長い苦しい旅だった。回りの作物は少しずつ増えてきた。

しかし畑のわりには、耕す人は見えない。折角作物が成っていても、農夫のいない畑ばかりでよく見るとその作物も白く乾いて立ち枯れていた。灌漑(かんがい)用の水も、殆どの畑は入口で止められて、入っていないようで、いかにも水の少い土地のぎりぎりに節約しての使用を物語っていた。ここではどんな畑でも、天地に任しての自然の恵みはなく、毎日、土地と戦う農夫にだけやっと収穫が得られるようになっている。

城の周辺には広く村が散在している。

これはこの西域一帯の大都市の特徴であって、城門内に住めぬ新参者や、農業専門の連中が、自分の畑のそばに、土作りの粗末な家をたてて住んでいる。普通なら家のそばを流れる小川に、鵞鳥(がちょう)が騒ぎたて、裸の子供が集まって遊んでいるのに、城に近づくにつれて却(かえ)ってどこにも人っ子一人見えなくなった。声もない。

東干人たちの間に何かを予想してきびしい表情が走った。近くへ行くと、その小家屋のどれもが、無残に破壊されているのが分った。

屋根が飛んだり、壁がこわされていたり、入口の扉が外されたりしている。黄色い陽干(ひぼ)し煉瓦も黒く焼けただれていた。

騎兵たちは、背中の銃を前に回してかまえながら、油断なく一軒一軒に声をかけたが、返事はなかった。大きな家があった。村長の邸(やしき)らしい。一人が馬を下りて、中へ入り、充分に調べてから、外の仲間に向って合図した。

皆も馬を下り、中をのぞいた。

由利も衛藤も駱駝を下りて、その仲間に加わった。長い苦しい旅で、始めて見る人家であった。人恋しさもあり、同時に自分たちも本当はこうした人間の仲間であることをたしかめたい思いもあった。しかし中を覗(のぞ)きこんだ由利と衛藤はそんな考えが、いかに甘ったるい物であるかをすぐ痛切に感じさせられたのであった。

床には子供を抱えた母親が、あたりを血に染めて倒れていた。腐敗が始まり、顔の一部は崩れ、腹部は膨張して割れていて、部屋には耐えきれないような悪臭が充満していた。

食物も腐って散乱している。食事の途中に踏みこまれたのだろう。反対側の出口には、頭を鉈で割られた老人が、柱によりかかって死んでいた。子供用の土偶が、半分踏み砕かれて床に散っていた。生きている物は何一つなかった。

「ひどいことをしやがる。こんな子供や女まで殺すことはなかろうに」

衛藤は大声でどなった。衛藤にとっては、何日目かにしゃべった、日本語であった。

城門までまだ、一里ぐらいはありそうだ。

すると、城外の村落に住む人々は、全部こうして殺されたと考えて良さそうであった。

東干騎兵と牛車の一行は、また城門に向って歩き出したが、これまでの目的地が近づいたという喜びは急に消えて、暗い表情になった。

馬希戎隊長がいった。

「小司令は乱暴者で、手向う敵は決して許すお方ではないが、こうして無抵抗の農民や女や子供まで殺す方ではない。それに城には私の親父の馬福伴大佐も居り、馬仲英が怒りに狂って何かひどいことをしようと思っても、そばでいさめて暴走しないようにさせるはずです」

するとと由利が、今ではすっかり上手になったウイグルの言葉できいた。

「それでは城に、何か異常な事態が起ったと考えた方がよさそうね」

衛藤は熱河作戦を始めとして、満洲では何度か戦争をやって来ている。作戦中、敵対村落には回りから火をつけて、逃げてくる敵の皆殺しを計ったこともある。しかしわざわざ女、子供と分っている相手を殺したことはない。

城門に近づくにつれ、村落には、ついにもう生きている物の影はなかった。

隊列は警戒しながら、城門に近づいた。

城門の前は、どこでも出陣の馬寄せのためと、敵側に城門の下まで迫られないために、周囲五百メートルぐらいの、広場を空間地帯にしておく。

その空間に隊列が入ったとき、

「誰か（スイヤー）」

と中国の言葉で鋭い叱声（しっせい）がした。馬希戎隊長は城門の正面の上の望楼に向って、

「東干だ」

とどなった。

果して城門の上にそびえる望楼の一番高い所に、頭にターバンを巻いた、いわゆる纏頭（チャントウ）系のウイグル人の軍人が、五、六人顔を出した。

同じ回教徒である、喀什噶爾（カシユガル）大守、ホジャニスの手兵であった。この連中と馬仲英の統率下にある東干騎兵との関係は、かなり微妙なものであった。

宗教上は、同盟軍であった。

だが民族的には、トルキスタン系の住民で、漢人とは全く別の皮膚の色と顔付きをしており、言葉も生活様式も相当違っていた。

敵ともいえず味方ともいえない複雑な相手であった。

城門の上に、白いターバンの兵がずらりと頭を出した。発砲こそしないが、油断なく銃を向けていた。

「どこへ行く」

鋭い声できいた。双方の会話はウイグル語に代った。

「我らの頭目、小司令（ガースリン）馬仲英（チュウイン）将軍に逢（あ）いに行く」

とたんに、城壁の上の男たちは、大声で笑い出した。

「それは一月おそかったな。三十五日前までは将軍はここの役所を占領して、自分が金樹仁に代ったつもりで、威張っておったわ。三十五日前に金樹仁の残党を追って、タクラマカン砂漠の方へ飛び出して行った。ここには馬福伴大佐が五百人の部下と一緒に残っていた」

馬希戎（シロン）は、急に気がかりそうな声で訊（たず）ねた。

「その馬福伴はどうした、私の親父だ」

「そうか。そいつは気の毒した。その馬大佐も一週間前に、全兵を率いて、この町を空（から）にして、天山の山脈の奥深くへ入って行った」

「事情が分らない。一体何が起ったのだ」

「早く言えば、おまえさん方の大将が、戦さに大負けしたのよ」

「どうしてだ。馬将軍は戦さの天才だ。負けるはずはない」

相手の隊長は、天に向って指をのばしてみせた。

「空からやってくる敵には、いくら白馬の今ようジンギス汗でもかなわなかったのよ」

「どういうわけなんだ」

「金樹仁はたしかに砂漠中逃げ回った。折角政府を自分のものにしても、そこでは何のいいところもなかった。もともと大した軍人じゃなかった。そしていつの間にか名前も聞かなくなった。殺されたのか死んだのかは分らない。代りにいつの間にか盛世才という奴がのし上ってきた。こいつが大した策士でね。知ってるかね」

「ああ、名前は聞いたことがあるよ。日本の大学を出たとかいう奴だ」

「日本でロシヤ語を勉強した。ここへ来て国境の向うのロシヤ軍と同盟を結んだ。いくら今ようジンギス汗だって、空からロシヤの飛行機に狙（ねら）われたら一たまりもなかったのさ。広い天山の中を、西の方に逃げこんだ。その方が山が深いし、場合によっては、喀什噶爾（カシュガル）や和闐（ホータン）の方へ逃げられるからね。今ごろはおまえらの隊長の馬仲英は残った兵隊を連れて天山の中をみっともなく逃げ回っているところさ。そこで我らのホジャニス様が軍隊をひきいて、代りにここへお入りになったんだ。だから東干人を今更この町に入れるつもりもないし、おまえたちと共同で戦うつもりもないのさ。さっさと消えちまいな」

　再び全員が銃をかまえだした。もしすぐ引き揚げないなら、今にも城門の上から一斉射撃をし始めそうであった。

　砂漠の中での戦闘行動には、こういう一時の勝敗はあまり大した意味はないのかもしれない。馬希戎はそれほどがっかりした顔をしていない。

「分ったよ。城に入らず退散するよ。それで小司令(ガースリン)は、どちらに行ったか分るかね」

「どうもパミールへ抜けて、ウズベックの独立軍と協同作戦を取るなんて考えがあるらしい。イリン山の方へ入ったという説もある」

「ありがとう。それじゃそっちへ行くよ」

　そういって馬を返し、馬希戎(シロン)隊長はまた天山へ向い出したが、それはさっき通ってきた北側の低い峠でなく、そこから南へ限りなくのびている、主峯(しゅほう)の方へ向う道であった。

　これまで元気だった東干騎兵の間にも、深い疲労が現われてきた。

　由利もお互いの言葉が分るから、事情を悟ってひどくがっかりしていた。

　事情がまるで分らない衛藤も、何十日か歩き続けて、やっと目標の町に着いたら、城門へは入らずに、また雪をいただく高山へ向って歩き出したのにはがっかりしていた。

「一体どうしたんです」

と由利にきいた。由利も本当のことはまだよく分らない。面倒くさそうにいった。

「うちの旦那(だんな)様、ついこの間までここにいたらしいのに新しい戦争が始まって飛び出したらしいのよ」

「がっかりしたな」

これでまた日本のかあちゃんや娘のところへ戻るのが何日かおくれる。

「私だってもっとがっかりしたわ。まるで砂漠の蜃気楼(しんきろう)の湖のように、追いかければ、追いかけるほど、お婿さんが遠くへ行ってしまうんだもの」

そう口惜(くや)しそうにいった。喜びも消えた全員は首をうなだれるようにして重い気持で、今度は天山の主峯博格多山(ボグダウラ)の方へと向って、一列になって歩いていった。

(六)

何日かまた一層重い気持の旅が続いた。

これまでは、烏魯木斉(ウルムチ)の町へ着きさえすればという気持の目標があった。

今度は天山の主峯博格多山から、南の方のパミールへ抜ける、イリン山の方にロシヤ軍の攻撃を避けて逃げこんでいるという小司令(ガースリン)を追うというだけで、本当はどこへ行ったらよいのかまるで分らない。

山には小川が流れていて水はふんだんにあったから良かったが、食糧やその他の、旅に必要な物を、町で補給できなかった。これが山間の旅を一層辛いものにした。
四、五日後であった。山の峠の中でもかなり主要な開けた街道を、彼らが歩いているとき、突然、馬希戎隊長が何か叫ぶとかたわらの森の中へ逃げこんだ。ついで牛車の人夫も他の騎兵も、逃げこみ、二、三人の人夫が、やはり駱駝の手綱をひいて、森の中の斜面へ身をかくしてくれた。
ほどなくだった。

轟々した音を響かせ、重戦車が二台先頭にたち、その後ろを、白い軍服に長剣を吊った、カザック騎兵の一団が、二百人くらい通りすぎて行った。

皆は森の中から青ざめて見ていた。こんなのと正面からぶつかったら、もう一たまりもない。五分もたたないうちに、全員が殺されてしまったろう。

ほっとするとともに、これまで通りのちゃんとした道を歩くのは、もう危険だということが分ってきた。

馬希戎が皆にいった。

「これからは本道を避けて歩く。そして何かの物音がしたら、先に身を隠そう。旅は一層辛くなるのだが、敵兵が居るようでは却って小司令のいる所へもそう遠くないだろうから元気を出してくれ」

その言葉は、自分の部下たちより、半ばは由利の身を気遣って言ってるような気がした。

いつも山の斜面を喘ぎながら、登り下りし、ちゃんとした道に出られないので、足場は一層悪くなった。

これまで殆ど由利には直接声もかけず、あまり正面からは見つめるようなまねもしなかった馬希戎隊長が、ひどく由利の身を気遣うようになった。思いがけなく旅がのび、しかもちゃんとした道を歩けず、逃亡兵のように難儀な山道を歩かせるのが、さすがに気になっているらしい。気は優しい男なのだろうか。

このごろになってときどき由利は、自分とこの若い護送隊長との妙な立場を考えることがあった。

彼の尊敬する、ほぼ同年輩の従兄のために日本からやって来た花嫁を運ぶ旅も、もう二月になった。二人は朝夕顔をつき合わせている。ところが肝腎(かんじん)の従兄はこの花嫁をまだ見てもいない。

相手が尊敬する将軍としても、男と女の感情はまた別だ。別な若い男のために、一人の女を運んで行くだけの旅が、ばからしく思えてこないだろうか。まして周囲に全く女っ気のない世界だ。

どこにいるか分らぬ敗残の従兄に届けるぐらいなら、自分が奪って逃げたくならないだろうか。

そしてこの、砂漠と山の、誰もいない広い山域地帯の中では、彼がそう思いさえすれば実行は簡単なことであった。由利にはその身を守るための護衛役は、髯の衛藤上等兵一人しか居ない。しかもその髯面がほんの見せかけだけで、いかに頼りのない存在であるかは、既に、東干や、人夫の一人一人までに知れわたっている。

彼らは秘(ひそ)かに、このいかめしい顔の髯男を女便所番(ジロダソクシソト)という現地語のあだ名で語りあっているのを、由利は知っていた。

だから今、馬希戎に求められたら、身を防ぐすべはない。これまで殆どそんなことを考えたこともなかったが烏魯木斉(ウルムチ)に向って最後の天山を越えるころから、ときどきふっと考えるようになった。

それはそれほど不幸な想像でなく、ほんの少しだが、どこかに心ひかれる思いもあった。

そんなことが起ったら自分は未来の花婿に捧(ささ)げる純潔を汚したとして、自決するだろうか。

多分そんなことはしないだろう。

生命は惜しい。それに幼ない時の教育をアメリカで受けてきて、その考えの根本には、人間尊重の自由主義が、こびりついている。

出発して何日かは、国家のためという信念もあり、半分は熱に浮かされてもいた。父の困難な立場を助けることや、二人の兄を怖しい兵役から逃れさせるという犠牲的心情もあった。

だが長い砂漠の旅の間に、故国が遠ざかると共に、こうして将軍や参謀が仕組んだ、一切の謀略が、全くばかばかしく思えてきた。

天山の山の斜面を、身を隠すようにしての敗残の旅が続く間、彼女はだんだん、どうでもいいという気分になってきた。どうせ国に売られてしまった体なのだ。今となっては、国のためにも、誰のためにも、もう尽す必要などないような気がしてくる。あたえられた境遇の中で、自分が最も良いと思う道を賢明に生きて行こう。もしできたら、いつの日か、アメリカの、カマルの所へ行けるように努力しよう。……そうは考えても今では早く花婿の馬仲英(チユウイン)将軍が、目の前に出現して、たくましい腕をさしのべてくれない限り、自分の気持がその前に崩れてしまいそうだ。人夫でも、衛藤でも、東干(トンガン)でも、求められたら断われない女になりそうで不安だ。

山へ入って七日目、全体の旅として六十日が少しすぎもう秋も深く、あたりの冷気がかなりきびしくなったころやっと目的の人に逢えたのである。その日ももう午後はかなりすぎていた。

山の向うに野営の赤い火の色がちらちら見えだした。馬希戎(シロン)はそれを見て、皆を励ました。

「小司令(ガースリン)がおられるぞ。あれは本営(うち)の炊事の火だ」

そして空に向って、三発の銃を射った。軍陣の間での通信の手段になっているらしかった。同じ数の銃声の応酬があり、続いて何十騎もの東干騎兵が、山かげの道から湧(わ)き出すように出てきて駆けよってきた。

「おうおまえか」

「良く来たな」

お互い顔見知りどうしの兵は、馬の上から声をかけ合った。中にはそばまで来て一人一人の顔を見て声をかけて行く者もいた。

衛藤の顔には、一応皆ギョッとした表情で怖れを示し、ついで由利の白い整った顔を見て、兵士たちは、

「おう美しい花嫁だ」

と昂奮したような声で叫んだ。

回教徒の女は、夫以外の男にはベールで顔をかくして見せない。山の中での敗残の生活で、勿論もう何日も婦人の姿や顔を見ていないのであろう。讃仰の思いと一緒に、体中を突き刺すような、好色の目も交っていた。彼ら兵士たちの、暴発を押えているのは、軍のきびしい規律と、司令と仰ぐ馬仲英への忠節心だけであろう。

道は谷間にそって大きくくねった。

奥がやや大き目の盆地のような地形になっていた。

東干軍の中枢をなす、高級幹部たちのための、白い円型の大天幕が、盆地に、点々と配置されていた。

若い警備兵が、入口を扼する狭い道で、銃を持って待機していたが、先頭の馬希戎隊長を見ると、あわてて捧げ銃をした。

彼らの列が、狭い入口を通り抜け、天幕の並ぶ、盆地状の一画に入って行くと、白い天幕の中から、何人かの将校服の男たちが出てきた。

ラッパ卒が何かの曲を吹いた。

天幕の後ろにつながれていた馬が、いななき、当番兵らしい若い兵隊が、行列の前後を右に左に駆ける。

やがて正面の天幕から、大柄な青年が、軍帽の形を正しくしながら出てきた。

誰が何もいわなくても、それが自分が追ってきた、未来の夫と分った。

すぐ駱駝の膝(ひざ)が折られ、由利は飛び下りる準備をした。正直な感想をいえば、長いこと立ちつくしてくたびれきった身が、やっと坐る椅子(いす)を見つけた感じであった。それでも花嫁の身だ。

汚れきった旅行服。化粧もしてない顔、そして、とかしてない埃(ほこ)りだらけの髪。女だからこのままの姿で逢うのが辛かった。

「いらっしゃい。遠い所からよく来ましたね。さあ、もうこれで安心です」

ウイグルの言葉で、馬仲英(チユウイン)はそういうと、両手を拡(ひろ)げて、駱駝から下りてくる由利を抱きかかえた。それはがっしりした、男の手であった。

体がふわりと宙に浮くようだった。

長い旅で、自分でもはっきり分るほど、やせてしまっているのも恥しく申訳なかった。せめて初めて抱かれる男には、体中がふっくらとした、女らしい体で抱かれたいと思った。もう乾いて無くなったと思っていた愛が、少しずつにじみ出してくるようだった。

馬仲英が由利を自分の天幕に運んで行く。

これが自分の夫だ。一生その下に仕えるべき男なのだと思うと、突然、全身に激しいふるえが走った。それは一種の官能であったかも知れない。由利自身がこれまでまだ一度も経験したことのないものだから説明しにくいが、強いていえば、早く、何もかもむしり取られた裸身を、この男の激しい愛によって、貫かれたいという女の本能であったかもしれない。長い中途半端の状態に決着をつけたかった。

将軍はまだ二十二歳ときいている。

一軍の長をしていた人らしく、年よりは老成した感じの表情をしていた。

そばで顔を覗いて見た。眼付きが鋭く、頬(ほお)には残忍な影が走っている。由利と目が合うと、その影がふっと消えた。

細くした目で、優しく見返す。そのまま由利の体を抱いて、広い天幕へ入って行く。衛藤や、他の東干騎兵は、天幕の外に待たされた。護送隊長の馬希戎だけが、責任者として、天幕の中へ入って行く。

衛藤はもう欲も得もなく近くの石の上に坐りこんだ。これで役目は終った。日本へ戻れる。明日からは帰り道だ。一刻だってもうこんな所にいるもんか。灼熱の砂漠の道も、頭が痛くなり絶え間もなく吐気のする天山の高い峠道ももう怖くはない。帰りはどんな道でも、行きよりは楽なはずだ。後、幾日歩けば、どこに戻れるかということが予(あらかじ)め判(わか)っているのだから、歩いていても、日々、希望が増してくるばかりだろう。

天幕の中には、この将軍の誰にも冒されない居住区がある。由利はそこがしばらくの二人の住居になるのだろうかと、入る前は漠然と考えていた。やがてすぐかなり勝手の違うものを感じさせられた。

その中心にはテーブルがあり、五、六人の幹部将校が回りに立って、拡げた地図を眺めている。入ってきた将軍が若い女を抱いているのを見ても、冗談も敬礼も出なかった。大部分が、無視かやや咎(とが)めるような表情をした。

長い旅路を続けてやっと辿(たど)りついたのに、必ずしも歓迎されていない、ひやりとした空気があった。意外だった。

ただ一人、その将校たち全員の中での最年長の初老の幹部が、入ってきた護送隊長の馬希戎(シロン)の姿を見て、

「おう我が子よ。馬希戎よ。旅はどうだったかね」

と抱き合い、頬をこすりつけるようにして、再会を悦(よろこ)んでいた。

将軍は、奥の仮ベッドに、由利を坐らせると、他の将校たちに、はっきりと紹介した。

「これは私の妻だ。日本から来た。日本の有名な将軍に頼んで、縁を結んでもらった。西域

アジアの独立を果すには、日本の勢力としっかり結びつくことが大切だと思ったからだ」

この言葉で幹部たちは、初めて踵(かかと)を合せて、由利に形式的な挨拶(あいさつ)を送った。それでもそれは、あまり好意やねぎらいのこもっていない、ごく冷やかなものであることが余計はっきりした。

彼らは日本が嫌いなのだろうか。それとも他のもっと回教徒の世界での有力者の娘をと考えて不満であったのだろうか。

彼女は考えなくてもいいようなことさえ、しきりに気になった。嫁という気弱な立場が自然に生じてくるのが不思議であった。父母の国を遠く離れて、付添人も頼りにならない上等兵一人だけという、心細い境遇だからだろうか。それとももっと全員に歓迎されると思ったのに、意外に冷やかな応対に心がくじけてしまったからなのだろうか。

その気まずい空気は、将軍も敏感に察してはいるらしい。しかし部下たちに対して何も言おうとしない。これが由利にはまた意外であった。

東干軍全体の象徴として、ジンギス汗のように尊敬され、小司令(ガースリン)と愛称され、きびしい軍規で全員を掌握しているというのは単なる伝説に過ぎなかったのか。

一目見ただけでも、馬将軍の指導力にかなり、かげりが来ているのが分る。それどころか、部下の幹部の中には、はっきりと、反抗の気配を見せている者さえあった。

馬仲英(チユウイン)は少し遠慮勝ちに、由利にいった。

「実はね、今、私たちはここで、とても大事な会議をしている最中だったのだ。折角の長い旅をやっと終えた貴女に、ゆっくり休んでもらいたいし、部下たちにいろいろな歓迎の仕度もさせたいが、そういうわけで、ほんの少し待ってもらいたい。三十分か一時間あればすむだろう」

そう弁解した。どうやら彼にとって、ひどく、具合の悪いときに来てしまったようであった。しばらくの間は、由利も長旅の疲れを訴えずできるだけ目立たぬようにしていようと思った。

会議は再開された。

やや反抗的な態度を見せていた幹部が、まるで若い将軍やその後ろにいる女を睨みつけるようにして、鋭い口調でいった。

「小司令。我々はもはやどうにもならないところまで追い詰められた。ここで軍を解散するより他はない。つい先ほどまで、小司令だって、全員の生命と、自分の生命のため、向うの要求をのんで、一人で国境を越えて、ソ連領へお入りになることに同意された。明日に迫った、この非常事態をのりきるのには、今のところ、小司令の御決断に待つより他はないのですよ」

由利はびっくりした。一語一語しゃべる言葉だから、その言わんとする意味はよく分る。大体どこの軍で、部下が隊長の降伏や、逃亡をすすめることがあるだろうか。まして精悍無比と聞いている、東干騎兵の部隊だ。

　自分がどういう場面に来たのか分らない。しかしこの軍にとっては、ひどく都合の悪い時期にやって来てしまったのは事実らしい。

　そのとき空に爆音がした。外の兵士たちが騒いで逃げたりかくれたりする気配が見えた。

　空から軽やかな機関銃の音が聞こえ、弾丸が、あたりの岩や山肌の土を削っているようだ。

馬仲英（チュウイン）将軍は、末席の将校に命じた。

「騒ぐなと伝えろ。今はただ単なる脅しだ。誰も狙われやせん」

若い将校はすぐに天幕から飛び出して行き、兵士の間をそう大声でどなって歩いた。

野戦の敵兵相手なら、どんな強敵でも、全員が死ぬまで、一歩も退くことのない、勇猛な東干騎兵たちが、この空からの襲撃に、脅えている状況がよく判った。

たしかに、一方的に攻められて、抵抗もできずに、逃げ回るだけの手段しか残されていない敵は、彼らにとっては始めてのことだったろう。さすがの東干騎兵たちもこの相手に対しては全く戦意を喪失しているようであった。

これが部下の僭上（せんじょう）とも思える進言になっているのだろう。

由利はすぐ事態を悟った。気まずさがますますひどくなった。

これは花嫁を迎えたばかりの馬仲英にとっても同じであったろう。部下を叱（しか）りつける元気はなく、沈痛な表情で皆に語りかける。

「中佐のいった事は、私も、もっともだと思う。これが我々の留守中を狙って、烏魯木斉(ウルムチ)に入りこんだ、喀什噶爾(カシユガル)大守のホジャニスの軍や、単にどこことも結びつかない単独の盛世才新督軍の兵士が相手なら、東干は絶対負けない。兵を結集し、団結を誓い、戦備を整え、反撃に出たい。しかし、盛世才の軍は、国民党政府の承諾を得ることもなく、ジュンガリヤ盆地と、カザフ山脈以西の土地を勝手に、ソ連政府に譲渡することにより、全面的な、ソ連軍の協力を得た。彼の売国奴的な行動を批難するのは易しい。しかし現実に、ソ連軍の重戦車を先頭に、カザック騎兵が正面から押しよせ、空からは飛行機が爆弾を降らせ、機関銃の雨を降らせる。これではいかに勇猛な東干騎兵も抵抗できない。無理に戦いを続ければ、一兵も残らず殲滅(せんめつ)されるのを待つばかりだ」

天幕の上を威嚇的に飛んでいたプロペラ機も飛び去ったようで、兵士たちがまたかくれていた岩かげから出てきて、歩き回る気配がした。皆が、ほっとしているようであった。

一人の将校が激昂した口調で叫んだ。

「結局、我々はどうするべきか。小司令(ガースリン)のしっかりした指示がほしい。敵の一斉攻撃の時間は明日正午に迫っている。それまでに我々は何としても、立場を明確にして相手側に伝えなくてはならない。小司令が一緒に死んでくれと命令するなら、我々はいつでも、それに従って死ぬつもりでいますよ」

馬仲英(チユウイン)はそれを制した。

「つまらないことだよ、そういう考えは。いいかね、東干民族には本来、東干人が住むための決った国土などない。ただ精強な、戦争に強い民族があるきりだ。だから我々は先祖以来、一地のやり取りや、戦場の勝敗にこだわったことはない。負けたときは、どこまでも逃げ回り、時には武器も軍服もかくして、農民の中に交って、生きのびる。兵隊さえ生きていれば、この広い砂漠の中だ。いつかまたどこかで集って、軍を再結成できる。今は私一人がソ連へ投降すればよい。その間に兵器をかくし、軍を解散し、皆が一時姿をかくせば、この総攻撃は終る」

馬仲英は、全員に沈痛な声でいった。

「東干民族の未来の発展を願い、我が軍の将来の雄飛を心から願うなら、ここで軍を解散し、私はソ連軍の指定通り、彼らの司令部に単騎、馬を駆って、出頭し、身柄を預けるより他ないだろう」

一人の将校が心配そうにきいた。

「それでソ連は、小司令の生命を助けるでしょうか」

「そんなことは心配するな。東干騎兵がこの世に残るか、一兵も残らず殺されてしまうかということから考えれば、私個人の生命など、問題にすることはない。それに私にはまだ、かなりの利用価値があるはずだ。そう簡単に殺しはしない。だから、ソ連側が、全滅作戦猶予の条件として、私一人の身柄を求めたのだろう」

そこで、この軍の礼式であったのだろう、馬仲英は長靴の踵をカチリと合せると、

「三十六師東干騎兵隊総司令として命令する」

と、きびしい声でいった。

将校全員が、踵をカチリと合せて直立の姿勢を取った。

「三十六師は、本日を以て解散する。所持している金銭、食糧物資は、全員に公平に分配せよ。各員は三人以下の小人数に分散し、できるだけ早く集落へ出る。山脈にいる間に兵器を隠し、軍服をしまい、平服に替えて平地で潜伏せよ。何年後何カ月後か分らぬが、私か、この多くの将校の中の誰かが、衆の輿望（よぼう）を荷（にな）って、再び結集を呼びかけてきたときは、速やかに兵器を回収し、軍服を来て、再び集結せよ。以上で命令を終る。すぐ解散準備にかかれ」

七人居た将校は、馬仲英（チユウイン）に向って、きちんとした敬礼を返すと、そのまま天幕の外へ出て行った。

馬仲英は、長い会議にいかにも疲れたというように、正面の椅子に腰かけた。きっと朝から、休み無しの討論が続いて、やっとこの結果に落着いたのであろう。その緊張と疲労とで、折角日本から到着した花嫁のことさえしばらく忘れてしまっているようであった。

由利にとっては、ますます居にくい状況になった。このままた日本へ戻りたかった。

要するに由利が選ばれて、この国へやって来たのは、彼女と東干民族の支配者である馬仲

英将軍が結びつくことにより、やがて日本が大陸で兵を起したとき、東干軍によって、背後から南京の国民党軍の兵力を攪乱（かくらん）することにあった。今、馬仲英が東干騎兵に対しての指揮権を消滅してしまったのなら、由利がその肉体を、相手に委（ゆだ）ねる理由は何も無くなってしまった。森将軍の深い計略も外れてしまった。

　もともと愛があったから嫁いできたわけではない。今、三十分前にお互いに会うまでは、顔も知らない相手だったのだ。

　天幕の中は、馬仲英と、彼の従弟で護送隊長の馬希戎（シロン）と、由利の三人だけになった。

　馬仲英はやっと気持が納まったのか、由利の方を向いて話しかけた。

「貴女が、日本から折角やってきてくださったときが、ごらんの通り、私の軍司令官としての最後の日であり私のすべての栄光が消える日だった。こんな私のために、日本の森将軍が貴女をよこしたわけではないだろう」

　馬仲英も事態はよく分っているのだった。その正直な告白に由利は答えようもない。

　こうなったら自分のこの体は日本の国のためには何の役にもたたない男に、このままあたえられるべきでないという思いは、内心に強く湧いてくる。彼女には本当は愛している人がいた。

　その人はアメリカに居る。幼ないとき漠然とした約束をしただけであるが、できることなら、その人、A・カマルと結婚し、由利・カマル夫人になりたかった。それが少女時代からの夢であり、心の底にはいつでも消えることのなかった願いでもあった。

　このままアメリカへ行けたら、また、あの幼ないときにすごしたマサチューセッツ州の市郊外にある、芝生に囲まれた家で暮せたらと、中央アジアの砂漠の奥、天山の深い山峡の中では、およそどう考えても不可能のことに、思いを巡らせていた。

　馬仲英は慎重な言葉遣いで話しを続けた。

「貴女はまだ若く美しい。勿論、私と行動を共にするなんて、自滅にひとしい道を望んではいないだろうが、その若さと美しさを、自分のためと、国のため、最も有効に使用される方法をとるべきだ。その体を、まるで品物のように考えて申訳ないが、生活環境の酷烈な砂漠の民には、実利以外には、物事の善悪の判断の基準がない。名誉も体面もすべて、喰物の潤沢にある土地での贅沢（ぜいたく）な習慣にすぎない。自ら砂漠を渡ってきた貴女なら、この私の言葉を分っていただけると思うが、女の肉体は他に何の娯楽を持たぬ、この砂漠の民にとっては最大の享楽用品であり、同時に何物にも勝る貴重な財産だ。ダイヤモンドは貴夫人の指を飾るためにあるように、貴女は貴女の美しさにふさわしい、この世界に重要な役目を持った人の夜の悦びのために存在すべきだ」

　娯楽品扱いは別に気に障りもしなかった。それが女の役目であるということは、この旅が森将軍によって、起案されたときから、判っていることだった。

　すべてを正確に見通し、本音だけをしゃべる、若い小司令（ガースリン）にようやく少し好意を持った。

この人の妻となるため、六十日以上もの苦しい旅を続けてきた身だ。いつのまにか、自然の愛情が育てられていたのかもしれない。このへんは自分でもはっきり判らないが、しかし愛情と、この敗残の現実とを、混同してはならないと思う。もとから国を愛して引受けたわけではないが、それでも、国家から派遣されてきた身だ。国益に利さない行動は、きびしく避ける必要がある。それでなくては自分がみじめである。

「わたしの行動は、今夜でも自分で考えて決めたいと思いますが、もしお別れしなくてはならないと決った場合、砂漠の道を再び、わたしを送り返してくださいますか」

「ああ、それは私の義務だろう。そこに馬希戎（シロン）隊長の部隊がいる。食糧と水や費用は改めて補給した上で、そのままの編成で、またもとの道を送り返してやろう。ソ連側に護送小隊だけは空から襲わないように頼もう。私は明日の昼までに、単騎、この山の向うを下りた草原に向って、白馬で走って行けばいいことになっている。その向うにソ連との国境イーニンがある。午後の明るいうちにイーニンの町の司令部へ駆けこめばいい。それでソ連側との停戦が成立し戦争が終了することになっている。勿論全東干騎兵で、白馬に乗っているのは私一人だから、この山を抜け出したときから、どこかで私を見張っている斥候の報告が、司令部に届き、すべての軍事行動は午前中には止まるはずだ」

馬希戎隊長は、再び自分らがこの女を送って戻って行く状態になったのを、別に表情も変えずに聞いていた。

表の幕舎の間の広場が、俄に人声でやかましくなった。東干の騎兵たちは、これまでこのような離合集散に馴れているのだろう。

皆、敗残の兵の暗さがない。陽気に騒ぎながら、金庫をあけて、金を配り、食糧を運び出して、各自が持てるだけの荷を、馬の鞍につけている。

これから皆が別れる悲壮感など誰にも見られなかった。

また砂漠の中で、誰か別の一人が、号令をかけさえすれば、忽ち集ってきて、軍を再建できると信じている気楽さがあった。それには、まだ全員が傷つかないうちに、砂漠の川の尻っ尾のように広い砂地の中に吸いこまれて、兵力を温存して消えてしまうのが一番いいのだ。

ときどき幹部将校が入ってきては、天幕の奥にも積みこんであった、大きな木箱を持ち出す。皆、物々しく封印してあったが、すぐ幕舎の前で封は破られ、並んだ兵や下士に手把みで分配された。殆どが貴金属だった。

状勢がまるで理解できない衛藤上等兵だけが、その異様な様子を、

「へえ」とか、「こいつは何のまねだい」とか、しきりに感嘆の声を上げて見ていた。

夕方も近くなるころは、その分配も終ったらしい。

兵士たちはお互いに小声で別れの挨拶を交して、山を下りて行った。軍服で武器を携帯している者もあったが、早くも武器や軍服を山のあちこちに、自分だけが判る目印をたてて隠

匿し、農民服になって徒歩で去って行く者もあった。

そこには離合集散に馴れたしたたかさがある。

広い山脈の中に、あっという間に、何千人もの兵が、とけこんで消えてしまった。

由利を送ってきた馬希戎（シロン）の一小隊の兵と人夫だけが、東干騎兵の形を保った唯一の群れであった。

最後に、高級将校たちが天幕に一列に並んだ。馬仲英（チユウイン）が天幕から出てきた。

「それでは小司令（ガースリン）お元気で。また小司令が戻ってきたと聞いたら、いつでも、どこにいても、すぐ私たちは馳（は）せ参じます」

年配の将校の一人が皆を代表していった。

馬仲英の表情は、こういう一種の破局的な状況にいても、ごく淡々としたものだった。

「皆も元気で」

そう答えたきりだ。それぞれ沢山の分配品を積んで幹部は、四方に散っていった。幹部たちは、あまりかさばらずに金目の物ばかりを予め抜きとっている。彼らの荷には、それらの物が沢山積まれている。

そのまま民間人の中にもぐって生活しても、五年や十年は充分にやって行けるだけの物は所有しているのだろう。

彼らの中では只（ただ）一人残ったのは、馬希戎の父であり、馬仲英にとっては、叔父でもある老将校の、馬福伴大佐だけであった。

衛藤はまだ天幕の外の石に腰かけて、あたりの急激な変化を呆然と眺めていた。山間の盆地に満ちていた何千人もの軍隊が、まるで舞台装置が崩れるように目の前から消えてしまった。

それがまず不思議であった。全体の状況についての知識がないから、この突然の消滅の意味がまるで分らない。彼は、ここへやっと着いてから、もう六時間以上もたっているが、まだ一度も飯を喰っていない。やけに腹がすいて堪らなかった。

多少の携帯食糧はあるが、皆が誰も喰べていないのに、自分だけ喰べるわけにもいかない。そこでそのことが急に気になってきた。すっかりあたりが暗くなるころ、馬仲英司令付きで、まだこの幕舎に残っていた、三、四人の従卒が、残された食糧で、沢山の料理を作り、幕舎の外に待機している、埃りだらけの護送小隊の騎兵や人夫たちにアルミ食器に山盛りして持ってきてくれた。

同時に天幕の中では、テーブルに、当番兵が作った料理が運ばれ、最後の会食になった。馬仲英と、由利と、馬希戎隊長と、その父親の馬福伴の四人だけの食卓であった。

外は暗くなっていた。食卓の豊富さは、長い旅を続けてきた由利や馬希戎隊長にとっては、久しぶりのものではあったが、心そのものは、ひどく暗かった。

自分が折角追いかけてきた旅が何の役にもたたぬままに終ってしまう。そして当の馬仲英将軍にとっても、わざわざ来てもらった花嫁を愛することもできず返さなくてはならない辛い夜だった。

勿論抱いてしまって、そして明日知らん顔をして別れれば、それでもいい。しかしそれでは、これまで東干の英雄として、白馬にまたがって、砂漠に君臨していた彼が、やがて再起したとき、日本側がその背信の行動を許さないだろうし、砂漠の民も呆(あき)れてもう協力しなくなるだろう。英雄は英雄にふさわしく生きなければならない。

馬仲英(チユウイン)は正直にいった。

「さっき幹部将校が居たとき言わなかったことがある。私は明日の昼にソ連軍の陣地へ入る。単騎投降することが、我が軍の全滅を防ぐ、唯(ただ)一つの条件だが、しかし実はそれから先がある。私はすぐ彼らの好意によって、モスクワにある、ソ連の士官学校に入学をさせてもらえるのだ。農夫に化けた敵側の連絡員がその旨を約束してくれた」

馬福伴叔父がそれに対して、何か言おうとしたとき、馬仲英は手で制した。

「大佐、分っている。彼らがその約束を守る保証なんて何もありゃしない。それは我々東干の騎兵が砂漠に戦っているときと、全く同じだ。出来もしない約束で、敵をおびきよせ釣って殺したものだ。しかしこれはもう全員の無駄な戦死を明日にして、どうしても従わなくてはならない約束だった。それ故にまた私としては、自分を納得させて、信じなくてはならない約束でもあった。モスクワで近代戦術を学び、次は近代装備を持った兵をひきいて、再度この土地の支配者として君臨するつもりだ」

馬福伴がいった。

「そうですか。小司令（ガースリン）がそれを信じているならいいですよ。もう道はそれしかないのですから、我々もモスクワの善意を信じる以外ないです。またお戻りになる日を期待して、我々はこの広い砂漠地帯のどこかに隠れるようにして待っていましょう。それでこの花嫁の日本への送還は、先ほども申した通り、一切息子の馬希戎（シロン）隊長にお任せいただけますね。彼ならきちんとやりとげまして小司令を裏切るようなことはしませんよ」

小司令は隊長に直接にいった。

「ああ、今では君の忠誠心に頼るより他はなくなった。本当に頼んだぞ」

「畏（かしこ）まりました。必ず無事に送り返します」

馬希戎は、馬仲英にそうしっかり約束した。

由利もうなずいた。全く思いもかけないことになってしまった。この六十日間、苦しい旅をしながらも、いつも自分が馬仲英と結ばれたときのあらゆる場合を想像していた。しかし只の一度も、このような場合を考えたことがなかった。すべてが無駄になってしまった。でも振り出しに戻ったわけではない。

食事が終った。

しばらくの雑談があったが、もうそれは、何のはずみもない、しらけた時間が続くだけだ。

すぐに切り上げた。

各人は、それぞれ自分たちの小さい天幕をたてて、また眠ることになった。それはこれまでの、砂漠の長い旅とまるで変らない夜であった。

静まり返り、冷気がしんしんとした山脈の間にしみこんでいった。

昨日までは、三千に近い兵士が野営して、青い服で混(こ)み合い、へし合いしていた谷間の小盆地には、馬仲英(チュウイン)と、馬福伴と、その僅(わず)かの従兵たちの天幕と、新しくやって来た由利と、馬希戎の一隊の一人用の小天幕しかもう残っていなかった。

もともと、天山の山肌深くの盆地であった。

夜中、あたりに兵が居なくなってしまえば、そこは不気味なほど、静まり返った闇(やみ)であった。

由利は、一人で毛布にくるまりながら、いつまでも眠れなかった。

馬仲英は明日遠くへ去る。

自分の運命は、まだ分らない。一応は馬希戎がもとの甘粛省に連れて帰ってくれると言っている。だがそれがあてになるかどうかは、今となっては分らない。馬希戎の行動を制約し、規制していた唯一の怖しい存在の馬仲英が、明日から居なくなってしまうのだから、馬希戎は、もう誰に対しても自由である。

再び旅が始まったら、馬希戎の行動に刃向かえる人は居なくなる。

そして……そこまで考えて、はっと一つのことを思い出した。これまでそのことだけはできるだけ考えまいとしてきた。しかし、現地に到達したら、必ず処理すべきことが一つ残っていた。砂漠の入口、嘉峪関の関所の町で、出がけに彼女は参謀の永坂大尉に質問した。

「向うへ着いたら、あの衛藤上等兵をどうしますか」

「まさか、たかが兵卒を護衛をつけては送り返せんだろうな。我が軍に於ても、下賤な一兵士の口からこの重大な作戦の全貌が洩れてはまずい。そこで既に日本内地へは、戦死公報を打ってある。年金も奮発して、特別功労者扱いで、残された家族が、充分に生活して行けるだけの物を用意し、もう支給が開始されているはずだ。ただし軍の年金は、未亡人が再婚したらストップするようになっている。年金をもらいつづけるか、新しい男を見つけるか、それは当人の考えしだいだがね」

まるでひとごとのようにいった。

「つまりだね。彼はもう二度と日本に帰れんのだよ。帰っちゃならんのだよ」

不安になって、由利はきいた。

「ということは」

「貴女は何もしなくてもいいし、このことについて、貴女が考えることもない。当方から馬希戎隊長によく頼んでおいた。隊長は快く『部下の馬祈令が、そういうことがとても上手だから任せなさい』といって、引受けてくれた」

その場合、馬祈令曹長が、衛藤に対してどんなことをするつもりなのかは、ついに永坂大尉は言わなかった。急に背筋に悪寒が走った。

『あの人は殺される。何の罪もないのに』

軍という巨大な存在のもとで、一つの生命が、まるで虫けらのように、踏み潰(つぶ)されてしまうのだ。あんな男でも哀れに思えてきた。

今、自分でしてやれることはないだろうか。金を持たせて逃がしてやったところで、どうにもならない。すぐ東干騎兵に追いつかれて殺されるだろう。

たとえ彼が自力で、嘉峪関まで辿り着けても、それから先、関東軍司令部へ送り返されたとたん、秘密裡(り)に処理されるのに決っている。どうせ死んで行く人なら……由利の気持は決った。

自分にたった一つ彼に贈れる物がある。それは、東干の花嫁として、馬仲英(チユウイン)将軍のために、守り続けてきたものだ。それを届ける相手が居なくなったとき、それを守るため、ついてきてくれた男にやってしまうのがどうして悪いことだろう。これまでの彼の労苦に報いてもやりたい。

すぐ死んでしまう相手だ。上等兵という低い身分だけが気になるが、秘密を守るという点では、申し分ない。

この天山の中ではたった二人の日本人どうしだ。そして自分は一度は国家間のプレゼントとして商品並みに扱われた身分だ。ここでたった一回、死を目前にした人間の悦びのためこの体が使用されたところで、誰が咎められようか。まだ何も知らず、明日から日本への帰路を辿り、新婚二カ月で別れて来た妻と、三年ぶりの再会を夢みている男に、あたえたくなった。

谷間には人の気配はなく静まり返っている。

するりと、すぐ隣りの衛藤の天幕に入った。

そっと毛布をはいで身体を押しつける。

びっくりして何か言い出そうとしている衛藤の口を押えた。

「あげる人がなくなったから、あなたにあげる。黙って抱いて」

「ど、どうしてですか」

彼の手を握って、胸のボタンをあけさせる。

「女と男よ。あなたが抱いていけない理由はないのよ」

「でも、私はそんなことが分ったら、日本へ戻ってから殺されます」

どうせ今、何もしなくても殺される運命にあるのだとは、帰国を信じている単純な男に気の毒で、とても言えない。

「勿論、わたしが求めたことだから誰にも言わないわ。それに今となっては、わたしと馬仲英将軍との結婚式は無くなったのだから、あなたは、明日にでも砂漠の道を戻って行けばいいのよ。でもわたしは戻れないと思う。女だから多分、どこかへ連れて行かれて、他の有力者の思い者に売られるか、ここにいる大勢の男たちのなぶり物にされるわ。それが保護者を失った女の運命よ。どうせ誰か分らぬこの土地の人のものにされてしまうなら、最初だけでも、同じ日本人にあげたかったのよ」

そういいながら、衛藤の震えている手を持ちそえて、今度は、旅行用にはいている厚いズボンを下させた。

「明日はもう二人は別れ別れよ。どちらかが生きていても、死ぬ日まで、誰にもしゃべらなければすむことよ」

旅に出てから、大分やせてしまった。それでも、衛藤の手でひき下させたその下には、薄い下着一枚でおおわれている、女の腰や下腹の部分がある。

由利は、自分の唇を衛藤衛藤(もりふじ)上等兵の髯でおおわれている唇に押しつけるようにしていった。

「ここまで来たら何もしなくても、殺されるわよ。そのままひっこんだら男じゃないわ。人に聞かれたら笑われるわよ」

唇の甘さは、あの慰問団の歌手以来のことであった。

ぴったり包まれた窮屈な毛布の中で、シャツや、腰をおおっている下着がとられた。冷たい空気が遠慮なく侵入してくるこの粗末な天幕の中でも、毛布の中は肌の温気(うんき)がこもり、春先の陽だまりにいるようであった。

衛藤も着ている物を脱ぎとった。

これが自分に許されることだろうかという疑いは最後まで、彼の心から消えたわけではない。良いことが少しでもあれば、必ずそれに勝る不幸な目に会うという、自分のこれまでの運命については分っていながらも、衛藤はそのときはもう自制できなかった。

堰を切った水のように荒々しくしがみついてくる男に、由利はそれでも威厳を失わないようにいった。

「花嫁さんを相手にした夜のことを思い出して、優しく扱って」

そんな声も、彼の昂ぶった行動を、おとなしくさせる効果はなかった。

由利はかすかに眉をひそめ、小声で悲鳴をあげたが、その後は、彼の背中の皮膚が破れるほどに爪をきりりとたてて抱きしめてきた。

ほんの一時間ほどで由利はきちんと身づくろいして、自分の天幕に戻った。

終った後、一人で考えてみれば自分でも意外な行動に走ったと思う。しかしあのとき考えるとすぐに実行してしまったのは、思い直したら、もうあんなことはできない自分が、判っていたからだ。そして今では実行してしまって良かったという安堵の思いがあった。

衛藤は、事が終った後も、あんなことがここで実際にあったとは、いつまでも、信じられないでいた。そして殆ど終夜、気が昂ぶって眠れなかった。

朝方、小隊と馬仲英(チユウイン)との間に別れの簡単な挨拶があった。

白馬にまたがった馬仲英は、駱駝の横に立っている由利に、馬上から手をさしのべていった。

「これはひどく残念な別れです。私としては折角、日本から美しいお嬢さんに来てもらって、ここでアジアを結ぶ、縁を作りたかったのに、それが許されなかった。もう再びお会いする機会はないと思うが、もし万一、またどこかでお逢いできたらきっと今日のことを忘れずに、真っ先に語り合いましょう」

由利は短かく答えた。

「どうか御無事で」

白い馬は、南西に向い、谷間の細い道を去って行った。やがて彼の姿が消えた。その後で隊長の馬希戎(シロン)は、由利たちにいった。

「今すぐ帰りたいだろうが、私たちは、もう六十日も休みなく歩き続けてきた。あまりにも疲れすぎている。今日一日はここでゆっくり休もう。それにこれから先のことについて私には少し考えたいことがある」

衛藤には由利の表情が気になった。しかし由利は馬仲英と別れるときに、ちょっと淋(さび)しい表情をしただけで、後は全くの無表情であった。ただ今朝の由利には、衛藤が何か語りかけようとするのを、昨日のことは昨日のこと、今日の私には関係のないことだから、それについては、触れることは許しませんよ……と体中で拒否している感じがあった。

衛藤はすぐその感情を悟った。

他人が示す冷たい拒絶や、差別には、いつも馴れている。昨日のことは、あれは全くの女の気まぐれで、本来自分の身の上には、起るはずのなかったことだと思えばいい。

隊長の言葉に兵士たちは歓声を上げて喜んだ。

本当にこれまで、一日でもゆっくり体を休ませたことがないのだ。衛藤ももうあせらない。ほんの何カ月かで日本へ戻ることができる。かあちゃんや、子供がそこに待っている。養父もまだ元気で仕立台に向っていることだろう。一日一杯働いて、夕食は二階で晩酌一本つけて喰う。

そして夜の時間がくる。

昨夜は三年ぶりでいいことを思い出させてもらった。帰っていきなりでは、まごついてうまくできないかもしれないから、あれはいい練習になった。かあちゃんの体はずっと熟れてきているのに違いない。そいつを上から抱いたり、裏返しにしたり、思いきっていろいろやって見よう。さまざまの姿勢のからみ合いが、次から次へと想像されて心は躍ってきた。

小川のふちに寝転がって、空を眺めているのはいいものだ。一日の休みは本当にありがたい。ゆっくり居眠りできる。

軍が去った盆地は静かだった。

昼過ぎには、兵士たちも衛藤もすっかり元気を回復していた。

兵士と一緒に薪を拾い歩き、もうお互いに、ある程度は通じるようになった言葉で冗談を言い合っていた。本隊から解散まぎわに、糧秣を沢山分けてもらい、中に米などもあったので、それが嬉しかった。

由利もその米の炊事を手伝った。もう独裁者の花嫁となるべき女ではない。自分も皆と同じ旅行者として、これから旅を続けて行くのだと、そんな気持を見せているようだった。或いは単に、冷たい水で久しぶりに白い米をシャキシャキと音をたててとぐのが楽しかったのかもしれない。

それに川の畔りにいられるのも、今日あたりが最後で明日からは、また水の少ない荒地の旅が始まる。

まだ明るい谷間の畔りで、冷たい水をアルミ容器にすくい米をかき回す白い手が透けて、花びらがひるがえっているように見えた。明日からの自分の運命がまるで予測できないのも、奇妙な感じであった。だがいずれにしても、馬仲英との約束が消滅した現在、自分が再び日本へこのまま戻ることはないだろうとは思える。一旦重大な軍の計画に参加してしまった自分が戻っても、衛藤と同じように、始末されるのに決っている。まだ死にたくはない。できればこれから何年かけてでもいい、アーサー・カマルの待っているアメリカへ行く機会をつかみたい。それには今すぐには日本人の居る所へ戻らない方がいい。

そんなことをしきりに考えていた。

誰もあたりに居ない。兵たちは焚火（たきび）の所に皆引き上げてしまった。

ふいに、背中から抱きしめられた。由利はきびしい声で叱った。

「よしなさい。上等兵。のぼせ上ってはいけません。あれは昨日だけのことです。あれで一切忘れてしまうはずではなかったのですか。失礼なまねは許しませんよ」

しかし男の力は強かった。首筋に遠慮なく、唇を押しつけてくる。しかも衛藤のトレードマークである、荒い髯の感触はなかった。耳もとに熱い息がした。ウイグル語だった。

「私だ。馬希戎（シロン）だ。ずっと貴女がほしかった」

「いけません。やめてください」

今度こそ必死に抵抗しようとした。しかし馬仲英（チュウイン）も居らず、これからの旅を、この男一人を頼って続けて行かなければならないと判ってくると、その抵抗の勢いはみるみる弱ってきてしまった。

そのまま抱きかかえられた。軽々と抱いて歩きながら、馬希戎中尉はいった。

「これからは、私が東干の全員の総帥になる。そして西域アジア（シルクロード）の盟主になる。貴女はこの広い地域を支配する王の花嫁となるべき身としてここに送られた女だ。だから私は王になるため貴女を自分のものにしたい。そして、した以上は私は必ず王になる」

焚火の回りにいた兵士たちは、隊長に抱かれた由利を、まるで当然のことのように眺めていた。この事態の急変に、衛藤は何もできずに、只呆然として立っていた。兵士の中に気のきいた者がいて、既に二、三人、衛藤の腹の先に銃をつきつけていた。それは予定されて仕組まれたのか、今咄嗟にとった行動かは分らないが、いずれにしても、彼らの主人の大事な行動を邪魔させないための、兵士たちのす早い対応であった。

由利は、馬希戎の天幕にひき入れられた。

彼女にはこれが、この場での、一番順当な結末だと分っていた。

しかし中へ入っても、また一応は必死に抵抗してみせた。

盟主の花嫁となるべき身が、違う相手にそのままあっさり許してしまうのは、いかにも、節操がないように見える。

押さえつけられて暴れ回っているうちに、上衣は軽々と脱がされた。肩の骨がもう少しで折れそうな、乱暴な脱がせ方であった。

むき出しの肩に、男の唇がかみつき、歯が皮膚に喰いこみそうになった。

苦痛に悲鳴をあげると同時に、瞬間、シャツがむしりとられ、乳房がむき出しになった。

つづいて、ズボンも下着もとられてしまった。

口から悲鳴が洩れた。

衛藤は助けに来ない。東干騎兵に囲まれて身動きできないのは分っている。それにしても、死んでも私の身を守るのが、彼の任務であったはずだ。怒りがわき上ってきた。あまりにも情ない。昨日のことが口惜しくなってきた。

　由利は突然抵抗をやめた。

裸の体で自分からしっかりと、馬希戎(シロン)を抱きしめた。

「分ったわ。わたしあなたの花嫁になるわ。あなたが、東干の盟主になるのを信じるわ」

　彼女は自分から、彼が抱き易(やす)いように、体中の力を抜いて、受け入れる姿勢をとった。彼の首に自分の顔をこすりつけるようにして耳もとでささやいた。

「その代り明日、あの日本人を一発で楽に殺してください。折角苦労して砂漠を生きて帰っても、どうせ日本へ着いたら、きびしい取調べの後殺されるのですから、ここで殺して上げる方が親切です」

「それを、貴女が望むならね。ところで私たちが結ばれるものと決ったらもう無理はよそう。礼式に従おう」

　由利の抵抗が止(や)むと分ると、急に彼も荒々しい動作をやめた。二人はまた衣服を整え、そこに隊長が用意してあった別の衣服の包みを持って天幕の外に出た。

　兵士たちも、衛藤も黙って見ている。

「私たちはこれから式をあげる。古い回教の礼式に則(のっと)ってな。皆、ここで待っていなさい」

　二人は小川の方へ歩いて行った。

　小川の畔りで由利は衣服を脱いで、体を冷たい水につけた。

「私は五つの大浄（ダズル）のやり方を知っています。自分でできます。恥しいからどうか見ていないでください」

「それでは私も、五つの大浄を行おう」

彼女とは少し離れた木陰でかくれる所で、馬希戎は裸身を水にひたした。体の五つの不浄な部分を水で洗ってから二人は、天幕から持ってきた白いゆるやかな衣服で、皆のいる場所へ戻ってきた。回教徒としての最低の儀式はすんだ。

馬希戎は兵士にいった。

「私たちは今、正しい回教の儀式で結ばれた。この人は今日から私の花嫁だ」

兵士たちは声を上げた。

「日本人は明日帰国の途につく。君が無事嘉峪関につくように、兵士二名が責任を持ってお供をする。だからこのことをぜひ、日本の偉い将軍方に伝えてくれ。馬希戎隊長は、次の東干の盟主であるということもな」

由利に日本語できかされて衛藤はうなずいた。

二人はまた改めて天幕に入った。

今度こそ由利はしっかりと抱きしめられた。行われることは同じでも、それは衛藤の求め方とは激しさが全く違っていた。一度でも経験しておいてよかったと思った。

朝、気がつくとやはりここは寒い土地なのか、霜があたり一面を白くおおっていた。

「起きたかね」

夫は顔をのぞきこんだ。六十日の旅の間、護送隊長であった男が、今は自分の夫だった。そこには、これまでと全く違った顔があった。

「ええ」

「衛藤上等兵はさっき出発した。馬祈令(シーリン)たちと一緒にね」

さすがに由利の胸には悲しみがこみ上げてきた。自分が頼んだこととはいえ、いざそのときになったと思うと哀れであった。

二人はゆるやかな白衣のまま天幕から出た。

「もうじきだ。耳をすましてごらん」

馬隊長がいった。

それは正確な予言であった。銃声が二発した。あの、跛行の馬祈令曹長が射(う)ったものに違いない。銃の名手で、狙った物はどんなに激しく動いていても、決して外すことのない腕前だった。

由利は手で顔をおおった。

涙がいくらでも出てきた。

あんな男……と思っても、可哀(かわい)そうであった。あの人にはちゃんと、前日にすばらしい御褒美を上げたのだから、あれでいいのだ。泣くことはないのだ。身分が違うのだからと思っても、やはり涙は止まらなかった。砂にしみこむ赤い血が目に浮んでくる。

二十分もしないうちに、馬祈令曹長と、もう一人の兵が戻ってきた。彼らは何事もなく皆と一緒に食事を始めた。さっきのことについては誰も一言も口にしない。

そして、再び隊列を整えた。今、西域アジアに残っている、たった一つの東干騎兵部隊は、新しい根拠地を探すため出発した。

そこに拠(よ)って、全西域に号令をかける。拠り所さえあれば、砂漠の各地から、勇猛な騎兵は、再び東干の名を轟(とどろ)かせようと、続々と集ってくるはずだ。広野の盟主たらんとする男を中心にタクラマカンに再び、戦火は走るに違いない。

今、その男が、王権の象徴として、日本から送られた花嫁を伴って、天山を下りて行った。

――了――

以上が、昭和三十五年に、衛藤良丸(よしまる)が、仕立物仕事の間を縫って、思い出すままに書いて、同人雑誌に発表した、二百十枚の小説『東干』の全文である。

三章——A

昭和三十五年の秋、衛藤良丸（五十歳）が突然、米国の日本監視機構（GⅡ）に呼び出された事情について。

衛藤良丸が、同人雑誌に、この小説を発表したときは、シルクロードなんていう言葉は、全くといっていいほど知られていなかった。日本人の大部分が、中国の奥に無限に拡がる、広大な砂漠と人跡のない高山のことなどには、関心を持っていなかった。

同人雑誌にこの小説が発表され、思いがけず、新人文学賞の候補作になりながら、ついに一票も入らずに落選した。

会議では作品としての本質的な構成上のむじゅんを衝く意見が多く出された。

要するに書き手が衛藤良丸という、どうも衛藤上等兵の後身らしい人物なら、その上等兵の自身の告白に徹するべきだ。ところが上等兵としては、とても見ることができない将軍の会話まで、その場に居たように書きこんであってでたらめくさくなりおかしい。

更に最大のむじゅんは、物語の中で殺されたはずの男が、これを書いているのも奇妙だ。これはあくまで他の第三者の名で書くべきだ。

つい前年に赤穂義士の切腹の直前のことを、義士当人の述懐で書いた作品が候補に上ったことがあるが、では腹を切るため刑場に向う直前の人がどうしてこんなことを書き残すことができたかということであっさり落選した。これも全く同じだ。

こんな風で会議では、作品の内容は最初から問題にもされなかったらしい。

衛藤良丸としては、一世一代の告白で、もし、多少評判にでもなることがあったら、この二部と、三部もついでに雑誌にのせてもらった上、一冊の本にまとめたいというぐらいは考えたらしい。

だが当時、シルクロードは全く人に知られていなかったから本屋も注目しなかった。

ここには、まだ誰(だれ)にも知られなかった現代史の一断面が語られていると気がついた者は、勿論(もちろん)ただの一人もいない。

むしろ思いもかけず候補作となったことが却(かえ)って、作品の完成に災いした。そういう栄光に、一生無縁であった他の同人たちの反感を買った。ふだんは原稿が集らないで困っていたくせに、衛藤が、二部、三部と、後、二つ同じ位の長さの原稿ができているといって提出しても、その掲載は即座に同人の会議で拒否された。

架空のホラ話で、文学的な物の何一つ存在しない個人のたわごとを、貴重な誌面を使って、紹介する必要はない。

それが全員一致の意見であった。

勿論、当時、文学賞の審査に当った先輩作家の意見も最終的には、これと同じようなものだったろう。所詮（しょせん）この作品は素人の手すさびであった。

事実は問題にもされなかった。

こうして友人からも、文壇からも、全く無視された作品が、奇妙な所から、注目され、衛藤良丸は、甚だ不思議な体験をすることになる。

雑誌が発行されたのが四月。文学賞騒ぎが起ったのが七月。

九月には、もうそんな騒ぎは忘れられてしまった。当時衛藤良丸はそのころから、はやりかけてきた、イージーオーダーの背広の仕事がますます増えてきて、自分の長屋で、買い替えたばかりの電気ミシンで、一日中同じような、袖（そで）の縫付とか、背中の縫い合せとか、分業になった、単純な仕事を大量にこなしていた。

丁度、外は選挙カーでうるさかった。

考えなくてもできる単純な仕事なので、彼の頭は、専ら、対立二候補の票のどちらを、今回の指定にするかということを考えていた。選挙は子供のときから好きだった。

戦後ずっとこの土地に住み、都営住宅の大先輩でもある彼は、自宅の居職であることと特有の世話好きで、周辺の住民に不思議な政治力を持っていた。

地元の代議士が立候補の際、この衛藤を味方にするのとしないとでは、確実に五千票違うといわれている。戦前から保守系二候補の政争が激しく、一人が入れば一人が次点で落ちるのが例になっている地域での彼の五千票は往（い）って来いで一万票の票差になる。この集票能力は、候補者からかなり重視されていた。

　しかもこれまで衛藤は決して特定の候補の下についたことはなかった。あくまで日暮里団地と、その周辺の丘の住民のその時の利益優先で、選挙の直前まで支持者を明かにしない。地元の利益といっても、道路や学校など大それたことは考えていない。

　バスを仕立てて温泉会館へ連れて行ってもらうとか、弁当付きで浅草のレビューを見せに連れて行ってもらい後で少女歌劇のスターとのサイン会をするとか、ごく低い次元のサービスぶりが問題なのである。

　両派を天秤にかけて充分計った上で、よりサービスのよかった方に、投票日の、三日前ぐらいに、鶴の一声が入る。だからもう次官も二、三度やり、大臣の呼び声が高い代議士が腫れ物に触るようにして、衛藤に応対する。

　何でも近く、ここをこわして、コンクリートの団地にするそうだが、家賃は三千円に上るという。

　庭もないコンクリートの家になど、とても住めたものじゃない。階段を上るのも厄介だが、家賃が三千円と十倍以上に上るのも面白くない。今度はどちらかの代議士にうんと恩を売っておかなくてはいけない。

　イージーオーダーの仕事はマントを作るのと比べて単調で面白くない仕事だが、手を休ませずいろいろなことを考えることができた。

しかも、仕事は次から次へとある。このごろでは毎朝、家の前に、デパートの名前が書かれたライトバンが止まり、どさっと材料をおいて行く。そして、昨日中に出来上った品物を、積みこんで行く。生涯で一番景気のいい時期だった。

そんな最中、表に巡査が訪ねてきた。選挙の最中だから、どきんとしたが、話はまとめながらも、自分は一銭の金もとらず、レビューにも行かないので、やましいことはない。別にあわてもせず裁屑（たちくず）を払って立った。

若い巡査だった。信じられないことだが、アメリカの機関の呼び出し状だという。昂奮（こうふん）して玄関でいう。独立国日本にそんなことがあっていいかと思ったが、何やら、英文の手紙を振り回している。

老眼鏡をかけて、背中をこごめながらミシンにかかりきりでいた衛藤を、玄関に呼び出して立たせて、人定の確認をしてから、おもむろに封書を出した。

「どうもこれはアメリカのさる筋から来た文書でね。自分も内容はよく分らんのですがね」

一応、タイプで打った英文の文書を見せた。紙の上の部分には、金文字の印刷で、何かのマークが入っている。若い巡査は、そこを指さしながら、

「上司の方のいうことにはですな、どうもこのマークが並々ならぬ物らしい。アメリカでは、役所からの公文書には、すべてこのマークが入っているらしいのです」

衛藤は老眼鏡をかけ直し、その妙な金文字のマークを見た。全然意味が分らない。

「それで、これは何のマークなのですか」

「どうも、本庁から巡ってきた文書なのだが、外事課の詳しい連中が、文書につけてきた注意書きによると、日本へ映画のフィルムを貸し出したり、図書館を作ったり、その図書館のホールで、レコードを聴かせたり、フォーク・ダンスを教えたりする、ＣＩＡとかＧＨＱとかいう組織のマークらしい」

この巡査にとっては、ＣＩＡも、ＧＨＱも同じようなものだったろう。これは当時の日本人のすべての感覚でもあった。表面は華やかな感じの、若い人が集まって楽しめる文化を、無料で種々提供してくれるありがたい機関でもあった。

「それで、私にフォーク・ダンスでも習えというんですか」

衛藤良丸も、ＣＩＡかＧＨＱかといわれてすぐ思い出したのは、黄色いペンキを塗った明るいホールで、皆でフォーク・ダンスを踊る妙な集りのことだけだった。

「いや、どうもそんなことではないらしい。署のかなり上役の方のおっしゃることだと、これは相当な大事な呼び出し状らしい。裁判所の召喚状に匹敵するらしい」

「へえー。何でぼくなんかに来たのだろう」

衛藤も頭をひねった。

昭和三十五年。もう戦争が終って、十五年もたっている。サンフランシスコ条約によって、日本が再び独立国として、主権を回復してからでも十年はすぎている。

CIAか、GHQか知らないが、そんなものが日本にいてもこれは仕方がないが、警察を通じて日本人を呼び出す権利まで、まだ持っているとは知らなかった。

もしそれらの機能が相変らず日本を裏からしめつけているのだったら、これはかなりの問題であろうが、衛藤良丸は、そこまで気を回す男ではなかった。

「この文書は、私が預り、あんたに見せるだけで、渡してはいかんそうだ。つまり今度のアメリカの占領政策の中で、最も重要なテーマとして、日本へ持ちこんできたのは、言論や、出版の自由と思想の自由だからだ。いささかでもそれに抵触するふるまいを、アメリカ側が日本にしなくてはならないときは、その証拠を残してはいけないということになっている」

「案外ずるいことをやるんですね」

衛藤は何だかまだよく分らないがそう感じて、正直な感想を洩らした。

「これから近くの公衆電話に行く。自分が立合人になって、あんたに電話をかけてもらう。そのダイヤルは自分が回す。なぜならそれは誰にも知らせてはならぬ番号だし、誰も記憶してはならない番号だからだ。ここに書いてあるが、その数字はあんたには見せられんのです」

妙なことになった。衛藤家には電話がない。これは四軒とも同じだ。お互いに面倒だからつけない。すぐ目の前に、小公園があり、電話ボックスがある。それに外からかかってくるような用を持っている連中は、住んでいなかった。電話もそれほど、簡単にひける時代ではなかった。

巡査が衛藤の目に入らないように、掌でダイヤルを隠しながら掛けて先方を出してから、すぐ受話器を彼に貸した。

「ああ、あなたエイト・エイトさんですか」

聞こえてきたのは下手な日本語であった。多分、二世なのだろう。

「ええ、そうですがね」

何で、二世になど呼ばれるのかまだ分らないので、不審そうに答えた。

「こちらのボスさん、あなたとゆっくり話したい言います。あなた、こちらへ来ていただけますか。いいですか」

そこには衛藤が承知するのが当然だという言い方があった。

「一体、ぼくに何の用があるのですか」

「別に用ないです。私のボスが一緒にお茶でも飲みたいです。そう言いました。それであなたぜひ来てもらいたいです」

「忙しいんですが。お断わりでけませんか」

「あなた。これ断われませんですねー」

「でも、そちら民間団体なんでしょう」

「アメリカの民間団体、日本の国の役所より上の位（くらい）にあるのです。もし来ないと罰せられることあります。とても重いです」

　まるで目茶苦茶な言い方であった。

「どんな風に罰せられるんですか」

　少し腹がたったので、そう言い返してみた。

「MPのジープ、立川から、あなたの家の前に来て停ります。あなた手錠をかけられる。皆さんの見てる前で連れて行かれます」

「そいつはかなわないなー。しかし、こちらは貧乏人でね、働かなくては、飯喰えんです。忙しい最中に行くんですからね。日当ぐらいは出してくれるんですか」

　これで大体先方は諦めるだろうと思った。ところがそれは向うもちゃんと、計算ずみのようであった。

「ええ、私たちは役所でありませんです。民間の機関です。お金只で人を呼びませんです。あなた来ます。私たち一日当り五千円あげます。これかなり多いですね」

　たしかに相当な額の報酬であった。行った方が働いているより得だ。

「分りました。それでは伺いましょう」

　これで機嫌よくなって更めて場所や時間の打ち合せに入った。

九月に入っていたが、まだ暑い盛りであった。

衛藤は東京に住んでいたが、よく知っているのは王子や、巣鴨(すがも)、本郷ぐらいまでで、麻布(あざぶ)とか六本木とかいう地帯には全くこれまで縁がなかった。

それで行き着くまでは、かなり不安であった。別な国の中を歩いているような気がして頼りなかった。それでも電話でよく聞いておいたので狸穴(まみあな)の小路の坂道の途中にあるその建物はすぐ見つかった。意外に大きい邸宅であった。

緑の濃い雑木林を、高い塀が取り囲んでいる感じの邸宅で、きっと戦前は、日本でも名のある人の邸(やしき)を、戦後のドサクサにまぎれてアメリカ側が接収し、そのままに返さないで使っているのだろうと思った。

門には別に洋文字の表札はない。だから知らない人は、ここはアメリカの出先機関の匂(にお)いさえ感じないで通りすぎてしまうだろう。

表札は、吉田と姓だけが平凡な小さな木の板に、墨字で書かれてあった。

開け放たれた門から、広い庭や、よく手入れされた築山が見える。自動車が奥の玄関口までそのまま入って行けるような、広い玉砂利の道が、曲って通っていた。

衛藤は、汗を拭(ふ)き拭き玄関口まで歩いて行った。

来意を告げると、黒いお仕着せ服を来た中年の婦人が出て来て、すぐ中へ案内してくれたが、さすがに、アメリカ風で、玄関から廊下も靴を脱がないで入れるようになっていた。

じゅうたんが敷かれているとはいえ、普通の日本人にとっては、靴のまま日本間のある廊下を通って行くのは、何だか変な気持だった。障子があけはなたれた純日本風の、奥の座敷に通された。庭が見渡される。畳の上には隙間なくじゅうたんが敷かれ、そこに幾つかのテーブルや事務机がおいてあった。

床の間のある場所は、洗面所と湯沸かしのため、タイルが張られていた。

彼が机の前の椅子に坐らされ、一人で待っていると、やがて、ちょっと町では見かけられないようなスタイルの良い美人が、テーブルの上に、コーヒーとケーキをおいていった。

殆ど入れ違いに、明らかにもと軍人であることが判る、いかつい体つきをした中年の男が若い二世風の男を連れて入ってきた。

二人とも、革の厚い、折鞄を持ってきていて、正面に坐ると、何通かの分厚い書類を出して、テーブルに並べた。

向うから腰をのばすようにして、握手をしてきたので、衛藤もそれに対して握手を返した。

すぐに若い二世風の男がしゃべり出した。明かに電話に出た男だった。アクセントはおかしいが内容的にはなかなか無駄のない話しぶりだった。

「それでは早速用件話します。三カ月ぐらい前です、こんな小さな雑誌が私たちに送られてきたでした」

そういって、春に発行した、薄っぺらな同人雑誌をテーブルにのせた。同時にそれの英語版らしい、タイプの分厚い書類を、中年のアメリカ人は出して見せた。

「この中の『トンガン』という、ノベル……小説ですね、それあなた書きましたですか」

そうか。このことで呼び出されたのかと、やっと衛藤は納得した。

「ええ、ぼくが書きましたよ」

「この中の衛藤衛藤（エイトエイト）上等兵とはあなたのことですか」

「はいそうです。でもそんなこと、なぜ、アメリカがわざわざ調べるのですか」

不審に思ってきくと、向うはぴしゃりと言い返した。

「あなた、質問をきくだけでよろしいです。自分で質問してはいけません。時間かかるばかりです」

それで衛藤は黙ってしまった。

「あなたのペンネーム、衛藤良丸。中の人物は衛藤衛藤、この違い説明しなさい」

「ああそれは、いつまでも苗字（みょうじ）と名前が同じでは、いろいろとよくないことが起るので、十年ぐらい前、裁判所に改名を申請したら、許可されたのです。今の名前は、その衛藤良丸なのです」

「そうですか。ところであなた、天山の山を下りるとき、二人の兵隊に連れられて下りたです。そこで殺されたことになっています。今、どうしてあなた生きていましたか」

「なるほどね。あの本、本当はあれで終りではないのです。二部、三部、読んでもらわなくては本当のことは分りませんよ。でもその原稿はもうどこか無くなったらしい。それで今説明します。あのとき、二人の兵隊が、隊長からといって、お金の袋と、食糧と水とを、駱駝の背中に沢山つけてくれました。それにもう二人の道案内の別の兵隊がいました。そして『おまえたちで砂漠を越えて行け』といわれました。そして、その二人の兵隊は、別れのしるしに、天に向って二発の弾丸を射っただけです。それから案内の兵隊と三人で戻りました。ぼくは別に、ぼくが殺されたとは書かなかった。ぼくが殺されていたら、ぼくのあの小説はないです」

「よく分りました。それではあの本に書かれたこと、事実ですね。あなたの経験したことと、私たち思っていいですね」

そこで衛藤はまずコーヒーをのんでからゆっくりと答えた。

「もう、あんたの方じゃ、お分りでしょうが、ぼくは町の仕立屋で、小説家でないです。嘘のできごと書けません。実際に見たことのないことは書いてありますが、当時、皆にきいたことを、後で図書館で調べたりして書きました。あれは、ぼくの周辺で、本当にあったことばかりです」

二人は衛藤の言葉をきいて何度もうなずいた。二世風の若い男がいった。

「これもあなた書きましたか」

彼が取り出したのは、分厚い原稿の束であった。一つは二百枚、もう一つは百五十枚の原稿の束であった。

「えっ、いつそれが」

衛藤良丸は、びっくりしてきいた。柴野(しばの)の事務所に預けているうちに、いつのまにか無くなってしまったはずの原稿であった。

「……どうして、あなた方の手に」

「先日、あなたの原稿のっている雑誌が、私たちの手に届きました。すぐ私たちは、それ出したところ、カンパニー、何といいますか、そう発行所(ハッコーショ)へ行きました。事務所柴野さんいう人いました。他に何か書いた物あったら出しなさい言いました。現在のときに、まだこれ世間に知られたくないことあります。アメリカの国のためです。柴野さんこの二部の原稿の束、出してくれました。これだけで終りですね。あなた書いたもの」

「ええ」

「この中やっぱりよくないこと書いてありました。それでこれ、アメリカもらいます。そしてこのこと、オール秘密にします。あなたこのこと分りましたか」

「そりゃーかまいませんよ。どうせ無くなったものだと諦めていたんです」

「この二冊の分、少しお金出します。一冊十万円です」

「へえー合せて二十万円で買ってくれるんですか」

「二度と、他人に、言わない、約束しますね。私たち二人と、サインしなさい」

言いたくはないがアメリカは、実際的には、戦後日本の宗主国だ。逆らわない方がいい。

「あの、サインは日本字でいいですか」

「あんた、ウイグル字書けますね、ウイグル字で書きなさい」

出された書類に、アラビヤ文字とかなり似ているウイグル文字を、二十五年ぶりに、思い出しながら書いた。

「これであなた、原稿もうアメリカに寄付しました。私たち、帰りがけお金上げます。すべてすみました」

「じゃー、もう帰っていいんですか」

「いえ、まだです」

二世はそう言い、原稿は大きい封筒にしまうと、古風に蠟をたらしてから、柔らかい間に、封印をして、とじた。

「今日はすぐ帰れません。もっと大きい用があなたにあります」

「もっと用が」

「仕事片づけてきましたね」

「ええ、そうですが」

「それでは、私たち、あなたに頼むことあるです。ここにおいしい食事あります。柔らかいベッドあります。明日の昼まででも、明後日の昼まででもいいです。二つの本読んでくれますか」

「原稿も買ってもらったし、その上一日五千円くれるなら、二日や三日泊ってもいいですがね、ぼく英語の本読めませんよ。何年かかっても」

「日本語に訳してありますです」

「でもなぜ、本を……ああ、ぼくから質問してはだめですね」

「いいえ、このことではいいです。つまり全部読んでから、またこちらが聞くことあります。それ全部答えたら、あなた帰ってよろしい。聞くこと、ほんの二つか三つしかありません。でも、読むの、一ページも抜かさず、しっかり読んでください。大事なことをききますから」

「分りました」

それから二世風の男は、書類の間から一冊の本を出した。

「へえー、いまどきこんな本が」

と、衛藤はびっくりした。紙質も黄ばんだ仙花紙と称された紙で、表面はややつるりとして、活字ののりがいいが、裏面がけばだって、印刷の字がかすれる。日本では戦時中の物資が苦しくなった昭和十五年ごろから、戦後の昭和二十五、六年ぐらいまでは、殆どの雑誌や書籍がこの紙だった。紙質が弱く、すぐ痛むし読みにくいので、その後はこの紙の本はない。紙の名は知らなくても、本好きの衛藤は紙の質を見てすぐ戦中戦後の窮乏時代を思い出した。

とじ目も切れて、うっかり持つと、バラバラになりそうだった。

衛藤は本の後ろのページを見てみた。

昭和十六年・階行書店刊。定価壱円四拾銭㊅・第三版

と書いてある。この㊅は、戦時中の統制経済の中の、一種の価格標示法で、停止価格という意味を持っている。

たとえ物価がこれから上昇しても、この本は、この値段以上は上げないという、出版社が国家態勢に協力する姿勢を示したもので、そういう形での協力振りを見せないと紙の配給が得られなかったのである。

それは同時にこの本が国策に沿った軍関係の息のかかった出版物であったことも意味している。二世は奇妙なことをいった。

「これはアメリカ人が書いた旅行記です。アメリカで、実際に発行されたのは、一九四六年つまり、昭和二十一年です。すると少しおかしいですねー」

「そりゃーそうだ。翻訳の方が、実際に出版されるよりかなり早い。そんなことがあるはずがない」

そう言いながらも、衛藤の胸は、あることを思い出して、もうどきどきしていた。相手が一筋縄ではいかないことも分った。只で金をくれるはずはない。しかし妙なものが残っていたものだ。

著者の名には、はっきり覚えがあった。

アーサー・カマル

誰にもまだ話したことはないが、忘れようとして忘れられない名であった。

「あなたの原稿の二部と三部を読んで、その理由よく分りました。だからあなた、今さら、それかくすことないです。もうすんだことです。戦争すみました。いろいろ質問、後にします。ともかく読んでから答えてください」

「そうか、こんなものが日本で出ていたのか。それにしても知らなかったなあー」

「私たちも、戦争のときの日本軍の捕虜の将校の荷物から発見し、ショック受けたです。そのときは」

衛藤はこの時期、妻と子を上海（シャンハイ）に呼びよせて、軍ではないし、民間でもないという、ちょっと立場の微妙な仕事をしていた。日本内地でどんな本が売られていたかはよく知らない。自分の学歴のないのを恥じて、若いときから雑誌や本をよく読んだし、ちょっとした文章などを書いていたころなので、日本よりはかなり自由に、いろいろな物が出回った上海で、沢山の本を読んだ。でもこの本が出ていたことは知らなかった。意外だった。衛藤もまたショックを受けていた。

アーサー・カマル著『悦（よろこ）びなき国』

二世はその本を衛藤の手からさっと取り上げてしまった。

「この本はこわれかけています。こわれると困ります。しまいます。ここにその一部の、今度の調査で必要なことだけ、コピーしたもの、ありますです」

きちんと日本字のタイプで打った、分厚い書類を出した。

「この方が読み易(やす)いです。一般の本になったのは戦後ですが、実はこのもとの本は、アメリカの国防省に一九三八年に出された報告書で、軍の機密書類でした。でも一般に公開されていません。それが、一九四〇年には、日本でも、ソヴィエートでもこんな形の本になっています。どちらも軍人だけが読める秘密の本でした。そのこと、今度『トンガン』の二部三部で少し分りましたのです。そのショウコのため、読んでもらいます」

だんだん雲行きが悪くなってきた。やはり一生黙っているべきことだった。

文学賞騒ぎなどなかったら、こんなどきどきする不安な思いをしなくてよかったのだ。いつも後悔するときはもうおそいのだ。

新しくタイプされたコピーを見ながら、衛藤は強いて冷静をよそおってきいた。

「えらく難しい問題になりましたね。でも私は町の仕立屋で、とてもそんな大事な問題にお役に立つとは思えませんが」

「何をあなたいいますか。あなたの小説『トンガン』見て少し私分るです。この秘密、分る人あなたしかいません。それでこれ読みなさいです」

二世は中年の男とうなずき合うと、もう一つの分厚いコピーも出した。

「もう一つの書類のことあります。こちらは戦後の物です。国防省がある人に頼んで書かせたレポートです。中のお話は、前の本の終りの次のことです。これも、ここで読んでください。日本語になっているでありますです」

「読むというても、目の前にあんたたちがいては気が散って、とても読めませんね。それにこんな厚いもの」

もうやけで少しふてくされていった。殺すなら殺せという心境になってきた。

二つ合せれば、紙の厚さだけでも、七、八センチはあると思われる書類の束であった。

二世風の男は彼のやけくその返事にも全然こたえない。どの二世にも共通の、普通の日本人にはない、春風駘蕩とした表情でいう。

「私、すぐ読めいいませんです。何日もかかることOKです。ここに別な部屋あります。ベッドあります。レストランのコック居て、喰べたいもの何でもできます。あなた何日でもここ泊っていいです。私たちオフィスに戻り仕事します。あなた読み終ったら私たち呼ぶ。そしてまた来ます。そのとき、少し質問します。そしてそれ、私たちのボスに送ります」

「私たちのボスって一体誰です。ぼくにもそれ聞く権利ありますね」

衛藤の言葉も自然に二世風に訛った。

「権利ないですよ。今の日本人アメリカ人と対等でないです。ともかく、あなた読みます。私一日五千円払います。それでいいです」

「なぜこんな目に会うのかよく分りませんがね。まあー日本アメリカに敗(ま)けた。これは仕方ないことでしょう。ともかく読んでみますよ」

「ここで読んで、夜はお風呂(ふろ)へ入って寝るです。おいしいもの喰べてベッドに眠るです。一日五千円もらいます」

「ＯＫ、ザッツＯＫです」

中年の男は、衛藤が珍しく使った英語にニヤリと笑ってウインクしてみせた。

衛藤はその一冊をとり上げて、かたわらの長椅子にごろりと横になった。

「ぼくはね、どんな本でも、こうして寝転ってでないと読めないのでね」

胸のポケットから、老眼鏡を取り出した。

若いとき、遠いものが良く見えすぎるほどいい目だった。斥候などに必ず使われた自慢の視力であった。それだけに却って老眼のすすみ方が早かった。

二人のアメリカ人は立ち上った。

「それではゆっくりしなさい。ギャールだけいませんですが。あなたお年で、もう要らないです思います。お酒あります。煙草(たばこ)あります。あなたオーダーする。すぐ届きます。遠慮ないで、いいです」

そういって、またその部屋を出て行った。

どうせ途中で抜け出すことはできそうもない。それではここで思いきり、のんびり、日当つきでうまいものを喰ってやれという気になった。何しろ相手はアメリカだ。国力が違う。一人ぐらい、居候して喰いたいものを喰いまくったところで、アイゼンハワー大統領の懐がびくともするはずはない。夕方になったら、久しぶりに、でっかい、豚カツでも注文してやるか。せん切りキャベツを山のように盛らせた皿一杯にはみ出すような豪勢な奴をと考えた。

読み終って聞かれることはもう見当がついている。

まさか殺しはすまい。沖縄での重労働もないだろう。自分の原稿を金で買ってくれたぐらいだから……。ともかく、おれはあの『本』の一件を除けば、カマル氏に対して、何一つ害になるようなことはしていない。カマル氏自身、特別の秘密など持った男ではなかった。ただ人の居ない山を歩くのがやたらに好きな、妙なアメリカ青年だっただけだ。

だが今さらこんな形で、また出てくるとは思わなかった。

日本全土に目を光らしている、アメリカの情報機関の実力を少しなめて考えていたかもしれない。

四章

昭和三十五年の秋、麻布狸穴にある、GⅡの残存機関に軟禁されて、衛藤良丸が読まされた、二つの書類。

その1

アーサー・カマル氏が、一九三八年（昭和十三年）米国防省に提出し、一九四一年（昭和十六年）日本の軍部が、参謀将校への教育用に印刷した、日本の著書名『悦びなき国』の抜萃コピー。（前文のみは戦後一般公開版のもの）

（原文英文の翻訳コピー）

悦びなき国

アーサー・カマル

前文

……この前文は戦後、一般図書として出版された分にのみつけ加えられたものである……

GⅡ註(ちゅう)……

本書は、私、アーサー・カマルが、シルクロードに単身潜入した旅行の記録を、一九四五年に終った戦争の後で、ニューヨークの一書店の求めに応じて、公刊したものである。

原本は、ノートに誌(しる)した旅行の記録であり、一九三八年に、アメリカ帰国後、国防省(ペンタゴン)の求めに応じて、整理補筆して提出したものである。戦争終了日までは、軍の参謀将校のみが、見ることのできる、機密文書でもあった。

ただしこれについては、未だに、著者自身が理解できない数々の疑問があり、本書公刊の現時点……一九四六年（昭和二十一年……GⅡ註）には、その殆どが解明されていない。

本書は旅行中、私の持っているノートに、通常の人では読解することができないように、英語の文章を、ウイグル文字で書くという、二重の複雑な手段で、書き誌しておいたものである。

だからそのノートが旅行中誰かに見られたり、官憲に没収されたこともない以上、内容が洩れるということはない。勿論アメリカ国防省に提出された文書が外に洩れることは絶対にあり得ない。

それなのに、私が、戦争終了間もない現在、ここに公刊するのは、戦時中の一九四〇年及び、四一年には、ソヴィエート連邦及び、日本国で、それぞれこの本が出版されて、アジア作戦関係の、参謀将校の間に広く配布されて、とてもアメリカ一国の秘密とはいえなくなったからである。

前述したとおり、この本の内容が漏洩した事情は分らない。しかしながら、ソヴィエート連邦で公開された本書には、特に、次の一文が、巻頭に別に付け加えられていた。

しかもその本が終戦前に、ソ連将校の手から、ヨーロッパ経由で、アメリカ国防省に届けられた。ロシヤ語も大体は分る私は、一読して、驚嘆したものである。

それによると、私、アーサー・カマルの特徴は次の如(ごと)くである。

…………

アメリカ人、アーサー・カマルの名の下に、西域アジア地区に潜入し、反ソヴィエート的スパイ行為に従事し、尚(なお)かつ、西域アジア地区の気候、地形、風俗、政治、軍事の重要な情報すべてを、丹念に収集して行った怖(おそ)るべき人物の特徴は次の如くである。

年齢、一九三三年度（昭和八年）二十六歳。背は五フィート二十四インチ。体重百六十三パウンド。髪、髯(ひげ)は赤。

巧みにウイグル語をしゃべり、ムハミッド・イヴンと、セルディィ・アブドラの名の二人の従者を伴い、西域アジア各地に、アメリカの武器商人として出没し、カザック、トンガン、その他の諸民族間に、常に、安価に精度の良き武器を、イギリス領カシミール経由にて、確実に手渡すと称して甚だ信用があった。

罪状明かになり、西域アジア一帯に、赤軍の勢力も確実に行き届いた現在となっては、もはや、彼自身も潜入の余地もなくなったであろうが、いずれの土地に於(おい)ても、見つけ次第、即時逮捕せよとの、永続的命令が全管轄地区に発せられている。

…………

ただしこの文書を私が目にしたときは、一九四二年になっていた。私はそのときはもうアメリカに引き上げて五年近くになっていた。最愛の妻と二人で、勤め先もあり故郷でもあるマサチューセッツ州の郊外の一地区で、平凡な学究としての市民生活を送っていたので何の痛痒（つうよう）も感じなかった。

これは私が軍事的な目的で書いた物ではない。

一人のアメリカ青年の、恋の冒険記として書かれたものであるが、私の愛人が運命のままに連れ去られた土地は、あまりにも特殊な地帯であったのだ。それまでアメリカ人は勿論、西欧諸国の人が、殆どといってよいほど入国したことのない土地であったので、私が土地の人々の様子や、風俗、そして接触した何人かの有力者について、書いたことがすべて、そのまま、アメリカにとっても、ソヴィエートにとっても、その他の国にとっても、貴重な軍事的な情報として評価されたのだろう。これは私にとって意外なことだった。もしも、軍事の情報収集が目的のための旅なら、私は決して、ウイグル文字であってもノートなどを詳細につけることはなかったろう。記録を、後に残るノートにつけるということは、スパイとしては、新人でも絶対犯すことのないミスであり、それはつまり、私が決してプロの諜報員（インテリジェンス）ではなかったという証明にもなろう。

私はこれをあくまで、私の十年前の、青春の恋の冒険記録として読んでいただくことを希望するものである。

敢(あえ)て新しく版を起して出版するのも、これが決して、軍事諜報員のスパイ旅行の記録などでないことを皆様に知ってもらいたいからである。

マサチューセッツ州の寓居(ぐうきょ)にて
アーサー・カマル
一九四六年二月記

本文　（一九三八年に提出されたノートから）

1

私が、まだ人に知られることの少い未開の秘境、タタールの国々に、単身で旅行をしようと思いついたのは、一九三三年（昭和八年……GⅡ註）、もう今から五年も前のことである。

当時二十六歳、マサチューセッツ州立工科大学を前年卒業して、そのまま母校の研究室に残って、教授の研究を手助けする助手として働いていた。私が師事した、ルイゼンベルグ教授はユダヤ系の物理学の方の大家だが、工科大学の教授としては、異例とは言えないまでも、まあ、直系の主要人脈には居（お）らない人であった。

たとえば諸君は、ある種の光線が、人や兵器を破壊するとか、ある種の原子物質の組立や分裂とかが、強力性能の火薬以上の力があるなんてことはとても信じないだろう。そういう一般の人から考えれば、夢物語のような研究をやっていた。一九三八年（昭和十三年……GⅡ註）の今でもそれは全くの仮説にすぎず、この研究所の研究が将来の戦争に何かの役にたつであろうと考える人は、当の教授と、数人のスタッフ以外は、我が大学に於ても絶無である。

ましてほぼ五年前の一九三三年（昭和八年……GⅡ註）に於ては、全く夢の話としてしか話題にならなかった。そんな研究室に残ること自体、私自身はひどく恥しかった。

ただ父が、ウエスト・ポイント（陸軍士官学校）出身の純粋軍人で、当時、テキサス州にある要塞（フォート）司令官という、地味だが重要な地位にいたのだが、私に、もし大学を卒業して、国防関係の仕事に従事しないのなら、そのまま、ルイゼンベルグ教授の研究所で、学究の道を歩めと、きびしく手紙で指示してきたからである。

私のやってることは、データーの分析や整理で、まだ研究の本質にかかわることではなく、私自身も積極的に取り組むつもりもなかった。

私自身はどちらかというと、スポーツ、旅行、狩猟などの好きなタイプで、むしろ学者になるよりは、軍人か探険家にでもなるべき人間であったかもしれない。

何かうまい理由をつけて、この研究所から抜け出す方法がないか、そればかりを毎日考えていた、血の気の多い学生でもあった。

六月に入るころであった。

私は自宅の郵便箱に一通の手紙を発見した。それは、マンチュウという妙な名の国からで、当時、日本が、広いチャイナの土地の一画を、もぎとるようにして、自己の思いのままになる植民地を作り、それを現地人統治の偽装の帝国として、独立を計っていたのが、マンチュウである。アメリカ人や、ヨーロッパ人にとってはひどく評判が悪い土地であった。

私にはそこに、幼ないときに、仲の好（よ）かったガールフレンドが居て年に五、六通の手紙が来た。彼女は小学校から中学校の二年半ばまで、私の家のすぐ近くに住んでいた。彼女は日本人だ。

父親はホテル事業の勉強のため、ニューヨークや、シカゴ、ワシントンなどで、一流のホテルの支配人やその見習として、もう何年も働いている、アメリカ人同様の言葉を話す、上品な紳士であった。妻なる人もまるで、日本人形によく見るような、色白でほっそりした典型的な日本人だった。家庭には二人の男の子と、その下に妹がいた。上の方の男の子とは、私は、地元の中学校と高校が同級生であり、親しい友だちであった。

そのため、彼の家をよく訪ねた。私たちにとっては、未知で神秘ですらある、日本人の家庭というものを覗（のぞ）いてみたかったという興味もあったが、同時に、その家の妹のかわいさに、まだ恋ともいえない、少年時代の淡い思慕があった。

とはいっても、その妹は私より六つ下であった。十七、八歳の少年の相手としての六つ下の妹は、恋人とも、ガールフレンドともなり得ないくらい幼ない。

それに彼女が中学二年の途中、そしてそれは私が、大学へ入って二年目にもなるのだが、一九二六年（昭和元年……GⅡ註）彼女の一家が、アメリカでの一切の準備を終えて、故国の日本へ戻ることになってしまった。

故国へ戻っても、日本には住まず、チャイナや、マンチュウ、チョーソンに、新しくホテルチェーンを作るということをきいた。彼女との交際はそこで終った。

別に激しい恋のときめきや、約束があったわけでなく、少年と、まだ少女ともいえない幼ない娘との、ままごとにも似た、つき合いであった。

それでも、もしかしたら、

「いつか大きくなったら結婚しよう」

「嬉（うれ）しいわ。お兄さんのお嫁にして」

という会話のやりとりぐらいはあったかもしれない。いや多分あったろう。実は家の裏のトマト畑に温室があり、そこのガラスの部屋の中で、生い茂る葉のかげで、一回だけ抱きすくめて、キスのまねごとをしたことがあったのを、私は今、思い出した。

彼女との思い出が、彼女の帰国後七年もたっても、まだ私に鮮明に残っているのは、彼女の兄らが、今でもニューヨークとワシントンでそれぞれホテル業務を勉強中で、私がこの二つの都会へ行くたびに、一緒に食事をしたりして、まだ交際があったからである。

私はその郵便箱に入っている、マンチュウからの手紙を、なつかしさに一杯の思いで開封した。十二歳の年に別れた。もう十九歳か二十歳だ。きっと美しい娘に成長しているだろう。その娘はユリといった。

しかし自室で、一人胸をときめかしながら、開封したその手紙には、思いもかけぬことが書いてあった。

『カマルお兄様、お元気ですか。

ごぶさたしてすみません。ずっと手紙を書かなかったのは、父のホテルの仕事の手伝いが忙しかったのと、父が、今の仕事が一段落したら、兄の帰国と交替にまた私をアメリカへ行かせてくれると約束してくれたからです。

いろいろ予告するより、突然、お兄様の前に、大人になった私を見せた方が、びっくりさせられて、面白いと考えたからです。でも、ユリの身に、とても自分では抵抗できないような大きい運命の転機が押しよせてしまいました。それも悲しい運命です。この二十世紀の時代に、こんなことが本当にあるのかと、カマルお兄様はびっくりするでしょうが、私は日本の軍部の命令で自分がまだ見たことのない、遠い遠い国の人の所にお嫁に行くことになったのです。その人の名は、マーチュウインという、若いジェネラルです。名前を見てもお分りになる通り、日本人ではありません。マンチュウの人でも、チョーソンの人でも、チャイナの人でもありません。

チャイナの奥に、砂漠と荒地の続く、広い地域があります。

そうです。マルコポーロの東方見聞録に出てくる、未開の地方です。そちらの国では多分、シルクロードと呼ばれている地方です。マーチュウインは、その地方で、トンガンという、特別な回教徒の精強な軍隊を率いる将軍です。やがてその地方を統一する、ジンギス汗以来の大王になるべき人と、いわれています。

どういうわけか、日本の軍部は、私をその若い将軍と結婚させたいと思ったのです。日本という国では、すべての人が、軍部の意向に逆らうことはできないようになっています。それはどんな家庭でも男の子が生れるかもしれないからです。日本の軍隊は、日本人のすべての男の子を二十歳になると、召集して兵隊にする権利を持っており、それが国民の三大義務になっています。私は女ですが、私がこの軍の意向に従わなかったら、アメリカにいる二人の兄が、外交ルートで日本へ送り返され、野蛮なリンチの横行する軍隊で、戦争に出る前に、殴り殺されてしまうでしょう。それが確実に判(わか)るので、私は、まだ見たことのない、砂漠の奥の、回教徒の将軍の所へお嫁に行くことにしたのです。何しろ特殊な民族ですので、何カ月か、ウイグル語を習い、回教の戒律を学んでから、八月の半ばごろ、マー将軍のいる、砂漠の国へ旅だちます。

これでもう私たちは二度とお会いできないでしょう。

お手紙することもないでしょう。

ただユリがどこに行き、どんな運命のもとで生きているのか、それを知ってもらいたくて、こうしてお知らせの手紙を出しました。

カマルお兄様へ

ユリ・イヌヤマ』

その内容のあまりの意外さに、読み終えた私は、文字通り仰天した。

しかも、手紙を読み終って始めて、私がこの少女を心の中でどのくらい深く愛していたのかを知らされた。工科大学のキャンパスには、美しい女子学生が多い。研究室にも、女性の助手や、研究員は大勢居る。それでも、もう二十六歳になる私が、その女性の誰にも心ときめかされる思いを持たなかったのは、心の奥深くに、この日本人の美しい少女への思いが、深く深くしみついていたからだと知った。

私はもう大学も何もやめて、広いチャイナの国の奥にある、トンガンという、未知の民族の住む秘境にすぐ飛んで行きたくなった。

しかしそこに行くのに、どのくらいの金がかかるのか、どういう手続きがいるのか、まるで分らなかった。地図を調べても、トンガンなどという国は、広い内陸アジアの荒地のどこにも見つからない。

しかし私はどうしてもその未知の国を訪ねてみたかった。

大学を出て、そのまま研究室に入った私には、実はこういうときにどうしたらいいかという知識が全くなかった。

丁度そのころ父親が、テキサスの要塞（フォート）の勤務を終え、ワシントンの国防省へ戻ってきたついでに、十日ばかり休暇を取って久しぶりに家に帰ってきた。

そこで私は父に思いきってきいてみた。

「アメリカ人が、チャイナの奥にある、中央アジアの地帯へ入ることはかなり難しいのでしょうか」

「ほう」

びっくりしたように父は私を見た。

「なぜそんなことを急に言い出したんだね」

「トンガンという民族のいる地帯に行ってみたいのです」

さすがに軍人だけあって、父はそういう問題には詳しかった。

「おまえがなぜ、そんな、トンガンなどという、とんでもない民族に興味を持ったのか分らない。しかしトンガンという民族のことを知りたいのなら、簡単に説明してやろう。彼らは、人種的には漢民族だ。しかし信ずる宗教は、回教だ。それで、中国政府からも、トルキスタン地方の回教王国からも、どちらからも、異端者扱いされて、この何百年、自分たちで、自分たちの身を守って行くより仕方がない生活をしていた。そのため、あの広大な地方を馬で乗り回し、精強で剽悍の非常に戦争の上手な民族になったといわれている」

それから、じっと私の顔を見て、

「おまえは、本当にトンガンの支配している、土地に行きたいのか」

まじめな調子できいた。

「ええ……でも理由は言えませんが」

「私には今おまえの理由などどうでもいいことだ……実はこんなチャンスは滅多にないのだが、軍で今、一人の若い優秀な青年に費用を出して、西域アジアを旅させようという案がある。勿論、それには軍が命じた、ある仕事をやってもらうという多少の義務がある。だが、今のウエスト・ポイント出の若い将校は、こういう出世コースからはとかく外れがちの仕事はやりたがらない。それにたった一人で奥地に入って行くので生命の危険がある。これまで各隊の将校からの、すすんでの申しこみはなかったし我々がこれと思って当ってみた将校からも、色よい返事は一人もなかったんで困っていたところなんだ」

「そうですか。それはラッキー・チャンスですね。ぼくは軍人ではない。でも、それでもかまわないなら、ぜひやってください。アメリカ国家への忠誠に悖る行為は、絶対しません、それに軍に命ぜられた仕事は必ずやりとげてみせますよ」

と胸を張って父に答えた。

「そうか。よほどそのトンガンという民族に興味を持ったようだな。まあ、私の一存ではいかないが、アメリカとしても、国策の遂行の上からは、ぜひこの二、三年のうちに、青年を一人、あの広大な地方へ旅だたせてゆっくり見させる必要もあるんだ。大体間違いなく、OKになるだろう」

やはりこのことは、父に話してよかったと思った。

つまり私には、その地方へ行ける運というものがあったのだった。

2

決してすぐ出発できたわけではない。出発は、同じ年だが、十一月になってしまった。

別に国防省からの許可がおくれたわけではない。当方が思っていたよりはずっと早く許可が下りた。しかしそれからが大変であった。

現地へ入ってもしゃべれなかったり、土地の住民との意思疎通ができなかったら、何にもならない。

アメリカとは、何もかも違う所に行くのだ。まず言葉、次に風俗習慣の勉強をしなくてはならない。

ニューヨークのマンハッタン地区にウイグル語でしゃべる人だけが集る、回教の教会があった。そこへ約半年やらされ、ウイグル語の徹底的な学習と、回教徒としての習慣や戒律を学ばせられた。実際に回教の服を着て、白いターバンを巻いて、ニューヨークの町を歩いたりした。

トルキスタン系の住民は、鼻が高く目が凹(くぼ)んでいて、我々西欧系の住民とあまり顔だちが変らないのもいる。私のような赤い髯の人間も多く、汚なくしていれば潜入してもあまり目だたないといわれる。

だが、ターバンを巻くとか、朝夕の礼拝の祈りの文句などの、ちょっとした違いなどで身分がばれてしまう。

だから約半年、その教会に住みこみ、寝ても起きてもウイグル語でしゃべり、回教徒のきびしい戒律の中での生活に、身体が自然になじむような生き方をする必要があった。

回教の世界はその生活の中に、宗教が、大きな位置をしめている。

何もかも、宗教を中心にして考えるよう、心のあり方から変えて行く必要がある。それが大変なことであったが、自分から望んだ旅行だ。苦しさをのりこえてどうにか、身についてきた。どこから見ても、西域アジア一帯に住むウイグル人に、見えるようになってから始めて出発の許可が出た。

その間、マー将軍に嫁いだ、ユリのことを思うと、心はあせり、すぐにでも飛び出したかったが、旅行そのものが、軍の強力な後ろ楯がなければできないことだったので、はやりたつ心をじっと押えた。

いよいよ出発と決った。なるべくウイグル人で通すが、もし見つかった場合や、公式に人に会う場合などは冒険好きで物好きな金持のアメリカ青年という役目を演ずることにした。最初から終りまで、気楽で陽気な旅人で通すつもりだ。

陸軍が私に依頼した義務は二つあった。

一つは前の世界大戦でヨーロッパ戦線で使った古い小銃、機関銃、小口径砲などが、船便の都合でもう十年以上、インドのカルカッタ港の保税倉庫におきっ放しになっている。今どきアメリカへ持って帰ってもスクラップにしかならない。といってインドで処分するのは、折角やっとインド人の反抗を押えつけて、統治がうまくいっているイギリス政府に対して、はばかりがある。それで、中央アジアの広い砂漠で、覇を争っている、各軍閥や藩王、小民族のゲリラ隊長の何人かのうち、やがて盟主になれそうな実力者があったら、無料で供与しろという指示であった。この仕事には大統領の親書さえ同時に交付された。

私の中央アジア訪問に対しての大変なお土産であった。品物の輸送については国防省側がインド派遣のイギリス軍と話し合いの上、私の方が当の実力者を見つけて話が決り次第、カラコルム山脈内の国境地帯まで、そのもてあましている旧式武器をトラックを連ねて運んでくれるというのだ。

未だに、馬に乗り剣で戦っている連中にとってはこの武器を得ることで他を圧する強大な勢力になるはずだ。供与は無料であるが一つ条件があった。

ソ連に敵対する勢力として、独立することというのである。

これは一介の無名の青年の私にとっては、まるで一国の外交を任されたような気分的に爽快な仕事であった。

私はその任務を胸に秘め、表面はおくびにも出さず、まず大陸への潜入ルートの足がかりを捕むため、日本へ向うことにして、その年の十一月には、カリフォルニア州サンフランシスコ市のサン・ペドロ港から出ている日本の定期船太洋丸で出発した。

私の個人的目的はあくまで、東干の隊長との接触にあった。

――本当は当時の東干民族の状況はマーチュウイン支配の半年前とはすっかり変ってしまっていたのだが、日本にも他の国へも、その情報は殆ど入っていなかった。ただ、私が日本へ来て、領事館筋へ頼んで調べてもらった結果では（後で全く出鱈目と分ったのだが）東干に逢うのは中国の奥地、甘粛省の嘉峪関に行けば良いということであった。

しかしこの道をアメリカ人が行くことは、全く不可能であった。

当時、満洲から中国地方、そして中央アジアの入口にあたる、蒙疆地区には、日本の軍から派遣され、秘かに現地人に化けた、暗殺団が大勢居た。

日本には更に、軍にも別な機関にも属さず、個人の資格で、アジア全体を守り西欧諸国の勢力の浸透を防ごうとしている、ローニンと称する、狂信的な愛国者の集団がいた。それらの人は、早くからその土地へ入るとき、国籍を離脱して、もう日本人ですらなかった。そして日本国内には、そういう無私の愛国者を養成するための大学もあり、そこでは年間、何百人もの青年が、教育されて、大陸の各地へ送り出された。彼らは金にも名誉にも左右されない代り、時には冷酷であり、凶暴であった。

そして特に、西域アジアに入る砂漠の入口附近には、網の目のように大勢のローニンがおり、我々、西洋人がその狂信的なローニン集団の目を逃れて潜入するのは、針の孔をくぐるよりも難しいということが分った。

そこで領事館のベテランとさんざん協議した結果、少し遠回りでもインド地区を回り、ヒマラヤかカラコルムを越えて入ることにした。結果はずっと近道になったのであるが、このときには、まるで判らなかった。

日本からまず香港経由の汽船ぶらじる丸に乗り、香港で古い中国籍の汽船、銀波号に乗り替えて、カルカッタ港に着いたときは、もう年の暮であった。

この港へ入ったとき、私は生れて始めて東洋人の持つ凄まじいエネルギーに触れた思いであった。何千人という失業者がクリーという、その場で雇い主を見つける臨時労働者として待機していて、西洋人の客が上陸すると、その荷物を持とうとしてわーっと寄ってくる。勿論これだけの人夫がいたら、相互監視が発達していて、決して荷物が一人夫個人に盗まれるようなことはないらしい。車の所なり、税関なりに、安全に届くらしい。しかしこの押し寄せる人間には本当に恐怖だった。私は鞄（かばん）を抱きかかえ、人夫たちを足で蹴（け）とばし、大声で叱（しか）りつけながら、やっとその白い衣服の人波を通過して税関に辿（たど）りついた。

カルカッタの税関には、予（あらかじ）めアメリカの国務省筋からの連絡が入っていて、フリーパスだった。一九三四年（昭和九年……GⅡ註）の正月を私はこの町で迎えた。ユリが嫁に行くと知らせてきたのが、前年の三月の終りの日付けの手紙であった。

当然、ユリはもう、マー将軍という若い将軍のもとに、お嫁に行ってるだろう。辺境の蛮賊の将軍の荒々しい腕の中に、その細い裸身を委（ゆだ）ねて、毎夜、苦しみに泣いているに違いない。私が早く行って助けてやらなければ……とまるで、中世紀の騎士のような、はやりたつ衝動にしきりに駆られた。

インド政府当局も、私に対しては一介のアメリカ人に対しての扱いとしては、とても丁重で、奥地へ入る一切の手続きを、この国の常識では考えられない早さでやってくれた。

カルカッタには、イギリスの副総督が、私に会いに、デリーからやって来たほどだった。

インド政府、イギリス総督府の奇妙な二頭政治の時代であったが、いずれにしても、その二つの政府ともども、カルカッタの保税倉庫の幾つかをもう、十年近くも占領している厳重に封印されたアメリカ政府の持ち物に対しては、ひどく神経をとがらせていたので、これを一挙にさばいてくれる人間の出現は大いに歓迎すべきことであったらしい。

私はその物資の輸送について、藩王や、副総督と打合せするため、ここで丸五日間の滞在を余儀なくされた。

もしこの時代のインドが、正月の行事を太陽暦でやっていたら、一月以上は、この交渉はおくれたであろうが、ヒンズー暦では、むしろ、年末に当っていて、何事も急いで片付けておく習慣があったので、これもスピーディに進行した理由の一つなのであった。

副総督と藩王と、国防省を代表する親書を持った私との三人の協定書は、二日で審議を終えて、調印された。

私が現地から、電信もしくは文書で、先方の受取主との諒解(りょうかい)成立を通じてきたら、武器は、カラコルム山中にある、インド・パキスタン地区と西域アジア地区との国境の町、ギルギットまで、トラックで運んでおく。この日は双方の通信で、一致させて、せいぜい二、三日のずれぐらいの許容しか認めないでおく。

周辺の山岳民族に知られると、武器収奪のための兵を起される怖れがある。

先方からは、ギルギットまで、充分な兵員をつけた牛車、駱駝(らくだ)隊で受け取りにくる。

これが議定書の条件であった。

武器供与の条件については、彼ら保管者側が関与すべき問題ではないので、この議定書には、一言も触れられていない。

手続きが終ると、飛びたつような思いで、私はカルカッタ市を出発した。アグラ、ラホール、ペシャワルと、通り抜け、スリナガルの町に入ったのは、一月も終りの頃で、厳寒の最中であった。

町からは、カラコルムの七千メートルの壁が雪一色の荒涼とした姿で、立ちはだかっていた。

そこから私の本当の旅が始まる。

私には雪がとけるまで、この小さなパミール地帯の町で、漫然と待っている気持の余裕はなかった。

その先には、古いヨーロッパの戦国時代のように、騎馬と刀槍による戦いを、今でも激しく繰り返している国がある。私は、一刻も早く、マーチュウイン将軍を見つけて、そこに、ユリが居るかどうかたしかめたかった。

今となってはユリを連れ戻すことは不可能にしても、一目だけでも会いたかった。そしてもし、マー将軍が、その広い西域地帯の盟主の地位を賭けての争闘中なら、それにアメリカのウィンチェスターや、レミントンの連発銃を無償で提供することによって、彼を砂漠の覇者とすることができるだろう。

彼がはっきり反ソ勢力として、極東地区に共産主義勢力が入るのを防ぐ壁になってくれれば、私の大きい使命はそれで達せられるし、もし彼の勢力が強大になることで、その妻であるユリの生活が少しでも楽しいものに代るのなら、もう一つの小さな私の目的も達せられるのである。スリナガル市を出て、国境の通過点のギルギット市までは、私の旅行は、何の障害もないものだった。

しかし国境となるとそうはいかなかった。

もっともこのギルギットの町は実際の国境線よりはかなり手前にある。地図上の国境線は、実際は人間が登攀(とうはん)不可能な、カラコルムの高峯(こうほう)の頂上から頂上へと、もっとも高い線をつないで、つけられていたからである。

いわばその手前、はるかにひっこんだ、麓(ふもと)の町にあった。谷間で対岸が中国領の塔什庫爾干(タシュクルガン)であった。

ここでは、たった一人のイギリス政府派遣の役人が、長官様(ハンサーヒム)として、住民全員の生殺与奪の権利を握るほどの力で君臨していた。

彼はイギリス人と、現地女の混血であり、かなり上手にしゃべれる英語と、このあたりのもう蒙古系の顔立ちの多い住民とはまるで違う、高い鼻に、青い目を、絶対の権威の象徴としていた。身分上はスリナガル長官の陸軍大尉の部下で、曹長にすぎないが、少くとも、ギルギットの町では、大将であった。

彼の最も大きい権限の一つは、この土地から奥へ行く人間に対しての、通行の認可をあたえることである。これは政府が発行する通行許可証とは全く別なもので、法律的なものでなく、途中の道の状態や気象の状態が、通行に耐えられるかどうかの判断を基準にしている。しかもその判断は、ギルギットの長官であるこの混血の男が一人で下すことになっていた。だからどんな装備の旅行隊でも、彼が一言、とても通行が難しいと判断を下せば、もうそこから先は一歩もすすめないのである。

私はアメリカから持ってきた最新式の鉱石受信機（ラジオ）を一つ土産にして、この長官の所に出頭した。

レシーバーをあてると耳にどこからかの声や音楽が入ってくる。この小さな魔法のような機械には、ひどく感心したようであった。勿論、練達の役人は、これから先の通行許可と引換えに、それがもらえるということは感じとっている。

粗末な土作りの長官室の大机の上で、その不思議な小さい機械をいじりながら、彼は深刻に考えてしまったようであった。

「うん、これはいい。ところであなたは、荷駄隊を編成するだけの充分な金はあるのかね」

「金はアメリカから沢山持ってきている」

「あなたは回教徒か。なぜなら回教徒以外の者が入国すると、ひどく危険な目に会わされ、しばしば消息を絶つおそれがあるからだ」

「私は回教徒だ。入信している」

「その証拠があるかね」

そこで私は大きな声でコーランの最も大切な一章を朗読した。

「ラ・イラハ・イル・ウルー・ムハメッド・ラスール・ウラー」(神は神にして一なり。マホメットは神の予言者なり)

長官もそれに答えた。

「ラ・サラーム・アク・クム」(汝に平安あれ)

これでテスト兼挨拶を終った。長官はそれでもややしぶるような表情でいった。

「ここから行くのには、ゾジの峠を越えなければならない。これからは一年の中、一番の寒いときで、すべての物が凍りつく。冬の間は誰もそこへ行こうなどという者はいない」

「山越えの人夫は、このギルギットへ行けばいくらでも間に合うときいてきましたが」

「それは四月から十月までのことだ。そして私としては、貴君が、最低二人の従者と、充分な食糧衣服を積んだ、犛牛二頭以上の装備を編成しない限りは、ここからの出発を認めるわけにはいかない」

そしてつけ加えた。

「……この魔法の小箱はとてもいいものだ。しかしこれが貴君が私に残して行った、遺品となっては、後々の私の立場はひどく困るのだ」

アメリカ国務省から支給されてきた旅費は潤沢である。

「勿論、私はその用意をする」

「いや、問題は金のことではない。今からゾジ峠へ行き、しかもそれから乱暴な東干が暴れ回っている砂漠の炎熱の土地へ、一緒に行く生命知らずの人夫がいるかどうかだ」

「金は何倍でも出す」

「世の中で、生命より、金の方が大事だという男は、そうおらんのです。何しろ生命が無くなれば、その金も使えない。肉も喰えなければ、女も抱けんでしてのう。まあー、人夫たちが、仕事を待って、ごろごろしている隊商宿(セライ)がありますで、そこへ行って話してみましょう。それで最低で二人の人夫が見つかったら、私がこの書類にサインしましょう」

そう長官殿はいうと、皮の外套(がいとう)を着て、温かい役所の建物から、外へ出た。一歩外へ出れば、冷い空気の中に、粉雪の舞う、零下何十度もの凍(い)てついた世界であった。

ほんの二百メートルばかり、町の通りを歩いた所に隊商宿があった。狭い土間に、汚ない服装の人夫たちが何人も寝そべっていた。

むっとするほどその部屋は温かったが、煙がこもって、馴(な)れない者は、目が痛くてあいていられない。煙突にすすがたまっているが誰も掃除するものがいないので、薪の煙がほんのちょっとしか、空に抜けないのだ。

皆はその煙の中で、いつ来るか分らぬ、さまざまの仕事の雇い手を待っている。

「誰かゾジの峠を越える者はいないか」

皆の顔には殆ど何の表情も浮ばなかった。

それは全く問題にもならない拒絶であった。

このあたりは、アフガニスタン語か、それに近いパミール語の世界で、私は人夫たちの言葉は理解できない。しかしこれから先のこともある。

峠を越えた向うの言葉、ウイグル語で話しかけた。

「五倍出す。普通の日当の。これは、約一年以上の旅だ。大事に貯めたら、戻ってきてから、後、五年は遊んで暮せる金だ」

ウイグル語が分るのが、二、三人は居たらしい。首を向けて聞き入っていたが、やがて横に振った。とてもあの峠を越えるなんて無理だと思っているらしい。

「もし、ウイグル語をしゃべって、ウイグル人と一緒に交っても、疑われずに旅行できる者がいたら十倍出そう」

さすがに十倍という金は、彼らの気をひいたらしい。一人の男が質問した。

「それで毛皮の衣服や、たっぷりとした食糧、特に脂の沢山ついた肉を、途中の旅で喰いきれねえほど、積んで行ってくれますか」

「ああいいぞ。お安いご用だ」

のそっと二人の男が立ち上った。

「わしが行くよ」

「おれも行きますだ」

二人とも、ほぼ完全なウイグル語を話した。

一人はもう五十歳を越しているだろう。

「名前は」

ときくと、

「ムハミッド・イヴン」

と答えた。そして自分から売りこんだ。

「わしはもう、この年までゾジの峠を何十回か越えた。だから今度の旅で生命落してもかまわねえです。半金だけ前金で家族に渡してから旅に出たいです」

このベテランは、もう生きて帰れないものと決めてるらしい。

「いいよ。そうしよう」

ともかく少しでも早く峠を越えたい一心の私はその申し出を承知した。

もう一人は、二十代から、せいぜい三十ぐらいの若者だった。顎(あご)も頬(ほお)も髯がない。

「おれは、セルディ・アブドラというです」

とまず自分の名を名のった。

「生れたのも育ったのも、峠の向うの砂漠の国です。ここへ来ても、友人も親戚(しんせき)も無い。雪がとけたら、一人だけでも帰りたいと思っていたです。日当が出て、帰れるのなら嬉しい。

旅の途中は旦那が飯を喰わせてくれるなら、金は要らねえ。だから、日当は別れるときまとめてもらいますだ」

やはり物事は当って砕けろである。私は二名の部下をここで雇うことができて、出発の準備を整えたのだった。

ギルギット町の長官殿もそれでとうとう通行許可証を出さなくてはならなくなった。

3

出発の日の気温は零下三十二度であった。

私たちの目の前はきれいに晴れわたっていた。三頭の犛牛を、アブドラと、イヴンと、私とで、一頭ずつ手綱を持った。

これから向うのは、足がかりも、手がかりもない、そびえたった氷の山であるということが、出発のときになって、一層強く実感された。

ギルギットの町のかなりの部分の人が、朝早く起きて、この無謀な旅にたち向う私たちを見ていた。皆の目は冷ややかであった。厳冬期生きてその高峯を通り越した人は、過去に二人しかいないといわれている。

それから、三十日間の旅のことを書いたら、この本が五冊あっても足りないし、また一ページだけの空白をおけば、それで充分かもしれない。はっきりいえば、殆ど記憶がないというのが、実感である。

三十日目に最後の峠にある、ラマ寺で、越してきた山脈を振り返ってみたとき、私の目は雪盲で一時的に殆ど見えなかったし、両足はかなりの凍傷を負っていた。

それは他の二人も同じであった。

北風に向って背をこごめて歩き、凍って滑る山脈にしがみつき、谷間の岩かげで眠る。ときに六千メートルを越えると、思考力は全く停止し、幻想が頭の中を駆け巡る。かつてないほど呼吸は苦しくなり、僅(わず)かな労働でも、胸は波だつほどに喘(あえ)いだ。

それでも年長の、ムハミッド・イヴンは、私に対していった。

「旦那はひどく運がいいお方だ。気持も強い。僅か三十日で、このきびしい山を越えてこられたのだからな。しかも生命に別状ないときている。これは神様のお助けが無くては考えられないことだ。これまでの西洋人でこれほど辛抱強い人を、わしは見たこともねえ」

そのラマ寺のある山頂はレーといった。

そこはカラコルムの壁の北側にあたっており、目の前には、広い大地が、涯(はて)しなく続いていた。三日ばかりラマ寺で休んだ。

ラマ寺に充分に寄進をしたおかげで、出発にあたっては、このあたりの主食である、麦煎り粉(ツァンパ)の袋を、犛牛(ヤク)が重さで、悲しみの声を上げるまで、背中に積上げてくれた。それに、煎り粉にまぜる羊の脂もたっぷりもらった。

また一月は充分に間に合うだけあった。

私たち三人は高い峠を下りだした。

これはいわば奇妙な旅で、普通の常識と違い、北に向って行けば行くほど、周囲が温かくなって行くという旅であった。勿論、零下何十度の世界が、一ぺんに春のようになったわけではないが、氷が固い雪になり、ついに雪に体がブスブスめりこむほどになる。

これは確実に人の住む世界へ向う道であった。

それにしても犛牛というのは実に辛抱強い動物であった。膝をついたり、動くのを渋ったり、極限まで疲労してきた動物が、必ず最後に見せる抵抗を、彼らは一度も見せなかった。最高峯は七千二百メートルときく。峠を歩くときでも、普通の速度で歩き、呼吸の喘ぎはなかった。

それでも、ときどきナイフで額をきって、少し血を流してやると、いかにも嬉しそうに哭いて見せるのは、血圧が下り、ぐーんと気分が楽になるからであろうか。

若いセルディ・アブドラという男もなかなか我慢強い男であった。物をいうことを忘れてしまったのではないかと思うほどしゃべらなかった。

そしてもう一つこの男は、妙な習慣があった。こんなきびしい旅の中でありながら、毎朝出発前には、必ず剃刀を出して、髯を剃り顎も頬も、つるつるにしてしまうのであった。

それは何かのきびしい宗教的な戒律の世界の中にいるのかと思うほどだった。

山ひだを下りきるのに、それからもう四日かかったことで、そのラマ寺のあった最後の峠が、どれほど高いかよく分ると思う。

五日目、我々は平地に近くまで下りたった。

そこには、これから約四年の間、我々が毎日、いやというほど見なければならない、黄色い土と砂、石ころの荒野が、もう地平の涯まで広がっていた。

しかしこのあたりは、砂漠地帯でも入り口であった。あの荒涼とした不毛地帯にはまだなりきっていなかった。

多少の畑が、半分砂にまみれて、展開しており、地平の彼方には、ポプラの並木が、二列、遠くまでのびていた。

ここからおよそどのくらいの広さがあるか分らない荒野が広がっている。それは北の果てはシベリアの雪原が北極海で終るところまでの平野だ。そしてその土地の殆どが、砂と石と土埃（つちぼこ）りの、人間が住めない土地なのだ。しかも私はその無限の大地の中から、只（ただ）一人の男を見つけて、接触しなければならない。この荒野は大体ヨーロッパ全土に匹敵する広さがあるといわれている。

私はたった二人の部下とその入口の町、タキアールの町へ入った。

もうあたりは、じっとしていても汗ばむほど暑かった。

この町の宿屋に我々は入った。犛牛（ヤク）は、等価交換で、三頭の駱駝と替った。山岳には絶対必要な犛牛も、平地では鈍重で使いものにならない動物であった。これまでの功績に沢山の餌（えさ）を喰べさせ、宿の主人に渡した。こういうことは、私自身がしなくても、若いおしゃれなアブドラが上手にやった。

自分でもこの広大な砂漠の中に生れたというアブドラは、土地の人と冗談を言い合い、どの村へ入っても、言葉に一つも不自由しなかった。

だから近隣の人々を集めて、噂話（うわさばなし）などを収集させるのにひどく便利であった。また話の集め方や、それのまとめ方も、このあたりの原住民とは思えないほど巧みであった。

山を下りて、タキアールの町へ入ってからの若いアブドラは、まるで魚が水を得たように元気になった。

イヴンは珍しい。山でもねばり、低地でも全く同じであった。酷寒でも、酷暑でも、この五十歳の爺（じい）さんが、文句いったりへばったりしたのを見たことがない。

といって、また特に張りきって、元気で働くということもない。

いつも同じで、感情さえ見せない。

それでいて必要なことは、アブドラよりはずっと上手にきちんとすませていた。頼りになるが、面白味も何もない、ちょっと人間離れのしたところがあった。

最初の町タキアールの宿を出てからまた、砂漠の旅の何日目かに必ずオアシスの一つに着いた。この地帯では、どんな村落も、オアシスの存在が無くては成立しない。その規模により、小さな村落になり、大きな町にもなり、都会にもなる。

そのオアシスの一つの小さな村落で、一軒の民家をみつけて、私たちは宿泊した。

そこは中年の女に娘二人だけがやっている宿屋で、同居の男のことをきいても、はっきりした答えがないのは、正式な夫や父が居ない家であるらしかった。娘二人も姉妹であるかどうかは、よく分らなかった。

村の人に聞いて、そこに宿をきめたのはアブドラだ。広い部屋に入って、身をくつろげるといった。

「ここで泊る。女が夜寝床に来ますよ」

「それは困る。私はそのようなことを望んでいない」

アブドラの軽々しい交渉に、私は少し怒りを交えて答えた。アブドラはこともあろうに、淫売（いんばい）を職業とする宿に、私たちをひきこんだのだ。

あまり気がききすぎるのも困ったものだ、と思ってきびしく叱ろうとした。アブドラはニヤリと笑った。

「旦那が何もしたくなければ、しなくてもいいよ。ただ女の名誉を傷つけないように、裸にしてからじっと抱いていてやればいい。旦那の寝床には姉の方がくる。イヴンも久しぶりに女抱きたい。お母さんが承知している。私、妹を抱くよ」

「なぜそんなことを勝手に決めたのだ」

私はその不道徳な申し出に、本当に怒り出した。私にはユリを探し、そして出来たら連れて帰りたいという大きい目的がある。その途中でこんなことをしたら、それはユリを冒瀆(ぼうとく)することになり、ユリを私が見つけだすことに対して障害が起るのではないかと、そんなことまで気になってくる。

「旦那はこれから先の砂漠の広い土地が、今一体どうなっているのかを、いつも知りたがっている。ここでは、そういうことは、こういう種類の女が一番知ってるよ。毎日砂漠のあちこちから来る新しい男に抱かれて、話を聞いている。だから多分、何でも分る」

「そうだったのか」

私は一見只の砂漠の愚直な人夫にしか見えなかった若いアブドラの、機転のきいた処置に大変に感心した。

「……それでは私も、姉を今晩抱こう。そしていろいろ聞いてみよう。ところで、その代金はいくらなのだね」

するとアブドラは、少しもぞもぞしていった。

「旦那、ソボンを一つ、おれにくれんかね」

ソボンとはアメリカから持って来た、ラックス石鹸(せっけん)のことだ。まだかなりある。しかし私が自分の体から文明や現代の匂(にお)いが、あまりに無くなったとき、秘かにとり出して、それで手足を洗い、過去に属していた、二十世紀の世界への郷愁を慰めていた大事なものだ。毎朝、必ず顎や頬が、つるつるになるほどに髯を剃る習慣のアブドラは、いつのまにか、私が持っている、ラックス石鹸に目をつけていたらしい。

「ソボンをどうするのだね」

私は自分の生活を覗き見されたような不愉快な気分になっていった。

「三つに割って女たちにやるよ。それで今晩の代金はすむよ」

部屋のすみには、既に女たちが、私とアブドラの話を、じっとうかがっていた。お互いに分る言葉だから、交渉の成行きが気になるらしい。

「よし分った」

私が自分用の小さな鞄から、ラベンダーの花の模様のついた包装紙に入った、石鹸を出した。とたんに女たちの年長者の母にあたる人が、ぱっと飛びつくようにして、その石鹸を奪った。目にも止らぬ早業であった。

すぐに女たちは紙をむき、中身をとり出すと三人で次々に匂いを嗅いだ。うっとりと頬に押しつけたり、鼻の頭をこすったりした。それから、鋭いナイフを出して、正確に三つに切った。

女たちが胸もとをあけると、ふだん、お守りなどを入れる小袋があった。そこに入れてまた、シャツで胸をおおってしまった。アブドラが、

「ここの女は皆、あの花の匂いが何よりも好きです。このあたりでは、絶対嗅ぐことのできない、甘い、夢みるような匂いですからね。石鹼はそのまま入れておけば、殆ど三年や四年は、いつも匂いを出してくれます。永持ちするすばらしい香水です」

といった。それで私は三人の女の行動がよく分った。

「ここらの若い女は、これ一つのためなら、何でもしますよ」

こうして私たちは、その夜同じ部屋に三つの布団を並べ、それぞれが三人の女を抱いて寝ることになった。

他の二人が夜の間どんなことをしたか、あまりにも神を怖れざるふるまいを、私はここに、書き誌すことはできない。だが私にとって、これは大変、有益な夜であったことは否定できない。

私はその夜、その姉の二十一歳になる若い張りきった肌を、絶え間なく撫で回してやることで、沢山の話をひき出すことができた。それはこのヨーロッパ全土とも匹敵できる西域アジアの、ほぼこの二、三年に亙る間の消息のすべてといってよかった。

西から東から、北から南から、あらゆる地方からやってくる旅人に抱かれているせいか、このタタールの姉妹は、驚くほどの消息に通じていた。

4

ここでその姉から聞いた話をもとに、一九三四年（昭和九年……GⅡ註）の三月の終り現在の、この西域アジアの広大な地域の現状を略記しておく。

私がここへ来た年の前年中は、砂漠中のどこへ行っても、休みなしに動乱がくり返されていた。そのため、およそ、七十五万人の人の生命が失われたという。

戦いの原因はこれまで、五十年間も、この広大な地域をしっかりと、統治していた、万年督弁、ヤンツォシン（楊増新……GⅡ註）の突然の暗殺であった。

続く、キムジュジン（金樹仁……GⅡ註）の無力、その部下の将軍、セイセーツァイ（盛世才……GⅡ註）の擡頭、そして、若き東干の将軍、マーチュウインの反乱などで、砂漠中が忽ち争乱の坩堝と化したからである。

上が乱れて、そのしめつけが弛めば、下はもっと乱れる。さまざまの小軍閥が、砂漠の町のあちこちに生れ、それぞれが代る代る、町や村を占領して、きびしく税金を取りたてる。

ある町の富裕な商人などは、今後、二百年間分の税金まで徴収され、すっからかんになってしまったといわれる。しかももし税金を納められないと、砂漠の世界では、すぐ金に代る通貨同様の商品である、商人の家の若い妻や娘がどんどん担ぎ出されては、他の町や、軍閥の将軍の閨房(けいぼう)に運ばれて行った。

それに耐えかねての、東干騎兵を中心とする、マーチュウイン将軍の反乱は、砂漠の北の部分を一挙に押えて、大体成功したかに思われた。

ところが一旦(いったん)はマー将軍に破れた、中国側のセイ将軍が、大変な腕ききの策略家であった。天山の北には、ここ二百年来、小群主が割拠支配して、本当は、中ソ、いずれの国の領土かはっきりしない、広大な山岳、丘陵地帯があった。その領土をセイ将軍は惜し気なく、ソ連邦にくれてやった。代りに強大な武力援助を得て、砂漠の英雄、若き小司令(ガースリン)の白馬のマー将軍を、飛行機と戦車で襲撃して、ついに天山の山脈の中で全滅寸前にまで追いこんだ。

今や新疆省の北部とタクラマカン砂漠の北側のオアシス地帯のすべては、日本の早稲田(わせだ)大学出身のセイ将軍の新しい支配下に入り数年前のヤン督弁以来の、旧来の政治支配に戻った。

自分らが信頼していたマー将軍が単身、敵地に逃亡してしまったため、一時は拠り所(よどころ)を失った、精悍な東干騎兵たちは、砂漠の逃げ水のように、全く姿をかくしてしまった。

だが三カ月もしないうちに、この不死身のトンガンの軍人たちは、再び砂漠の一画に忽然(こつぜん)と姿を現わした。

それは、中国軍の勢力も、ソ連側の戦車や飛行機も、とても手の届かない、このヒマラヤやカラコルム山脈に近い、タクラマカン大砂漠の南側を遠まきにする、オアシス都市、カシユガル、ヤルカンド、ホータン、などを結ぶ一帯にである。

その統一の中心は、マーチュウイン将軍にとっては、二つ年下の従弟に当る、マーシロン将軍である。

砂漠の砂の中から突然、湧(わ)き出したようなマーシロン将軍は、白馬の小司令マーチュウインの従弟であるという毛並みの良さと共に、戦場駆引の巧みな、しかも気性の荒い名将という評判が高かった。その上彼が全軍統一の権威になったのは、本来は、マーチュウイン将軍の花嫁として、さる有力な外国の君主から送られた美しい女性を、代りに自分の妻としていつも戦陣に連れているからであった。

それで一層、全東干騎兵の信頼を厚くし、団結が固められていった。花嫁の名はユリンというそうだ。

直接見たことのある重臣や侍女、たまに遠くから見る機会のある輩下の武将たちの言によると、彼らの崇拝するユリン姫は女神の如き美しさだということだ。

今やタクラマカン砂漠南側の回廊地帯は、完全に、猛将マーシロン将軍の統治する地帯といってよい。

5

私の提供したものは、石鹸(ソボン)一個であった。

しかしそこで、私が姉の肌をまさぐり、彼女を適当に喜ばせながら得た情報は実に、豊富で、貴重なものだった。

私は一晩でこの砂漠の現状をすべて理解した。そして今後の行動もしっかり決った。

こういう砂漠では、電信もなく、電話もない。人の口から口へと情報は砂の上を走って行く。直接、それが人々の生死に関係するから、確度は極めて高いと考えていい。

私は翌日からすぐに、ホータンという町に向って三頭の駱駝（らくだ）と二人の従者の旅を続けることに決めた。

私の大きい目的、カルカッタに封印して保管されている、アメリカ軍の前の世界大戦で使用した古い銃器を、無償提供する相手の、未来の砂漠の盟主は、この新しい支配者マーシロン将軍以外にはないと決めた。

ソヴィエートの飛行機や戦車で天山を追われて、一旦（いったん）は砂漠の中に消えたとき、この東干（トンガン）の新しい指導者は、きっと骨の髄までのソヴィエート嫌いになっているだろう。

アメリカの国策のよき協力者となってくれるだろう。そして今一方、私の小さな個人的な目的も、マーシロン将軍に近づくことによって、かなえられるのだという、たしかな希望が出てきた。

一九三四年の春、砂漠にようやく、また灼熱（しゃくねつ）の日々が訪れる日、情報を得て、すっかり元気になった私と、一晩の女遊びで、体の中にたまっていた物がすっかり抜けて、元気になった二人の人夫、三人それぞれに晴れやかな顔だちで、オアシスの横にある名もしれぬ小さな村を出た。

その村落からは、ホータンまでは、千キロはあった。駱駝に大量の荷を積み、それを徒歩の私たちが引っぱっての旅では、後一カ月で行けるかどうかは、甚だ頼りなかったが、私たちは目下のところ、それ以外の交通方法は、全く持たないのであるから仕方がなかった。

私たちの砂漠の旅は続いた。

ホータンとの中間にある、カルガリークの町にやっと辿り着いたのは、もう五月に近いころで、毎日、シャツや、外被を汗で濡らす暑い日であった。

木陰一つない黄色い砂の原を、太陽に照りつけられて歩く砂漠の旅の辛さは、零下何十度の氷の岩壁をよじ登る、カラコルムの旅の辛さに、勝るとも劣るものではなかった。

まだこれほどの暑さが押しよせる前の旅では、軽口を言ったり、ふざけ合っていたりしていた、アブドラとイヴンも、急に無口になり、時には辛そうに荒い息をつきながら、黙々として歩いていた。

城門に近づくと、逆の方向、同じ方向に、さまざまの人の列にすれ違った。私たちとしては、できるだけ、あたりの旅人と同じに目だたないようにしているつもりでも、やはり雪と氷のカラコルムの山脈から下りてきた私たちの服装は、かなり異様に映るらしい。人々は皆、何か物問いたげな目で見ては通りすぎて行く。

そのとき、私はやっと生れて初めて砂漠南部の現在の支配者の、東干騎兵の姿を見た。青い木綿の軍服は黄色が一色のこのあたりでは、かなり目だつ。

大きな馬にまたがり、手には旧式のウエーベル銃、背中には青竜刀を掛けている。たしかに住民とは少し違うきびしい顔だちをしていた。

連中はいつも十騎ぐらいの集団で、いずれも同じような装備で、同じような顔だちをして歩いていた。

その一つが忽ち（たちま）私たち三人を取り囲んでしまった。

「どこから来た！（サラメ・ケルデス）」

隊長らしい男が大きな声できいた。

「山の上からだ」

「何の用で来た」

そこで私は、その隊長に気圧（けお）されぬようにことさら胸を張って答えた。

「その答えは、あなたの軍の司令でなければできない」

「司令とは、マーシロン将軍のことか」

「然り（しか）」

隊長と兵士は顔を見合せて、考えこんだ。

私はニューヨークの回教寺院で、ウイグル語を学んでいるとき聞いたことがある。砂漠の民を相手にするときは、自分を卑小に見せてはいけない。それは相手の軽蔑(けいべつ)を招く。巨大に見せれば、尊敬を受ける。

いきなり、マーシロン将軍との面会を望んだ私たちに対して、一体どうしたらいいのかと、かなり戸惑っているのは事実であった。

一人がそばまで来て、馬上から、私の顔をじろじろ眺めた。そして私が、彼らのこれまで見なれた人種とかなり違うタイプの人間であることを見て、少し態度が丁重になり、訊(たず)ねた。

「あんたは一体、どこの国の人間なんだね」

私が、

「アメリカだ」

と答えると、この隊長は不思議そうに何度も聞き返した。彼にとっては、アメリカなんて名の国は、これまで一度も聞いたことのない国であったのだろう。

結局まるで分らないらしく、それ以上聞き返すのを諦(あきら)めると、

「いいから、ともかくついてこい」

とくるりと馬を返して、先にたって歩き出した。残りの兵たちに回りを囲まれるようにして、私たちはこのカルガリークの町の城門をくぐった。

町の通りを、約三百メートルも歩くと、一際大きい邸(やしき)があり、それがどうも町の役所兼

司令部らしかった。しかしそうはいっても、隊商宿の少し大きいぐらいの建物であった。歩哨（ほしょう）が二人立っていたが、年も取っていたし、何か非常に疲れた感じであった。服の一部も破れたままであった。

兵に命じられるままに、二人の従者を玄関の外において、私は一人で中へ入って行った。正面奥の部屋には、赤い毛布が入口にかかった、一際大きい部屋があった。おそらく、このカルガリークの町を守る、東干騎兵の司令官の部屋であろう。私が行ったときは、部屋の中には誰も居なかったので、私は勝手に机の正面の椅子（いす）に坐（すわ）った。

しばらくして、外から話し声が聞こえてきた。

「さあー、わしも、まだアメリカなんて名の国は聞いたことはないなー」

そう言いながら、三人の将校が入ってきた。

中で一番階級の高そうな、多分、この城の司令官であるに違いない将校は、明かにはっきりと分るほど大きく体を右に傾けながら歩いていた。足が悪いらしい。

私が先方から軽く見られないようにと思って、ここでわざと背中をそっくり返すようにして、椅子に坐り直すと、その跛行の将校も正面の椅子に、肩ひじをはり、背筋をのばして坐った。

他の二人の将校は、この私たちの対話の姿を、かたわらの椅子に坐って興味深げに眺めていた。

私が一向ひるまずに居ると、その隊長の心の中には、もしかしたらこの男は本当にマーシロン将軍の賓客かもしれないという、かすかなおびえのようなものが走った。

わりと丁寧な口調できいた。

「遠路、よくこの辺境の小城へお寄りくださいまして、恐縮でありまする。当方がお出でに気がつかず、お迎えにも上りませず、申しわけありませんでした」

こういう、まるで打って変ったような挨拶のし方は、ちょっと、私たち、西洋人にとっては、馴染まないことである。しかしこれは、東洋人の間では単に用件が始まる前の言葉のやりとりの形式の一つだ。その後旅を続けるうちに、私は気がついたのであった。

形式的な言葉のやりとりが終った後で、先方は肝腎の件についての質問に入った。

「今夕六時に、ここから、ホータンに居るマーシロン将軍に、電信兵が、この地方の警備状況の定時連絡をすることになっております。できれば、そのときに将軍に伝えたいので、あなたさまのお名前と、国籍、御用件を、おっしゃっていただきたい」

私もその申し出に快く応じるという態度で、向い合って、ゆっくり答えた。

「私の名は、アーサー・カマル。ここから、カラコルムの山脈を越え、汽車と自動車で陸地を横切り、港から船に乗り、合せて半年以上かかるほどの遠い国、アメリカという名の国からやってきました。私の用件はアメリカ国の軍司令官から、この砂漠の盟主、東干騎兵の司令官、マーシロン将軍への親書をお渡しすることであります。ただし……」

とそこで改めて、この東干の隊長を正面から見すえるようにしていった。

「この親書は、司令官閣下に直接でなければ、お手渡しできないし、私がどんな用を持ってやってきたかも、ここでは話すわけにはいかない。ただし、これでは、あまりにも話が漠然としていて、あなた方は、俄に、私の話が信用でき難いでありましょう」

形式的には『いいえ』というように首を振っては見せたが、心の中では、まだ半信半疑の状態でいることは、明らかであった。

「……それで私がアメリカ国務省から発給してもらった、私の身分を示した書類と、用件の概要を書いた書類があるから、これをホータンの本営に予めお届けして、マーシロン将軍との、接見の許可をいただきたい。しかしマーシロン将軍の高級参謀の中には、西洋人の言葉が分り、文字が読める人が居られるだろうか、それが心配ですが」

「それは居るはずです」

その隊長ははっきり答えた。私はそれが誰のことをさしていっているのか、見当がついたが、そこでは何も言わず、私の写真の入った、米国国務省発行の、提出用の身分証明書と、タイプで打った簡単な、元首への会見希望書を出した。

この城の隊長では、とても異様な横文字は読めるはずはなかったが、一応仔細らしく長いことかかって眺めてから、今度はそれを、彼らが使っている、書類挟みの中に入れた。二人の将校を呼びよせて、相談しあっていたが、その言葉はウイグル語なら、もう殆(ほとん)ど現地人同様に話せる私にも全く見当がつかなかった。

多分それは、彼らの、本来の根拠地である甘粛省の漢人の言葉であったのだろう。やがて書類挟みを皮袋に入れると、将校の一人が敬礼して、飛び出して行った。

残った隊長はいった。

「申しおくれました。私の名は、マーシーリン中佐です。目下この城の長官を、マーシロン司令から命ぜられている者です」

マーシーリンが、漢字でどう書かれるかは、当時の私には分らなかった。ウイグル語の俄か勉強だけで入国したのだから、漢字の世界は、そのころの私には、まだまだ手の届かない世界であった。

マーシーリン中佐はいった。

「只今(ただいま)、あなたの書類を持って、急使の伝令将校が、城を出ました。これはこの地上で考えられる最も早い伝令で、ホータンまで行き九日、帰り九日、間に一日、マーシロン司令官との面接相談の日があるので、早ければ合せて二十日目にはこの城へ戻ってきます」

砂漠では、ちょっとした連絡にもこのぐらいかかるのは仕方がない。私は黙ってうなずいた。

マーシロン将軍とこれが直接に接触できる唯一の道であったし、今、私の目的のすべては、マーシロン将軍に逢うことにかかっている。武器の始末も、ユリと会うことも、すべて、そこから始まるからである。

「ご配慮、いろいろと感謝に堪えません」

私がここで立ち上り手をさしのべて礼を言うと、マーシーリン隊長も机越しに手をさしのべた。

「それでは、伝令将校の帰ってくる間の二十日間、あなたを私らのマー将軍の大切な客人として心から歓待させていただきます。どうか用意をした宿舎に、従者の方と共にお泊りください」

立ち上ったマーシーリン隊長は、かなり激しい跛行をひきながら、先に立って歩き出した。私たち二人は廊下に出た。

玄関の所には、私の従者が二人、駱駝の手綱を持って、しゃがんで待っていた。マーシーリン隊長に連れられて、私が出てくるのを見ると、はじかれたようにして、立ち上った。

マーシーリン隊長は二人の従者をちらと見た。特に若いアブドラの顔を見ると、少しの間不思議そうにじっと見つめていたが、やがて顔を振って、すぐ目をそらした。隊長の知っている誰か他の人物と似ていたらしい。前に一度どこかの町で逢ったことがあるような感じであったが、すぐ自分ではっきりと否定するようにしたのを見ると、それは間違いだったと、考え直したのかもしれない。

玄関で待機していた兵士たちに私たちの身柄はひき渡された。

私たちは東干の兵士に囲まれて、役所の近くにある、大きな宿屋に案内された。

そこは役所とほぼ同じぐらいの規模の建物で、私たち三人に与えられた部屋も、立派なきれいな部屋であった。

床には厚いじゅうたんが敷きつめられ、部屋のすみには、夜、寝るときに使うための、立派な布団が、折りたたまれて、置いてあった。

私たちは中へ入って勝手に横になった。

それでも入口には警戒兵が立ち、自由な出入りは禁止された。水とか、果物とか、食事とかが、少しずつ兵士たちによって届けられ、相手が気を使っていることは判った。ただし相当の警戒もしているようだった。

きびしい警戒も電信連絡の終る六時までは仕方ないと私は考えていた。

懐中時計を取り出した。

六時半になると、私たちの部屋をとりかこむ、東干兵の態度が急に変った。多分、司令部の、マーシロン将軍との定時連絡の電信が終ったのであろう。

大勢の警戒の兵士は、引き上げて行った。

代りに、宿にいたらしい娘が二人、今度は前より豊富で高価そうな果物を運んできた。

水もずっと立派な形の器に入れて運ばれてきた。

そのうちに、どこからか、私たちの噂を耳に入れたのであろう、軍人ではない、明かに町の長老職と思われる白髯の老人が、表敬訪問にやってきた。一人だけ中年の番兵を除き、警戒兵が、居なくなったので、イヴンとアブドラは、ぶらぶらと町へ出て行って、ほしいものを買ってきたり、町のたたずまいを見て歩いたりしていた。ただ私は、その日はかなりおそくまで、そういう客がとぎれなかったので、外へ出ることはできなかった。

もっともその狭い町には、結局ひと月近く居ることになったので、やがては城内のすみずみまで、私は知らない所がないほど、よく見物してしまった。

最初の日にやってきた長老は、アクサカルという名であった。

一通りの東洋風の挨拶の後で、彼は次々と質問をした。以下はすべて彼の質問である。

「あなたは故郷ではいくらぐらいの財産を持っているのですか」

「では妻は何人お持ちで」

「只一人も居ない。そんなことは信じられない。では少年を愛するのか」

「そうでもない。不思議な人だ。全く考えられない。ところであなたの国アメリカとは、ここからどれくらい離れているのですか」

「なに、半年以上かかる。それでは中国よりずっと遠いのですね、アメリカとモスクワはどちらが遠いのでしょうか」

「そうですか。するとスターリンというのはあなたの国の大統領ではないのですね」

こうして大体の質問をし終ってから改めて彼は訊ねた。これが最初から聞きたかった一番大事な質問のようであった。

「ところでアメリカの女は、顔にベールをかけておりますか」

私はそれに対して、はっきり答えてやった。

「いえ、ベールなどかけません。それどころか、海岸に行って泳ぐときは、薄い布で、胸と腰をおおっただけの姿で、水の中へ入ります。勿論、回りに大勢、男が居ても、別に気にしません」

するとその老人は、しばらくびっくりして絶句したようになった。

やがて数分もたってから、その長老は断言するようにいった。

「アメリカの女は、すべて、この上ない性悪な、ジローブスだ」

私が回教寺院で習ったウイグル語には、このジローブスという言葉はなかった。

それで後で、このあたりの言葉に詳しいアブドラに聞いたら、

「旦那、それは先日、皆で一緒に寝た、金で男と寝るような商売女のことだよ」

そう教えてくれた。

その間に他の用のない、タタールの人々が、私たち旅人の姿を一目見ようと、わざわざ宿の回りを歩いたりする姿によく出会った。特に女の姿が多かった。たしかにベールだけはかけているが、むしろアメリカの女などには考えられない、大胆な態度で、私たちに近づき、

ベールの中から、じろじろと顔をみたり、ときには、私の赤い髯を一本抜こうとして、傍へよってくる女もいた。

この国の娘もなかなかのもので、決して、アクサカル老のいうほど貞淑な女たちばかりではない。中にははっきり、

「ソボンを持ってないか。あったらここへ私が泊ってもいいわよ」

と小声で語りかける女も居て、私はその大胆さより、砂漠の町の中を走るニュースの早さにびっくりした。ソボンの件は、あのオアシスの小さな娼家から洩れて流れてきた噂に違いなかった。しかし私はこの土地では、それを使っての情報収集つまり女遊びはやらなかった。

ここでは、私は、彼らにとって、未知の国アメリカ政府を代表する人間である。女を買ったという噂は、一日のうちに町中の人が知ってしまうに違いない。それで身を慎しむことにした。通貨以上に貴重な、ラベンダーの香りがする、ラックス石鹸は、まだまだ、沢山、残っていたし、別にそれが惜しかったわけではない。

跛行のマーシーリン中佐も、ひまがあれば、私の所へ来て、いろいろな質問をしていった。私が先程、アクサカル老の質問をくわしく書いたのは、その後のすべての人の質問がまるで皆、判で押したように同じであったからであり、このカルガリークの町に居る間、私は同じことを三十ぺんぐらいは、答えたからだ。

それと共に、マーシーリン隊長は、情報好きの一面も持っており、私が何の目的でこの国へやって来たか、マーシロン将軍とは、一体どんなことを話すつもりかを事前に秘かに知りたがっていた。

だから彼の質問は、しばしばその方向へ、誘導訊問的な調子で持って行かれた。

そのたびに私は、急に木で鼻をくくったような冷たい態度で答えてやるのだった。

「その件については、すべては、マーシロン将軍に会ってから、お答えするつもりです。それまでは何一つ答えられませんよ」

彼は大きくうなずく。床に坐ると、跛行のせいか、体が右側にかなり傾き、背がまっすぐにならない。ときどき片腕をついて、右にひっくり返りそうな体を支えている。

「もしかして将軍からのお返事が予定より少しおくれるかもしれませんよ」

「それはどうしてですか」

「現在はホータンの町を出て、近くの小村を、御巡行中だという、無電が入ったのです。向うへ急使伝令が着いても、即日面会ができるかどうかはかなり難しくなったのです」

ホータン市に於ける、マーシロン将軍の動向は、毎日の定時連絡の無線電信で入ってくる情報の中では一番重大事項であった。

「どうして、巡行しているのですか」

「勿論まず第一は軍事行動で、周辺の村びとたちの反乱を予め押さえつけ、忠誠を確認するためです。しかし今一つは、若い新しい奥様のためです」

きっとユリのことに違いない。私の胸は急に高鳴ってきた。それを悟られないように押えながら、この跛行の、体がいつも右にかしがってしまう隊長に訊ねた。

「なぜ、その巡行が、新しい夫人のためなのですか」

マーシーリン中佐は答えた。

「それはつまり、貴下が本部の許可がなくては、自由にこれから先の土地へ入って行けないことにも関連しているのですよ。ホータンという町の周囲には、白河と、黒河という、二つの大河が流れています。そのどちらの河の河原も、一般の人の出入は禁止されているのです」

私は驚いてきいた。

「なぜですか、河原の流域というのは、大変な広さでしょう」

「ああ、でも少数の人だけが入ることを許されています。それは昔から河原で働いている、目ききの宝石採掘人だけです。つまり、その河原には、あらゆる種類の宝石が、いくらでも転がっているのです。それを所有できるのは、土地の盟主だけです。指定の採掘人はそこで働いているのにすぎないのです。もし一つでもかすめて持ち去ったら、即座に死刑にされ、子孫まで永久に、河原で働くことを許されないのです。一般人が立ち入ったり、後で分って見つかると、その場で腹と腸をさかれ、喉(のど)から肛門(こうもん)まで、すべての臓器をひっくり返して調べられることになっています。だからまあー滅多なことでは、河原に足を向けるものはないのです。中国の王朝や、貴族の館に使われた宝玉はすべて何千年来、この二つの河の河原から採(と)れたものなのです」

「そうですか」

ホータンが漠然と宝石の町とはきいていたが、こういう仕組になっているとは知らなかった。

「つまり、マーシロン将軍は、花嫁を連れて河原へ遊びに行く。すると、指定の採集人が予め採っておいた、形のよい宝石を、さり気なく石のかげに隠しておくのです。花嫁は自分でそれを見つけて、ひどくお喜びになるというわけでしてね。それで五日や十日も町へ帰ってこないで、白河と黒河の河原のあちこちを二人で歩き回るという、まあーそんなところです」

それで私は、二十日の予定の伝令急使が、一月や二月遅れても、もう何も言わずに黙って待つことにした。

ここでは、アメリカと違って、すべてが日と月の単位で流れて行く。時間という観念はあっても、もう分や秒の単位のことなどは考えることもできないのんびりしたゆるやかな世界であった。

私たちの部屋には正式に護衛という物はなくなったが代りに、本部との連絡や、私たちの道案内兼、行動報告係として、中年の兵隊が一人、いつも、廊下の向うの小部屋に待機していた。

私はこの兵隊を通じて町の実態を実によく知ることができた。ひと月近いこの宿屋や小さな町での生活を、全く退屈することなくすごせたのも彼のおかげである。

実に気の好い兵士であった。

この兵士は、もともとは、東干の騎兵ではなかった。この町で、馬糧や、雑穀を扱う商人であって、これまでは二人の若い妻を持ち、人生をせいぜい楽しくすごしていた。

ところが、去年の十一月、突然、この町へ侵入してきた、東干軍によって、彼の運命はすっかり変ってしまった。十五歳から六十歳まで、町で商いをしている男たちは、侵入の翌日には、すべて徴集されて軍人に編入されてしまったのである。

店で物を売買する商売は、女でもできるというのが、その徴集の理由で、家族がすがりついて泣いても、多大な金を賄賂（わいろ）として差し出しても、免れることはできなかった。

実はマーシロン将軍の本隊と別れた、マーシーリン中佐がこの町へ攻めこんできたときは兵力は三百人でしかなかった。砂漠の中を疾駆してきた歴戦の勇士だけに、皆、精強で剽悍（ひょうかん）な騎兵だった。町を防衛するためにいた、五十人のカシュガル大守ホジャニス直属の兵士たちは、一夜で全員がターバンを巻いた首を刎（は）ねられてしまった。

手当りしだいに人を殺し、家に踏みこみ乱暴して、まず町の人々を、完全に恐怖に落しこんだ後で、兵員の徴集を始めた。

マーシロン将軍からマーシーリン隊長が命ぜられたのは、この町で、三千人の兵団を編成することであった。

もしその徴集に応ぜず逃げて見つかった者には、見せしめのための拷問が待っており、その後私たちはこの町にいる間、中世の世界のような凄まじい拷問を何度か、この目で実際に見聞する羽目になった。

一度そのことが徹底すると、どんなに大事な仕事をしている男子も、すぐ、東干の要請に応じて、兵士になった。

それで少数の役人と老人、子供以外は町には、平服の男は全く見かけられなくなった。畑は、老人と子供が耕し、店は女が取りしきっていた。彼女らが、私のような旅人に異常な関心を示し、ベールの下から大きい目を輝やかせて迫ってくるのも、彼女らの欲望をみたす男が、すべて兵隊にとられてしまったせいかもしれない。

兵士の給料は、月十セントで、これはアメリカでは、少年の一時間のアルバイト料で、アイスクリーム一個の値段であった。しかも兵士には休日もなければ、除隊への望みもない。軍隊を脱走する者に対しての処罰は即座に斬首であった。斬られた首は、城内のあちこちの門の扉に、並べて外を向けて釘で髪の所を吊して、腐りきるまで放置されていた。

実際それを見せられたときは、私は吐気が止まらず、地面にしたたか黄色い胃液を吐いて苦しんだほどだった。

徴集から逃げて見つかった男たちへの拷問も、そのすぐ後で見る機会があったが、それもまた凄まじいものであった。

彼らは南門の外れの指定の拷問場に連れてこられて刑を執行された。

犯人はひざまずいたまま、両手を後ろに上げると、丁度長さが胸のあたりまでの十字架柱に、拡(ひろ)げた両手を後ろ手にくくりつけられる。

両方にのびた柱のはじから紐(ひも)が垂らされ、両踵(かかと)がくくられて、持ち上げられる。

罪人は背中に十字架を背負ったまま、膝(ひざ)で歩かなければならない。彼らは七メートルぐらいの穴の上にさしわたしてある鉄板の橋の上を歩くのである。只の鉄板ではない。穴の下では、火が燃えており、鉄板は赤く焼けただれている。勿論膝で向うまで無事歩いて行ければ放免であるが、途中でひっくり返ったら顔や、肩や、その他の部分から焼けてしまう。鉄板の長さは十メートル、そのままでも膝がすっかり焼けてしまい、滅多なことで歩ききった者は居らず、歩ききっても、その後は動くことのできない廃人として、すぐ死んでしまうそうだ。

詐欺罪に対しては、もっと面白い刑が科されている。

この老兵と町を歩いているとき、通り道でときどき見かけ、初めはそれを、私はこの町の風土病の一つだと思っていた。首が前にがっくりと倒れていて、いつも下を向き、自分の腹より上の物は絶対に見ることができないようになっている。首筋の筋を切ってしまうのである。下をむいて、せわしげに町を歩いている男女は、いつも通りには、二、三人はいた。散歩や、お互いの話に飽きると、兵士は、私を広い宿屋の三階の屋上の、ベランダに連れて行ってくれた。家の中にいるより風通しがよく、気分がよいので、二人でよく手すりによりかかって、外の景色を眺めた。

そこからは町の外れにある練兵場が見え、毎日、朝早くから夜おそくまで、新兵たちがきびしい訓練をやっていた。大半が普通人から、いきなり徴集されてきた兵なので、まず、一、二、一、二と整列行進であった。教えているのは、戦野を駆けてきた、生粋の東干騎兵だから、そのビンタや、足蹴り（あしげ）はひどく、しょっちゅう、新兵は痛めつけられていた。

朝からずっと、ほぼ一日中その訓練を見ていたときもあったが、彼らが一休みしている姿を見たことがなかった。徒歩の次は駆足、それから木登り、射撃、銃剣術、いつも何か、くたくたになるまでやらされていた。

6

もうすぐ、一カ月になろうというとき、私は、マーシーリン隊長から呼び出された。その部屋には最初の日に、隊長のそばにいた二人の若い将校のうちの一人で、そのまま急使伝令となって、ホータンに飛び出して行った男が、全身を埃(ほこ)りだらけにして立っていた。

隊長は正面の机に重々しい顔で坐っている。

埃りだらけの将校は、私が入ってくると、腰の鞄(かばん)から封書を取り出し、うやうやしい表情で、机の上においてからいった。

「マーシロン司令は、この封書を、外国からのお客人に隊長が直接お手渡して、お客人が自ら御開披なされんことを望んでおられます」

この若い将校から伝えられたことは、そのまま実行された。

私は自身が大統領の名代であるという自覚で、胸をそらせて、その書状を受けとり、開いて見た。

一つは、皆も私も読むことのできる、ウイグル文字で書かれてあった。

『新疆省全域督弁。軍司令。馬希戎(マーシロン)より、アメリカ大統領フーヴァー閣下の御使者に対し、心からの歓迎と挨拶を送ります。余は当地ホータン市の宮殿に於(おい)て、貴下の到着を待ち、貴下の御用件を、伺うことを、心より期待しております』

その親書の他に、もう一つ私の身分証代りにもなる、途中の町の通行許可命令書が同封されてあったが、これは古い東干(トンガン)騎兵の誰も皆が知っている漢字と、ウイグル文字との二つを並記して書かれてあった。

『駐屯地部隊長の馬祈令(シーリン)中佐は、この手紙を入手すると共に、巡行視察を兼ねて、自ら一個中隊を率い、このアメリカ人を護送して、至急ホータン市に向け出発すべし。

アメリカ人は余の賓客である。

ホータン市に至る、あらゆる関所と、あらゆる道は、その中隊の行程のため開かれるであろう。通過する地域に於けるすべての人は、アメリカ人に対して、敬意を表せよ。旅の間に於ける支出は、客から支払わせてはならない。途中、客の希望する物、必要とする物は、すべて満足せしめよ。

以上、当地区の絶対元首馬希戎の言葉にして、要望なり。

署名。花押、印』

それだけでなく、封蠟(ふうろう)で閉じた、英語書きの一つの手紙も、将校から渡された。

「お客人が、ウイグル字を読めない場合に備えての、これは英文の、同文の、書類です」

彼らの軍団に英文の書ける人がいるのかと始めはびっくりしたふりをしたが、しかし内心ではそれが、ユリからの通信と分っていた。

既に夫のマー司令に届いた書類から、やって来たのが私と知ったのであろう。

中身は将校の話とは違って、全く彼女の個人的な手紙であった。

彼女がマーチュウイン将軍との結婚を望まれて、砂漠の奥地へ潜入してから、さまざまの状況の変化に直面して、現在の、マーシロン将軍の妻となった経緯から、マーシロン将軍が、全東干騎兵の総帥として実権を握り、タクラマカンの西南方面の主権者となった事情などが、簡略に書いてあった。

これで私は、砂漠の覇者が、いつのまにか、マーチュウインから、マーシロンに交替した理由がのみこめた。

最後に彼女はマーシロンの宮廷に私が到着さえすれば、二人は必ずお会いする機会もあろうし、彼女と二人だけでゆっくりお話しできる時間も作れるだろうから万難を排して来てくれと、書いてあった。

手紙を私は大事に胸にしまった。

少女のときの面影しか覚えていないが、それでも美しく成長したユリの姿は、想像できた。私の胸のそのあたりが、じんわりと温かくなってきた。

その日の午後一杯かかって、この城の中は隊長と一個中隊の出発の準備であわただしかった。出発はその日の昏れ方と決った。

私たちの宿舎にも、荷物運び用の牛車が二台の他に、駱駝に代って、私たちの乗用に供せられるための、三頭の大馬が届けられた。いかにも丈夫そうな馬であった。

二人の従者は、その馬の背や首を撫でながら、こもごもいった。

「これなら大丈夫だ。本当に強そうな馬だ」

「おれたちも、ちっとは立派に見えるかもしれねえ」

そこで私はいった。

「何しろ今度の旅は、大変な物々しいものになりそうだよ。ここの隊長が自ら親衛隊一個中隊を連れて、我々を警固し送ってくれるそうだからな」

「あの隊長が一緒に行くんですか」

アブドラが急に困った顔でいった。

「どうしたんだ」

「おれ、ここに一人残ることはでけんでしょうか」

「そりゃだめだろう。それに私も二度とこの土地へ戻るかどうか分らんからね」

「実はね、おれ、昔、あの隊長と戦った土匪(どひ)軍に居て、一回捕まったことあるでね、もし正面きって顔を見られて、思い出されると、少し都合が悪いでしてね」

この広い砂漠地帯でも、人間、それぞれの因縁があるものだなと思った。

「ああ、それじゃ、自分で気をつけて、できるだけ遠くに離れていて顔を見られないようにしていろよ」

そう私は言ってやった。

夕昏れのもう暗い中での出発だったが、町の人々は、この町の絶対君主であった、マーシーリン隊長を総出で見送っていた。そして、隊長自らが、ホータンの司令の所に送って行く、この外国の奇妙な顔の客人は、よほどの偉い人なのだと、改めて見直しに出てきて、讃仰(さんぎょう)するような目で振り仰いでいた。

城門からほんの数時間出るともう私たちの回りは、一面の砂漠であった。

彼らが最初の出発を、夜の時間にした理由がすぐ分った。夜の冷気が訪れると共に、昼間は耐えがたいほどの砂漠の熱気が納まり、空気は肌に快いぐらいのものになった。

そよ風さえ吹いてくる。

今度の旅で始めて、人間の旅に丁度いい、気温の中での旅をした。

夜明けに小さい町へ着くまで、まことに快適な旅であった。

町で、昼すぎまで眠り、また夕方近く、その町を出発するという、涼しいときだけを選んでする旅がそれから何日か続いた。

夜は人々の気分も沈静し、辛いことも忘れて、旅は平和なものであった。

旅を続けて行くとお互いの気持も城の中にいるときよりよく分り、ずっと親しいものになってくる。

夜間の休憩のひとときに私は、マーシーリン隊長に思いきって聞いた。

「隊長の足は、外から見ると、どちらかが特に短いとは見えないのに、体がいつも右に傾きますね。ところが馬に乗ると全く、しゃんとして、常人に変らない。一体それはどういうわけなんですか」

「おう、そのことかね。じゃ、マーシーリンの自慢の傷痕（きずあと）を見せてあげるかね。お近づきのしるしにね」

そのまま、さっと青い木綿の軍服のズボンを下した。月の明りでかなり、あたりは明るかった。あまりにも突然の行動で、目をさける暇もないし、彼らは、文明世界の人と違って、パンツをはいていないので、妙な物を真向から見る羽目になりそうであったが、隊長の方がす早く後ろ向きになったので、見ないですんだ。

しかし代りに私が見た物は、奇妙な尻（しり）だった。

片方は普通の尻だったが、片方の臀肉（しりにく）はきれいに削りとられていた。大腿骨（だいたいこつ）が、腰骨に嚙（か）み合う部分には、白い骨まで見える。

そこでマーシーリンの自慢話が始まった。

「丁度二十歳の年でしたよ、有名な、小司令（ガースリン）のマーチュウイン隊長の親衛隊をしていましてね、甘粛省の嘉峪関を根城に暴れ回っておりました。毎日が激しい戦いの連続でした。私はある日大勢の、イリ地方のカザック軍団とぶつかって、夢中で馬上で斬り合っていましてね。そこで向い合っていた相手の体に隙（すき）が見つかったのでね、すかさず斬りこんだのです」

回りには古い部下たちが集って、ニコニコして聞いていた。彼らにとっては、何度も聞いた話ではあったろうが、やはり聞くたびに、血が湧（わ）きたつ、武勇伝なのであろう。

「ところがそのとき、真横にもう一人の敵の騎兵が来ましてね。私が鞍のあぶみに足をかけて体をのばし、刀を相手に振り下そうとしたとたん、いきなり私の尻に向って、刀を斬りこんできて、片方の肉が、ふっとんで無くなってしまったのですよ。勿論その相手は即座に斬り殺しましたがね」

しゃべり終ると、やっとまたズボンを上げた。

こういう話のあった後は、私はこの隊長に一層の親しみを感じた。それは同時に、向うも私のことに親しみを感じる契機になった。

数日はまた、昼間一日を寝ずに歩く強行軍であったが、それも馴れた。いつの間にかホータン市との間は後一日の所に来た。

今のところ、アブドラは、私から離れて注意深くやっており、夜の旅の多いせいもあって、隊長と、直接顔を合すこともないので、お互いに何も起らなかった。

夕方早目に町へ入ると、数軒の宿屋へ皆、分宿した。

今日は真夜中に出発。明日は強行軍だ。

それまで、皆は喰いたいだけ喰い、眠りたいだけ眠る。従者や兵はてんでに宿屋で食事をして眠りこんだ。

だが、マーシーリンは、ここでは、私のために、すばらしいものを用意していた。この旅で私が始めて自分の目で見ることになった、楽人と舞姫であった。

　ホータン市は昔から、白絹と宝石の産地であったため、他の砂漠のオアシス都市より、経済的に豊かであった。そのため享楽的色彩が強くなり、演芸、歌舞などが発達した。

　ホータン市の周辺の小都市にも、その芸の伝統は受け継がれていた。

　私と隊長の二人が坐って待っている大きな座敷に、五人の楽人と、二人の舞姫が呼ばれて入ってきた。

　さすがに若い男はここでも兵隊に取られていないらしく、楽人五人はいずれも、白髪の老人であったが、それでも、太鼓が二人、二絃(にげん)琴が二人、笛が一人で、構成されている、ちゃんとしたオーケストラであった。

　そして音楽にのって入ってきた、二人の舞姫は、いずれも若く美しい娘であった。

　若い娘はベールもつけていない。そしてこのあたりの若い女が、必ずスカートの下にはく長いズボンもはいていない。だから軽やかに回るときは、スカートが舞い上り、脛や、太腿(ふともも)までちらちら見えて、とても楽しい思いをした。勿論、肝腎なところは、白いパンツをはいているが、ときどきはパンツが見えるぐらいに大胆に踊るので、これは回教徒の世界に入っての初めての悩ましいショウであった。

　我々二人だけのための宴会であり、ともかく考え得る最高の接待をしてくれたのである。

　目の前にはお茶が出された。酒を飲まない回教徒にとっては、濃いお茶は何よりも刺激的な飲料であった。少年や少女の召使いによって、皿の上には、胡桃(くるみ)や、ロシヤ製の氷砂糖のお菓子が盛られて、それもこの夜の宴会の贅沢さを物語っていた。

踊りは二時間も休みなく続いた。

最後になってくるとともに音楽のテンポは増して、次第に強烈になる。やがてテンポがもうどうにもならないほどの速さになり、最高潮のところで止まると、舞姫二人は、それぞれ私たちの体にとびつき、膝の上で失神した。マーシーリンは舞姫の顔を仰向けて唇を吸い、私にもそうしろという。

女たちは若くて美しいし、ウイグル風に、眉を黒々と描き、瞼や目尻には、薄青い目ばりが入っていた。思いきってキスしてやると失神からさめた舞姫は、自分で私の首に腕を巻きつけて、唇を強く押しつけてくる。

マーシーリンは軽々と女を抱き上げて、自分の部屋に運んだ。

私も女の甘い化粧品の匂いに、その肉の誘惑はしきりであった。しかしもうほんのちょっとで、ユリに逢えるという直前で、やはり身を汚したくない。ふところからたっぷりお金を出し、女には、

「悪い病気にかかってできないのだよ」

といって、ひき下ってもらった。

その日の夜中に出発した最後の旅は、かなりきびしいものだった。

町を出るとすぐ砂丘で、それが終ると、まだ水がじくじくと残っている、半乾きの沼地に

入った。

こういうところは、どっちつかずで歩き難いし、馬も足を取られて、あちこちですべったり、ひっくり返ったりして大騒ぎだ。夜中も大分すぎて、半円の月が、昇ってきて、青く淡い光で照らしていた。

やがて、半乾き沼のあちこちに、長い木の棒が一面に突き刺さり、上にボロ布や、時には髪の毛が、ひっかけられてあるのが見えた。何となく魂の底から冷えて行くような無気味さがあった。

木の棒の林は、棒そのものが、何かを訴えかけてくるようである。私は黙って見ていられなくなった。

馬を並べると、隊長に質問した。

「この棒は一体、何なのですか」

かすかな風があたりで、泣くような音をたてた。

「ここで、物凄い戦いが行われましてね。何千人もの兵士が死んで、この土地にそのまま埋められたんです。その墓標ですよ」

そして月明りで発見したのか、私に指さして示した。

「ほら、あそこに、半分頭を出しているのがいる」

このあたりの水は、地底から吹き出した塩分が濃いらしく、死体は一種の塩漬けになっていて、あまり腐敗をしていない。顔の形も大体分るが、それより怖しく思えたのは、人間の腹の中の臓物を肥料にして、緑の草が元気に体から生い茂っているありさまだった。

また少し先には、頭蓋骨が顎のあたりから一刀で斬られた傷痕も物々しく、横たわり、青い天を睨んでいた。

「この塩の湖には、少くとも五千の人間が寝ていますよ。何しろ我々の正面には七千人の敵が布陣していたんです。我が軍は途中で徴発して来た新兵をまぜても三千人がやっとです。しかも武器は小銃と剣しかなかった。敵は何門かの大砲を持っていて射ちこんできた。でもこれが却って我が軍の結束を固めましてね。弾丸からは逃げられない。大砲の弾丸をさけるには敵のふところに飛びこんで、乱戦するより他はない。まさかそこへは敵も射ちこめませんからね」

マーシーリン隊長は、あたりの墓に眠る無数の死者に対して聞かせるように、コーランの一節を唱えた。

『生命を怖れる百人は、死を怖れぬ一人の力で倒れる』

そして跛行の中佐は、急に昂奮に駆られた声でいった。

「気がついたときは、マーシロン将軍と、兵士の恰好はしているが女性である、将軍の新しい外国から来た妻が、軍の先頭に立って、白刃を振って敵に飛びこんでいるのです。我々は全員がそれに続いて、まっしぐらに敵陣に飛びこみました。戦いは、我々全員が、カザックやロシヤ人の臆病者(おくびょうもの)共の群の中を、ひっかき回す形ですすみ、敵が斬り倒されてぐんぐん少くなって行くのを、血を浴びながら、楽しんでいるうちに終りました。気がついたら六時間もたっていましたが、敵の五千人の死者に対して、我が方は五百人足らずの被害で、殆ど一方的な勝利でした。一段落して、馬上の敵を全く見かけなくなってからは、傷ついて逃げられないでいる敵を馬上から見つけては、一人ずつ丁寧にあの世へ送ってやりました。これにまた二時間はたっぷりかかりましたが、あと千五百人ぐらいは、止(とど)めを刺したと思いますよ。こうして、このあたりでは、最も豊かで、強固な防壁を持つホータンの町が、私たちの手に入ったのです」

沼地をやっと明け方に越えた。

それからほぼ夕方近くまでの行進が続いた。

遠くの方にホータン市の城門が見えてきたのは、日も傾くころで、前夜半からの休みなしの強行軍で、一行はすっかり疲れていたが、それでもホータン市に待っている、喰物、音楽、女、などを思い出してか、急に元気が出てきたようであった。

7

城門の上には、一際高い望楼があった。それは遠くからよく見え、この古い豊かな町の権威を象徴していた。近くへ寄ってみると、城壁は昔から沢山の敵の攻撃に耐えてきたらしく、煉瓦のあちこちが砕け、柱の角が、三角に欠けていたりしたが、その傷が却って城そのものを威風堂々としたものに見せていた。我々が到着すると、城門にいた兵士たちは整列して一斉に捧げ銃をした。静々と通りすぎる間は荘重なラッパの音が鳴り続け、その音にびっくりして、家の中に入っていた人々が一斉に飛び出して見物にくるほどだった。

行列を見に出てきた人の中には、少年や中年の男が、かなり交っていた。青年こそ見かけなかったが、この町ではそう極端な兵員徴集はやらなかったらしい。若い娘や人妻も、派手な衣服のまま出てきた。

町へ入ってゆっくり馬上から、まだ残照の光りの中で賑わう通りを見ると、商店の店先は商品にあふれ、買物をする客も多く、この町に対しての、東干軍の保護ぶりもよく分った。こういうしめつけ方の弛やかな町も残しておかなくては、軍の財政的な基盤が維持できないことを、将軍は一応は承知しているのだろう。

近代的な教育を受けたユリの助言が、かなり大きな部分を占めているのかもしれない。この町に、ユリが居ると思うと、私の胸はもう自然に熱くなってくるのだった。

軍司令部兼役場は町の中央にあった。

広場では、何人かの罪人が柱を抱かされて処罰中であった。罪人の男たちは大声で泣きわめき、拷問係の役人が一人の男が数える数に合せて、むき出しの背中に、力一杯鞭を振っていた。

「三百六十二、三百六十三……」

私たちはその横を通りすぎ、用意された旅宿に入った。私と従者のムハミッド・イヴン、セルディ・アブドラの二人は、それぞれ別の、ちゃんとした部屋をあてがわれた。少年兵が一人ずつつき、私たちの世話をすることになった。イヴンもアブドラも、貴人扱いの待遇にすっかり機嫌をよくしていた。

私たちは、珍しく桶の湯をもらい、体を洗うことさえできた。いくらでも垢が出て恥しかったが、終った後は気分がよかった。

この簡単な入浴と、食事が終ると、若い顔だちの整った将校がやってきて、司令部の意向を伝えた。

「マーシロン将軍は、明日十時に貴下と正式にお逢いになります。本日はゆっくりとお休みになり、体の疲れを取るようにとの伝言です」

彼は部屋の入口で、口上のように朗々と述べて去って行った。

翌日の朝、出発する前に、私は持参してきた荷物の中から、背広とワイシャツを取り出した。アメリカ国防省の派遣した使節として、アメリカの大統領の立場を代表して会見に臨まなければならない。これはどちらも、地球上の何分の一かを占める広大な国土を持つ、民族の代表者どうしの会見なのである。

久しぶりに、赤い髪にもくしを入れた。

迎えの軍人は、その私の変貌ぶりには、目を丸くして、声もないようであった。二人の従者は部屋に残り、私だけが司令部へ行くことになった。アブドラは明かにほっとした顔であった。何かよほどこの東干軍とは、過去に大きなもめごとがあったのに違いない。

私は迎えの将校と、司令部の大きい建物に入って行った。それからは私はこの司令部の、東洋風の豪勢さに、ただただ驚嘆するばかりであった。ともかく、門だけでも、二十以上もくぐった。つまりそれは、この建物の元首の部屋に着くまでには、二十以上の塀が周囲を取り巻く、厳重な警備の中をくぐり抜けなければならないのである。

その中心は宮殿のような華麗な建物になっていた。正面に十段ぐらいの階段があり、王者の象徴である竜の彫刻が、石段の中心に浮彫りにされていた。中国では皇帝だけが許される特権を辺境で目が届かないのをいいことに勝手に使っているのだ。

階段を上りきると、丸いドームになっており、東干の高級将校が両側に立って並んでいた。私はこの建物で、将軍と話をするのだと思っていた。だが違っていた。そのドームを通り切ると、明るい中庭があって、芝草に美しい花が、咲き乱れていた。タイル作りの白い池には噴水が空に吹き上げて光っていた。

乾いた砂漠の中の都市としては、これは考え得られる最高の贅沢であったろう。

庭の中心に中国風の亭があり、そこには石の机と椅子が備えられていて、一人の立派な軍服を着た男が待っていた。その威容から見ても、いかめしい顔付きを見ても、現在の東干の総帥、マーシロン将軍であることは間違いなかった。

私は彼のもとに歩いていった。

将軍は丁寧に私を招じ入れて、遠路の到来をねぎらってくれた。猛将の評判が高く、残忍であるとも言われていたが、逢ってみると、態度や動作が落着いていて自然の風格が身についた人であった。

「ここなら私たちの話は、誰にも聞かれることはありません」

私はあたりを見回した。回りの花園の疎(まば)らな低い花の茎では、誰も身をかくすわけにはいかない。石のテーブルには既に茶や、菓子が用意されていた。

一杯ずつ冷たい茶をすすってから、私は懐から、大統領の親書と他に一束の英語の書類を取り出した。当然、彼には読めない。しばらく見てから、指を鳴らした。少年兵が庭の外れから、息を切らして駆けてきた。

「これを通訳官に読ませてすぐ翻訳させなさい」

少年はまたそれを持って庭の細道を弾丸のように吹っ飛んでいった。

それから彼は丁重にウイグル語で私に詫(わ)びた。

「私は全く英語が分りませんが、当司令部には幸い、一人とても上手な者が居りますので大統領閣下の親書はすぐ、ウイグル語になって戻ってきましょう。ともかく私どもは、地球上では、一番離れた土地に住むどうしです。こうして語り合えることはまことに奇蹟(きせき)であります」

そしてまた一口茶をすするといった。

「ともかく大統領閣下の親書が翻訳されている間に、私はあなたを真の大統領閣下の使者として、信用する立場から、あなたの用件をお聞きしたいのですが」

「そうですね。どうせお話をしなくてはならないのですから……」

そこで私は、インドのカルカッタの保税倉庫にある、膨大な数の小銃や機関銃の軽火器を、もし将軍側が国境まで受け取りにくる意志があるなら、無償で提供したいという件を申しのべた。

「無償で……」

とまず将軍はそのことに驚いていた。世界のどこの国にそんな気前のいい申し出をわざわざ困難の旅をして、伝えてくる使者があるだろうか。

当然、信じられないという顔になった。

そこで私はその唯一の条件として、将軍にはその武力で西域アジアのシルクロード地帯の覇者になってもらうことと、もう一つソ連の侵略に対しては、強力な防壁になって、中国本土に共産主義の侵入するのを、ここで喰い止めてもらいたいといった。しかしこれはあくまで希望であって、必ずしも義務でないということも付け加えた。

そう言ってから、カルカッタ保税倉庫にある、ウィンチェスターや、レミントンや、スプリングフィールドなどの軍用小銃の数を書いた書類を見せた。

予め、ウイグル文字を書き添えておいたので、彼にもその数量がよく分った。

「うーん」

としばらく唸(うな)っていた。それからいった。

「これだけあれば、新しく軍を起せます。取りあえず、カシュガルを落し、その勢いで、天山の南を回って、ハミとウルムチを手に入れて、タクラマカンの主権を回復します。そして、もう一度ウルムチで、東干政府による中央アジアの独立を宣言し、ソヴィエートと決戦してみせます」

この男の胸にも、ソ連に対しての反感と闘志とが、烈々と燃えているのを知って、私は目的が、ほぼ達成されたのを知った。

早速私たちは受け渡しの方法についての話し合いになった。

私は一旦また、国境を越えてインドに戻り、そこでイギリス軍の協力を求めすべての武器をギルギットまでトラックに幌(ほろ)をかけて秘密裡(り)に運んでおく。その日を、今年の九月一日とする。それは、夏も終りまだ雪が降らずカラコルム山脈越えの道が、最も楽な季節であるからである。

その九月一日の、前後の五日以内に、東干軍は牛車を、何百台も連ねてギルギットへ取りにくる。そこでの受け渡しに、二人はもう一度会おう。

こうしてお互いの話は、とんとん拍子に進み合意に達した。後はアメリカ大統領の親書や国務省の命令書が、真実の物であると確認されれば、私の役目は終る。

まさかこんな一銭にもならない取引話を持って、アメリカからわざわざやって来る者もないであろう。しかし、受け取りに行くときは値段は無料でも、国境まで何百台の牛車を連ねる荷駄隊の編成に大変な費用がかかる。だから彼らにとってはこれが真実の話であるという保証がほしいところだ。

少年兵がまた花園の間の細道を弾丸のような早さで駆け出してきた。彼が差し出した書類には、すべての英語の文書が、ウイグルの字できれいに清書された翻訳書面がつけ加えられていた。

そして一枚の英語の書面も増えていた。

それは明かに前になかったものである。ユリからの私への大胆な返事であった。

マーシロン将軍は、アメリカの気前のいい申出にすっかり機嫌をよくして、英語の書面が一枚増えていることなど気がつきもしない。

ウイグル語の翻訳書面と英語の書面とを対照して調べている間にその一枚の書面を何喰わぬ顔をして、持ってきた書類の束の中にしまいこんだ。

マーシロン将軍は翻訳された書類をすべて調べ終えると、英語の書面の中で自分が受け取るべきものは受け取り、私に返すものは、返すものとして分類してからいった。

「あなたが、アメリカ政府を代表する真実の使者であることがこれでよく分りました。今日はこの宮殿の中でゆっくりお寝みください。明日までに当方の翻訳官が、アメリカ大統領閣下への親書を作成致し、お手もとにお届けできましょう。さて明朝ですが、私たちはもう早々と大事な作戦行動がありますのでお話しついでに途中まで御一緒していただきます。こういうときは、どうしても朝が早いので、今日は貴下も早目にお寝みください」

両方から手をさしのべて固く握手をすると私たちの誓いは成立した。

「さてそれでは昼の食事にしましょうか」

将軍は立ち上って私を食事の部屋まで案内した。

昼から三時間かけて、ゆっくりと食事をしたのだが、これは四人の幹部将校が臨席しただけのごく内輪のもので、ユリの姿は見かけられなかった。

もっともこの国では、いかなる家庭でも、主婦が来客の前に姿を現わすということはない。それが回教徒の風習である。

三時すぎに、今はすっかり打ちとけた将軍は、私に一緒に城門を散歩しようと誘った。

庭の一画に、一つだけ、煉瓦で作った頑丈な建物があった。二、三人の将校がついて来たが、入口からは中に入らなかった。

厚い扉を押して、マーシロン将軍は中へ入った。中は薄暗く広い土間になってひんやりしている。明りは窓や屋根から、入ってくる光りだけであった。

私はそこが武器庫であることを知ってびっくりした。普通武器庫はもっと外れた場所に作られるはずである。それが城の真ん中の彼らの元首の住居である宮殿に隣接して建てられている。東干という軍事民族の特徴を最もよく象徴していることのように思われた。

中央には大砲が一台あったが、それを見てお互いに、ニヤリと笑った。きっとどこかの城からの分捕り品なのだろうが、これはどうにもならないしろものだった。先込めの丸玉を入れる方式のもので、三、四百年も前の製品だ。とても現代では使いものにならない。いくら砂漠の軍隊でもそんなことは先刻ご存知なのである。

次の部屋は、軽機、重機が何台かあった。しかし私はこれが、今ではその半分も使われていないことを知った。皆よく磨かれ手入れされているが、それだけでは、武器は役にたたない。これだけ種類が多いと、弾丸が揃うはずはない。口径も挿弾子も、皆違うのだから。

「いくら数があってもこれでは戦争はできません。速やかに同一品種の機関銃を揃えなくてはいけませんね」

彼は大きくうなずいた。ここにある機関銃の中には、ハンドルを回す、ガットリング銃さえあった。先進各国の武器博物館が、今現物を必死に探しているぐらい珍しい代物だった。カルカッタの保税倉庫にある十年前の世界大戦時の古物でも、ここへ持ってくればとたんにずば抜けて新しい物になる。

私たちの提供する武器を直接手にしたら、この東干の猛将はどんなに喜ぶか。忽ちこのあたり一帯は彼のもとに平定されるだろう。私たちは地下一階へ下りて行った。

そこは小銃の倉庫であった。火縄銃から始まって、先込め銃、ゲーベル銃など、近代の、欧米では、もう全く実用品とは考えられていない銃が、何百挺も並べられていた。私たちが入って行くと何十人かの銃器兵が作業の手を休めて一斉に敬礼したが、将軍はそれを制して、作業を続けさせた。彼らの足もとにはランプがじりじりと燃えていた。だが部屋は、手もとだけが明るくて、大体が真っ暗だった。

どうやら銃器係は二交替で、二十四時間、ここで休みなく働いているらしい。

将軍はいった。

「ここの戦場では、絶え間なく砂が舞いますので、機関銃をすぐ痛めます。一度、演習や戦場で使ったら、もうそのすぐ後はこうして、分解して掃除しないと駄目にしてしまうのです。作戦が始まると、兵員の三倍や、四倍の銃は持っていないと、充分に役にたたないのです」

ここの東干軍の辛い立場もよく分った。将軍が今回の申出を、本当に喜んでいるのが、この自ら先にたっての案内ではっきり感じとれる。

兵隊のランプを一つ持って、将軍はその地下一階の奥の突き当りにある、厚い扉の所に行った。この下の鍵は将軍一人だけが持っているらしい。

ゆっくり将軍は錠をあけた。

扉を押して入り、ランプを揚げて、私に中がよく見えるようにしてくれた。

その中の物を一目見たときは、私は恐怖のため、思わず足がすくんで、細かく震えだした。

そこには何千という弾薬、手榴弾、爆弾、その上、樽に入れた生火薬まで置いてあった。

もしここで将軍が何かにつまずいて、ランプの火の粉が中に入ったら、この倉庫全体が一つの爆弾となって吹っとんでしまうだろう。それだけでなく、周辺にある宮殿も軍司令部全体も吹っ飛んでしまうはずだ。もしかすると、ホータンの町の半分は、焼けたりこわれたりして、大被害を受けるかもしれない。

私は将軍にあわててそのことをたずねた。将軍の返事はあっさりしたものであった。

「私も軍人だから火薬の怖しさは知らないわけじゃありません。しかしもし町の外に火薬庫や兵器庫を持っていたら、敵のスパイはすぐそこをかぎつけて、自分の生命を捨てるつもりで、火をつけに来ますよ。こうして誰にも入ってこられないところにおくのが一番安全なのです」

これも戦乱の土地に住む、軍人の一つの心がけなのであろう。

私たちが再びもとの戸外に出たときに私の体の震えはやっと止った。

そこで将軍は、明日の出動の準備があるということで、自分の司令室に去り、私は若い将校に案内されて、今夜のための寝室に連れて行かれた。

それは彫刻や、絵画、ふっくらとしたじゅうたんなどで装飾された、すばらしく立派な部屋であった。

奥のベッドも、なかなか豪華なもので、私はここで寝られるかと思うと、とても嬉しかった。それには、もう一つの理由もあった。

さっきのユリの英語の書面には、次のようなことが書いてあった。

『必ず今夜は私の方から参ります。あなたのお部屋もよく存じています。そのお部屋を決めたのは、私です。どうかじっと待っていてください。もし私の姿を見ても、決してお声を出さないように』

ユリの方から、私の部屋に逢いに来てくれることになっているのだ。

私はそれを信じて、じっと待つことにして部屋の灯を消して、早々と寝台に入った。きっと逢えることを信じる一方、彼女が、こんなことのために、危険を冒さないようにという思いで心配でならなかった。

私の部屋の扉の前には、何人かの兵士が、交替で不寝番に立っている気配がする。私を守るためでもあるが、また行動を監視するためでもあったろう。しかしユリはなかなか来ない。むなしく時間がたった。夜が更けて行く。監視の兵たちのお互いのおしゃべりもやんだ。どうやら最後の一人も扉にもたれかかって、中からあかないようにして、眠りこんでしまったようであった。

どこからか軽い音がした。何か叩いている。

はっと目をさまして、回りをのぞいてみた。

庭に面した方にある紙張り窓が、軽く指先で叩かれていた。私はそっとあけてみた。窓の外へ首を出すと、一人の小柄な兵士が、指先をのばして、紙の窓を叩いていたのだ。兵士が私の方へ顔をあおむけた。夜目にもくっきりした白い顔で、私はすぐそれがユリと判った。もう十年近く会ってない。少女から女に代る、一番変化の激しい期間であったため、全く面変りしていたが、それでも、その白い顔からは幼ないときの特徴がよく読みとれた。

彼女は両手をさしのべた。庭はしーんとして、全く人影がなかった。私はその両手を把(つか)み、ひきずりあげるようにして窓の中に入れた。見つかったら、当然あの猛将のことだから、怒り狂って、首を刎ねるぐらいのことはするだろう。私の生命だって、どうなるか分りはしない。恐怖に胸が高鳴った。

しかし、ユリは敢(あえ)てこうして忍びこんできた。私も只怖れていてはいけないのだと自らを励ました。この日、このときのために、私は長い苦しい道のりを越えて、この砂漠の奥の町までやって来たのだから。ユリをまず部屋の中へ完全に入れてしまってから、二人はしっかり抱きあった。

「会いたかったわ」

「それは私も同じだ」

彼女はなめらかな英語でいった。私たちは、外の衛兵に気づかれてはいけないので、ベッドにもぐりこみ、布団を頭にかけて、お互いの耳に口をつけるようにして、話しあうことにした。

これまですごしてきた日々のことなどを話し合ったのだが、それと同時に、お互いの体から着ている物をすばやく脱がし合い、もうおとなどうしの男女として、体を重ねあった。

突然、私たちは火のように体が燃えた。これこそが、今までずっと、二人が求め合っていたことだと分った。このために、私たちは生きてきたのだと思った。

彼女はその最中に耳に口をよせていった。

「私、生きていてよかったわ。むりして、がまんして、生き抜いてきて」

二人は一つの焔（ほのお）の玉となって、お互いに焼けつくしていく。しばらくして二人とも、体中に汗を吹き出させ荒い息で裸の体を並べて横たえた。

かなりの長い間お互いの胸は荒くはずんでいた。

どんなに燃え合い愛しあっても、小さい声でも洩らしてはならないので余計苦しかった。

一つの神聖な動作が終ってしまってからも、二人の話は、いつまでも尽きなかった。ユリは自分の手首に巻きつけたままの小さな腕時計を見て、もう時間と知ったらしい。

「お別れの時間だわ。いくら何でも、ちゃんとした人の妻が、何時間も深夜、勝手に出歩くわけにはいかないのです」

少し悲しそうな目をし、最後のキスをすると、やはり寝床の中でそっと衣服をつけだした。

小さな声でいった。

「私たちもうこれで、二度と会うことはないと思います」

「どうしてそんな悲しいことをいうのです。私は、あなたを連れてアメリカへ戻りたい。そのために来たのです。一緒にここを脱け出しませんか」

彼女ははっきりと首を振っていった。

「そんな冒険物語のようなことが実際にできるはずはありません。一歩砂漠へ出れば、すべて東干騎兵の世界です。五分もたたないうちに二人とも殺されるでしょう。身をかくす物は何一つない世界です。たった一度だけでも、私たちはこうして逢えただけ、大変幸せだと思わなくてはなりませぬ。私が夫に許された時間がすぎました」

「えっ……」

妙な言葉に驚いて私は問い返した。

「このことは、将軍は御存知なのですか」

「あなたが山を降りて、この砂と石の西域アジアの領土に入ったときから、あなたの目的や、私との関係は理解しているようでした。東干も情報網は細かくはりめぐらしているのです」

あまりのことに、私は声も出ない思いであった。

「それであなたを、どうして」

「将軍がいつも大事にするのは自分の誇りです。もともと東干の民は、女を品物以上には考えていません。自分の所有物だから、その所有欲の一つとして、妻や妾(めかけ)の貞操をきびしく要求します。しかし自分の利益のためには、それを商品や、支払いの代りとしてあっさり提供します。将軍には私から申出ました。あのアメリカのお使いに何かお礼をするのには、私しかいないと。将軍も随分考えていましたが、他に愛人もいることだし、こういう支配者どうしの、一つの礼式としての、女の貸し借りもまた過去になかったわけではないのです。それで、一時間以内に戻ってくること、これをただ一回だけのことにすること、決してこのことを部下や侍女たちには、悟られないようにすること、そういう三つの条件で、私にこの訪問を許してくれたのです。それでなくてはどうして私がここに来られましょう」

私はこのことで今自分の受けた幸福を忘れて、むしろ怒りにかられさえした。

「それは少しひどい。女を品物としてしか、考えていないやり方だ」

「いえ、それは違います。マーシロンには、私に対してのとても大きい愛と包容力があるのです。私が自らこのことを求めたとき、少し淋(さび)しそうな顔をしましたが、すぐに許してくれました。文明の世界から、別に愛していたわけでもない人の所に嫁いできた、私の悲しみを知っているからです。そして私があなたに本当に逢いたがっているという私の心の秘密も温かく理解できる人でもあるのです」

砂漠の猛将の意外な一面を見せられた思いであった。

「ここでは考えや、頭の中の企画より、実際の行動が優先します。それが酷烈な砂漠に生きる人々のやり方です。本当におまえはあの男に逢いたいのか。抱かれてお出で。他の人に見つからず、私の名誉に傷がつかないようにな。ただし一時間だけだぞ。その間、他のことを考えて待っているからな。これで彼の大きい贈物に対してのお礼もすむことになるし……将軍の気持を口で現わして言えば大体こんなことです」

また窓辺に彼女は立った。そっとのりこえる。その両手を持って庭に下してやる。窓から首をのり出して唇を合せた。最後にユリはいった。

「あの人には子供の種子はありません。戦争で射たれて無くしたんです。もし二人の間に子供ができたらこのことを知る人は、夫以外には居ないのですから、私はどうしても生むつもりです。でも今日のことは本当は、あってはいけないことです。二度とお互いに思い出さないようにしましょう。これが夫の好意にむくいる道です。私は今は、マー将軍を愛しております」

そういうと暗い花園の中を兵士姿のユリは足早に去って行ってしまった。夢は消えてしまった。

私はしばらく呆然としていた。これが東洋的な解決法というのか。いくら我々がもがいても、まるで掌の上で踊らされているようだ。私の頭では、全く理解できない。将軍のとった自分の妻への愛情のあらわし方は、ひどく古風のようであって、また、びっくりするほど近代的なものにも思えた。

ベッドに入って、再び仰向けになっても、もうなかなか寝つくことはできなかった。今ここにあった、あの弾力のある肉体が、なまじ、ひととき、自分の腕の中でとけこむようにして抱かれてその情感や温もりが残っているだけに、もう二度と自分のところに戻ってこない淋しさが一層強く激しくなった。

私は声を押え一人でしばらく泣いていた。

明け方少しまどろんだろうか。

扉が叩かれた。

はっと目をさましたが、あたりはまだ暗かった。あわてて、枕もとに外して置いてあった懐中時計を見た。四時より十分ぐらい前だった。裸で、扉の所に歩いて行き、中からあけた。少年兵が緊張して立っていた。

私は、

「どうしたんです。こんな時間に」

一応そう聞きながらも、一方では胸が早鐘のように鳴った。普通、罪人の処刑は、日の出前に行われる。妻に頼まれて、仕方なく一時間の逢瀬を黙認はしたものの、考え直してみると急にそれが許せなくなって、私も、ユリも殺したくなったのではなかろうか。

そんな悪い想像が浮んできた。

少年兵は相変らず緊張して、直立不動の姿勢をとったままいった。

「将軍がお呼びです。朝食後、そのまま外出しますので、普通の旅行用の服装でお出でくださいとのことです」

そこに何か裏の意味があるのかは、まだはっきりしない。いずれにしても、一日しか着ない背広をしまい、持ってきた荷物の中からこれまで着てきた、兵服を改造した旅行着に着換えた。もしこのまま処刑されるなら、それでもいいと思った。ともかく昨日とは違う。幼いときから、私の妻だと決めていた娘を、たった一度でも抱くことができたのだから。

もっとも、一方では、決して将軍が、私を死刑にはしないだろうという、妙な安心のようなものもあった。あの膨大な量の銃器が無償で手に入る現実の利益から考えれば、私の生命など引き換えにするのは勿体(もったい)ない。そんな損の出るようなことを、この酷烈な環境で生きる砂漠の民がするはずはないのだ。そして私もその武器で将軍がこのあたりを統一して、戦乱を無くし、旅人が自由に西域地区を歩けるようにしてもらわなくては、本当は困るのだった。もっと別なことをしたいのだ。

昨夜以来、宿屋へおいてきたまま会うことのなかった二人の従者は、もうそこに呼び寄せられて待っていた。彼らもこんな早くに呼び出された理由がまるで分らず、奇妙な表情で立っていた。私は彼らを見てほっとした。

二人とも私の今の旅にとっては無くてはならない忠実な従者であった。もしこの土地に平和が来たら、二人を連れてこれから、天山、コンロン、パミールの高い山々を歩き回る予定が私にはあった。私がこの旅に出ることが決まると、大学の主任教授から何年かかってもいいから、ぜひある鉱物を見つけ出すように頼まれていた。そのためには将軍が圧倒的な強者になって西域アジア全域の平和を保証してもらいたいのだ。

廊下についている、紙張りの扉からすかして見える、外の光景は真っ暗であった。

私たち三人は、かなり大きい部屋の前まできた。二人の従者はその手前の、控えの衛兵の居た部屋に入れられた。

ちらと見ると、そこには兵士用の食卓が用意されていた。

私が入った部屋にも、丸い大きいテーブルがあり、マー将軍以下、このホータン司令部の幹部将校たちが並んで坐っていた。

テーブルの正面には、マーシロン司令が坐り、左右には三人ずつの、幹部が坐っていた。しかしすぐ右に一人、小柄な将校が坐っているのを知って、私の胸は急に妖(あや)しくときめき出した。昨夜、その裸身を私の腕でしっかり抱きしめ、その愛をむさぼりつくした相手が、東干の軍服姿も凜々(りり)しく坐っているのだった。

ユリは私を見ても、一つも表情を動かさなかった。却って、昨夜のことがなかったら、お互いの初めての顔合せになる。彼女の態度にきっと何か変った点が現われ、それが他の東干の将校たちの目に映ってしまったかもしれない。とすれば、人々の間に何の疑念も起させないようにするためにも、昨夜のことは有効なことだったかもしれない。テーブルに喰物や飲物が運ばれてきた。肉類が多い贅沢なものだった。

将軍は私に、笑いながら話しかけた。

「これが我が軍の朝食でしてね。出動する日の恒例です。何しろ戦争は大体、明け方が多い。とすると、強い兵隊は、それ以前にたっぷりした食事をすませておく必要があるのです」

将校たちは皆、若く、いずれも元気よくテーブルの料理をどんどん平らげていた。私も今までの心配が杞憂と分って、急に食欲が出てきて、片っぱしから片づけていった。

人々がすっかり喰べ終えたのを見届けて、

「では行こうか」

と声をかけて、将軍は立ち上った。ユリは忠実な副官であった。彼の横にぴったり付添っている。

二人の後に従って、一行は部屋を出た。

何度も門をくぐって、役所の正門まで行くと、既に兵士たちが整列を終えて待っていた。私たちの馬もそこに揃えられていた。

同行の部隊の中には、マーシーリン隊長を中心とするカルガリークの町から来た中隊も交っていた。

中央の一際大きい白馬にマーシロン司令はまたがった。東千軍では司令は伝統的に白馬に乗ることになっている。

私も馬に乗った。私たちの荷を乗せた牛車も将軍が提供してくれた人夫つきでちゃんと、そこにあった。つまりこれは、もう用は終ったから、そのまままた旅に出なさいということだ。馬に乗る前に、東干の将校が、私と二人の従者の胸に、赤い三角の布をピンで止めてくれた。馬上から将軍がいった。

「今後、この私の支配下にある国をあなた方が通るときは、いつでもその布が通行許可証になります。最大級の保護をあたえられましょう。食事も宿泊も、日用品の調達にも一切の金銭の支払は不要です」

将軍の横には、小柄なユリが乗った馬が並んでいる。影の形に添うようであった。白馬の司令を囲み皆が一斉に城門に向って動き出す。

暁方の秘やかな出陣の姿であった。

私は特に将軍に言われて、彼と馬首を並べた。将軍はいった。

「あなたロシヤ語の手紙読めますか」

これは少し危険な質問であった。彼ら東干人が、どれほど、ソ連や、ソ連人を嫌っているか。だからロシヤ語をうっかりしゃべったため、殺された男の話は、このあたりには、いくらでもある。ロシヤ側の放ったスパイと間違われるからである。

しかし正直に答えた。

「私は大学時代、学校で少し習いました。その程度のものなら何とか読めますが」

すると彼は軍服のポケットから、一枚の紙を出した。

「面白いものを見せてあげますよ」

私は受けとって見た。たしかにロシヤ語であった。

『汝(なんじ)は生死の如何(いかん)にかかわらず、兇賊(きょうぞく)・マーシロンを捕獲し、その首を速やかに、モスクワに届けるべし』

クレムリンの軍管区の公印の入った命令書であった。

「意味は分りますが、これは何ですか」

そう言って、紙を返した。

「十日前に、約二個大隊のカザック騎兵が、ホータンに近づいてきて攻めこもうとしたのです。それを予め察知して近くの盆地におびきよせてから大軍ですっかり包囲して、もう身動きできないようにしておいてあるのです。先だって留守したのは、その軍事行動だったのです」

マーシーリン隊長が言ったような花嫁のための河原の宝石探しというのんびりしたものではなかったのだ。

「この数日完全に身動きできないように彼らを囲んでおいてありますので、食糧も水も尽きて、今、彼らはかなり参っています。これからゆっくり四方から攻めこんで、まあ、好きなように殺しまくるというわけで楽しい戦争が始まります」

彼は大声で笑った。遠く地平の向うに、青色の軍服の一団が既に先発しているのが見えた。

「ただし、先日、向うの軍使にやってきた将校に、隊長自ら相談に出てくれば、全員の生命を助けてやるといっておいたのです」

そこで小声になり、

「もともとそんな気など最初からありゃしませんがね」

といってからまた、もとの声になった。

「到底その包囲から逃げられず、そのままでは全滅と知ったカザックの隊長が、自ら降服条件をたしかめに出て来たのです。その彼の身体検査をしたら、内ポケットから、この書状が出て来たのです」

城門を出てかなり行った、街道の交叉点（こうさてん）の真中に十人ほどの青服の兵士に囲まれて白い服の大柄なカザックの隊長が後ろ手に縛られて引き据えられていた。顎から頬にかけて見事な赤髯だった。

やっとあたりが明るくなりかけてきた。

身動きができないように縛られてひざまずかされていた隊長は、私たちの一行が近づいてくるのを見ると、蛇のように光る目で見据えながら大声で叫んだ。

それは私には全然判らない言葉であった。マーシロンは私に笑いながらいった。

「『早く斬れ！』といってます。その上『もう三年もしないうちに、おまえはこの土地を追われ、砂漠の中で逃げ回りながら野垂れ死にするだろう』ともいってます。まあ、脅しにしても部下にはあまり聞かせたくない言葉です」

囚人の二十メートルほど前で白馬を止めると将軍は単身下りた。部下の一人が、将軍の手に、鞘から抜いた青竜刀という幅の広い刀を差し出した。やっと太陽が出たときで、陽に当って光った。将軍は囚人の真前に立った。

カザックの隊長はまた大声で罵った。マー将軍は短い気合を掛けて刀を振りかぶり同時に横にないだ。赤い髯の顔だけが空中二メートルぐらい飛び上った。同時に軍服の肩が後ろにひかれて全身がのけぞり体が仰向けに倒れたので血が真後ろに消防の筒先のように飛んだ。黄色い砂にしみこんでいく。馬を下りてそばへ行ってみた。

一旦高く上った首は、片手をのばした将軍が、ひょいと耳を把んで受け止めた。

人々がどっと声を上げた。

「これから奴らの全員を殺すが、この間捕虜にした将校の中の一人だけ生命を助けてこの首を油紙に包んで、私の首の代りにモスクワへ届けるようにいいなさい。この書状を添えて」

そういうと、さっきのロシヤ語の書面と共に、若い将校の一人に手渡した。

若い将校は斬った首を受取り、さっき出てきた城門の方へ駆け戻って行った。私はこの残酷な光景が気になり、ユリの方を見た。しかしユリは少し青ざめた顔でいるきりで、別に表情を動かしてはいなかった。

将軍はいった。

「私たちは、これからまっすぐ戦場です。しかし貴君にとって、そこは面白いところでも何でもありません。けがでもしたら大変です。この道を右に行くと、やがてカシュガル城へ着きます。大守とは、いまうまくいっていますから、そこで一月か二月遊んでから、インドへお戻りになっても、九月の武器引渡しに充分間に合うと思います。どうかいい旅をお続けください。その牛車引きの人夫の二人はずっと貸しますから、お使いになってください」

私はその好意を感謝した。古くからの回教徒の町、カシュガルにはぜひ行って見たかった。

「それでは将軍のおおせに従い、私たちはこれから旅を続けます。今年の九月には、ギルギットでまたお逢いしましょう」

そのときマーシロン将軍は私に対して奇妙なことをいった。

「貴君の従者のアブドラ君をこちらへよこしてください。ちょっとお話したいのです」

私はなぜ将軍がアブドラのことなぞ知っているのかと甚だ不思議であった。

私がアブドラを呼ぶと、ずっと後ろの列にいた彼は馬を下りて駆け出してきた。

「将軍がお呼びだ」

アブドラは、恐怖に顔をひきつらせながら将軍の前に出た。将軍はアブドラを見ると、そばへ呼びよせ、親しそうに抱きしめた。

そしてその頬を、ぴしゃぴしゃ、掌で叩きながら、大声で笑った。

おかしくて、おかしくて堪らないように何度ものけぞって笑った。

それから副司令のユリの方を指さした。ユリは本当に驚いたような顔でアブドラをじっと見つめていた。アブドラは頭をかきかきユリに向って小声で何かもごもごと口の中で答えていた。

それからやっと解放された。

私たちは、イヴンと、アブドラと、二台の牛車をひく新しい人夫とで遠くカシュガルに向って、相変らず埃りっぽい黄色い街道を歩き出した。将軍は全員をひきいて、喚声を上げながら、目の前に包囲してあるカザック隊皆殺しの戦場へ疾駆して行った。

その2

由利(ゆり)・カマル夫人が、一九四七年（昭和二十二年）米国国防省極東戦略研究所の依頼で提出した書類。夫人が一九三八年（昭和十三年）にアメリカへ入国するに至った事情が主に誌(しる)されている。

（原文英文）

報告書

由利・カマル

アメリカ国民として、合衆国国旗と、大統領閣下に対して、忠誠を誓った身として、お求めによりこの報告書を、国防省に提出致します。

内容については、多少の記憶違いや誤りは生じるかもしれませんが、私個人で事実を歪め（ゆが）たり、虚偽の報告をしたりすることは絶対ありません。

私は現在、マサチューセッツ州立工科大学内にある研究室に勤務する主人と、大学の近辺の住宅に住む、平凡で幸せな主婦であります。

主人はこの長い戦争の間も大学で『特殊兵器』の研究陣の一員として働いていましたので、戦時中は軍関係の御配慮もあり、生活その他に何の不自由も感じたことはありませんし、私がもと日本人だということが、夫の仕事に、問題となったこともまたありません。（特殊兵

器とは原爆を意味する……GⅡ註）

私は一九三八年（昭和十三年……GⅡ註）二十四歳の年には既にアメリカに入国し忠誠登録をすませました。夫はまた合衆国の勝利のため大変な功績のあった仕事をしていたので、そのころから国防省では特別な功労年金を支給されていました。私は夫の真剣な助言のせいで、何の査問の対象にも考えられていませんでした。

もっとも夫の研究については何も知らず、全く関心もなかった只の、台所や洗濯、庭掃除にだけ興味ある主婦にすぎませんでした。

太平洋戦争が始まったのは、アメリカへ来て三年目、終った年にはもう三十一歳になっていました。

現在は三十三歳であります。

だからほぼ十年以上前のことを、これから思い出しながら、こうして書き綴るわけであります。

＊

一九三四年（昭和九年……GⅡ註）の秋の九月、そのときの私の以前の主人は、アメリカ政府の好意により、大量の武器を手に入れました。しかもそれは無償でしたので、主人の率いる軍はみる間に、そのあたり一帯を平定し、長いこと戦乱に明け暮れした広大な地域を誰(だれ)でも旅行ができるぐらいの平和な土地にしました。

そのときの私の主人の名は、馬希戎(マーシロン)将軍と申します。東干(トンガン)という、漢民族でありながら回教を信仰する特殊な民族集団です。先祖以来、固有の領土を持たず、騎馬の集団で剽掠(ひょうりゃく)してはその領土を支配してきた、移動戦闘民族でもありました。

私は日本からその民族の統領のもとに、軍の戦略の一つとして送りこまれた花嫁でした。本来は違う将軍のもとに嫁ぐことになっていたのですが、この辺のことは、あまり大事なことでもありませんから省略します。

私がまだ十九歳で、父の仕事を手伝っていたとき、突然、日本の軍部の命令で、東干の花嫁になると決ったのは、一九三三年（昭和八年……GⅡ註）ですが、そのころは、日本は満洲での自ら起した争乱を大兵力を投入して解決し、満洲の国土に、傀儡(かいらい)政権の満洲帝国を作り上げようとしている直前でした。

そして同時に、アジア随一の大国中国に全面戦争を仕かけようとして、準備をしていたときで、戦争になったら私が東干の統領に嫁ぐことにより、背後の広大な地域から、国民党を脅やかして、少しでも中国の軍事力を減殺させようという計画だったようです。実はこの日本軍部の計画は結果としてあまり成功しませんでした。

少しそのいきさつについて記します。

＊

一九三四年から一九三七年までの間は、タクラマカン砂漠の周辺の都市における、馬希戎将軍の威勢は大変なものでした。

何しろアメリカ軍から無償でもらった武器が、その力を発揮して向う所敵なしでした。私はその殆どの戦いに主人と共に従軍しました。これは私が戦争が好きなわけでなく、私を限りなく愛してくれていた馬希戎将軍は、ひとときでも、私をそばから手離すのをいやがったのです。私はきびしい戦陣の疲れを慰める愛玩物であり同時に駄々子坊やでもある将軍の母代りのお守り役として、いつもついていたわけです。ただ一回だけ一九三五年の初めに、約二カ月近く従軍を休みました。私の体が一時的にそれに耐えない状況になったからです。

主人もそのときは戦場に出ませんで、私の体の回復を待っていました。

二月の半ば、私は出産しました。

元気な男の子だったそうです。でも私はその子を一目も見ていません。

生れるとすぐ、産婆の手によって、主人のところに連れて行かれた子は、そのまま、用意された乳母の手に渡されて以後全くどこへ行ったのか分らないのです。どこかへ預けられたのです。

一つにはそれが強い東干の子を育てる昔からのしきたりだとききましたが、主人が生れた子を私に見せたくない事情が他にもあったのだろうと思います。それがどんな事情かは、子供のその後の生死も分らぬ現在の状況では、書いても仕方がないことなので、省略します。見当はついていますがのべません。

将軍としては、まあ、子供の世話で、いつも戦陣にいる彼の身辺から私が離れてしまうのを嫌ったのでしょう。体が回復するとすぐ、張ってにじみ出る乳を厚い布で押えて、また軍服で戦野を疾駆する日が続きました。しかしそれは圧倒的な力の誇示で、夫婦で、タクラマカン砂漠の周辺の戦場を駆け巡っているといっても手向う者も殆どない戦いでした。そのうちに何年かすぎました。

一九三七年（昭和十二年……GⅡ註）の秋にかかるころ、この西域アジアの奥地にも、大きなニュースが伝わってきました。

日本がとうとう、中国と全面的な大戦争を始めたというニュースでした。北京(ペキン)から南京(ナンキン)まで日本軍は一気に進撃し、国民党軍は、連戦連敗、どんどん奥地へ逃げているということでした。ホータンの豪華な宮殿の中の司令の部屋に毎日矢のように届けられる情報は、私も主人も共に昂奮(こうふん)させました。

私は私で、結婚以来四年目で、やっと私がこの異郷の土地へ来た最初の目的が達せられそうになったからです。中国と日本との間に戦乱が起ったら、背後で国民党軍を脅やかすという大目的です。

一方主人もこれは一挙に自分の勢力をのばす好機と見たようです。

ホータンからカシュガルと、タクラマカンの西側の重要都市は、今、しっかり押えていても、甘粛省の嘉峪関から、哈密（ハミ）、烏魯木斉（ウルムチ）に至る、天山の北や南の地方は、蔣介石（しょうかいせき）政府派遣の国民党軍の一翼をになっている、盛世才新疆（しんきょう）省督弁の軍にまだ押えられたまま主人の手に回復できていなかったからです。

そしてこの広大な西域地区の覇者になるには、やはり天山の周辺を完全に統治する必要があります。

そのニュースを聞いているうちに将軍の胸の血は、激しく煮えたぎってきました。

「このホータン市は、しばらく馬祈令（シーリン）に任せよう。そして、もう一度天山に戻ろう。天山を征し、烏魯木斉を支配しなくては、真のシルクロードの覇者とはいえない」

一九三七年の十月も終るころ、長征のための一切の準備を整え、ホータン市の警備は、留守隊長を命ぜられた、片方の尻（しり）の肉がカザックに斬（き）られてない猛将、馬祈令少将に任せて、私たちは出征しました。

それは久しぶりの大軍団の出動です。そして私が日本から嫁ぐときに、日本の軍部から授けられた使命を初めて果すことにもなるのでした。

その軍の勢いはすさまじいものでした。

怒濤(どとう)の如(ごと)きというのはまさにこのことでしょう。

カシュガルの城で、白衣の回教軍もその傘下に加え、一路、烏魯木斉に向って、タクラマカン砂漠の西側の荒野を走り続けました。

御存知(ごぞんじ)のように、阿克蘇(アクス)、庫車(クチャ)、托克遜(タクスン)と広い地帯に、幾つかのオアシス都市が並んでいます。

それらの都市は、思いもかけない大軍の馬蹄(ばてい)にじゅうりんされて、荒しつくされました。家は焼かれ、女子供は逃げまどい、男たちは見つかりしだい殺されました。これも、烏魯木斉市に、じっと鳴りをひそめている、盛世才の国民党軍を、彼らの不馴(ふな)れの砂漠の戦いにおびき出すためでした。

しかし国民党軍は途中いかに、我が軍が暴虐の限りを尽くそうと、ついに出て来ませんでした。

それで私たちの軍は砂漠の最後の町庫爾拉(コルラ)という、小集落の攻撃を終えると、そこから天山の山脈へ入り、五千メートルの峠を越えて、一挙に烏魯木斉(ウルムチ)の本拠をつくことにしました。

軍はこれまでの砂の道から細い険しい山脈の間の登り道に入りました。

実は、そこは私にとっては始めての道ではありませんでした。かつて、その時の主人の馬希戎(シロン)将軍が護送隊長で、私が別な将軍の所に嫁ぐため、大事な荷物として、保護されながらそこへ着いたのです。しかし結局はその話が不調になり、送り返されるときまった次の夕方、山間の小川で炊事の仕度をしていた私は、この護送隊長に背後から抱きすくめられて、天幕の中に連れこまれ、彼の妻となることを誓わせられたのです。

　そのときは、私には他に道は何も残されていませんでした。それであることを条件にそれを承知しました。

　今はホータン司令になって残っている、そのころは護送隊の下士官、馬祈令（シーリン）曹長に、私が日本から連れてきた兵卒を殺させることとでした。どうせ死ぬしか道の残されていないその兵卒にとってはそれが最も苦しみの少い方法だと思ったからです。願いが馬希戎によって聞き届けられたので、私たちは改めて、近くの谷川で、回教の結婚儀式にとって、最も大切な、五つの大浄（ダズル）をお互いに行い、正式にその夜結ばれたのです。

　庫爾拉から山道へ入った私たちの軍は四年ぶりにその谷間の小さな狭間（はざま）を通りました。将軍にも深い感慨のあった土地なのでしょう。その日の宿営はそこですることになりました。

　もう冬でした。このあたりの道は、どこも雪一色で凍りついていました。

　私たちは、焚火（たきび）を囲み、食事をし、三日後には天山を越えて、西域第一の大都、烏魯木斉へ突入するときのことを声高く語り合いました。兵士にとってはホータンや、カシュガルでは見つけることのできない、漢人の白い肌の女への、期待が高まってきます。「町を征服したら、洗いざらい金庫の金や、宝石を奪う。それから、美しい女をみつけて、自分の物にする。泣き叫ぶ女を押えつけて、何人もの腹の上を君臨する。兵士にとってこれ以上の喜びはあろうか」……とこれは八百年の昔、この砂漠の覇者であった、ジンギス汗の残した言葉です。

私たち二人は、食事を早めに切り上げて、天幕に入りました。天山は静まり返っています。外は寒かったのですが、フェルトで作ったこの天幕の中は、とても温かでした。二人とも全裸になって抱き合いました。

「もう四年だね。私たちが最初にここで結ばれた日から」

私は彼のたくましい体に裸身を委ね、とても幸せでした。夫は言いました。

「私はいつかここに小さな山小屋を建てたい。烏魯木斉の大守になったら、それが可能だろう。忙しい統治の仕事の間に、何日か休みをとって、しばらくここで二人だけになり瞑想にふけり、体に力を蓄える。人間少し年を取ってきたら、時には休養することも大切だろうからね。あんたと二人だけで、政治も戦争も忘れて、ひっそりと暮したいもんだな。そしてここで抱き合ったまま、二人一緒に静かに世を終りたい。もっとも二十年か三十年先の話だけどね」

東干の猛将がそんなことを考えるのは、少し不思議に思いましたが、そのときは彼の毛深い体に、裸身をこすりつけながら、私は幸せで一杯でした。日だまりの猫のように、甘えていました。四年振りの再訪の土地での平和で幸福な夜は更けて行きました。

翌朝、私は早目に起きて、身を切るような小川の水に全身をひたしてから、また兵服に厳重に身仕度をしました。今日と明日の二日で天山は越えられるはずです。

中国の詩にあります。

『天山は高く、冬夏共に雪を戴く
故に白い山と名付く
匈奴はこれを天山という
ここを過ぎるに、皆、馬を下りて
頭を垂れる』

馬を下りて頭を垂れるのは山に対する畏れでなくて現実に山が高く気圧が低いので、苦しくて顔を上げては歩けないからです。私たちは五千人を越す軍をこの谷間に野営させています。しかし多くは、新規徴募兵で、その大部分は、砂漠の平地の兵です。これから高い峠を元気に越えられるかどうか、少し心配になりました。

炊事係は早くも、平たい饢頭パンと、乾し肉を兵に分配していました。それは途中はもう休息も、野営もせず一気に峠を越えてしまうということでもあります。山の怖しさを知らぬ兵は、平気で楽しそうに語り合っていました。

博格多山山頂が、他の峯より高く白く一つ抜きん出て、きれいに見えていました。

私たち幹部は、谷間の一画で、円陣を組んで、羊肉のスープや、燕麦の粥で、いつものように朝食を始めました。

その中の一人で、歴戦の勇士である、四十をすぎた将校が、ふっと眉をくもらせ、耳に手をあてました。皆におしゃべりをやめるよう、手で合図しました。

その人の耳には、私たちは聴音機と仇名をつけていました。それほど遠くのかすかな音でもいつもす早く聞きつけるのでした。

「どうした」

馬希戎将軍は心配そうに聞きました。その将校は立ち上って緊張した顔でいいました。

「全員に、森や石の間に隠れるように命じてください。すぐ空に飛行機がやって来ます」

大多数の兵は飛行機など、見たことも聞いたこともないのでしたが、この将校や、私の主人は、前の敗戦で、その威力についてはよく知っています。なぜ同じ失敗をくり返してしまったのか。迂闊でした。

将軍の顔色が変りました。これまで勝ち誇って進軍してきたので、その襲来については予想もしていなかったのです。

勿論、烏魯木斉の国民党軍には、まだ一台の飛行機もありません。盛世才督弁は、また何かの条件を提出して、ソヴィエート軍に出動を要請したのです。まだこの上、土地を割譲するなんて、まともな人間なら考えるはずがありませんが、盛世才のことです。恐らくかなりの土地をまたソ連軍に割譲したのに違いありません。

　兵士たちはどんな事態が起るか分らず、やたらどなり散らす将校の下で、ただわけもなく右往左往していました。

　最初の飛行機が来てから一時間、まるでこの世の生地獄のような状景が展開しました。やって来たのは、正確には分りませんが、三十機以上でした。赤い翼の中にくっきりと、利鎌（とがま）と星のマークが描かれていました。

　爆弾は狭い谷間の形が変るほどに落されて爆発しました。森は火を吹いて燃え上り、谷間の岩は見る間に砕け散りました。

　でも一番哀れで悲惨であったのは、逃げ惑う兵士たちでした。飛行機は、谷間の細い道を並んで、何度も行ったり来たりしながら、その兵士たちの無防備の背中を、正確に射（う）ち抜いて行きます。将軍の顔はこの分りきった誤りを悟って悲しみと怒りに、真赤でした。まともな神経だったらこんな目に会わなくてすんだのです。長い間の勝利に心がおごっていたのです。

　それにしてもこれは全く殺戮（さつりく）のための、殺戮でした。もっともこれは東干騎兵も、都市や敵軍を包囲したときによく行う、娯楽に似た血が騒ぐ行動で、空からの敵ばかり批難するわけには行きませんが、こんな怖しい徹底的な殺し合いは、これまで見たことはありませんでした。

しかもそれに対して、私たちの軍は何一つ抵抗できないのです。一時間ですべてが終りました。部下の殆どと、馬匹、牛車、物資、弾薬、食糧の大部分を失ってしまいました。

＊

私たちは今ではほんの二百人の小部隊でした。これでは砂漠の町の周辺は危くて近よれません。逆にやられてしまいます。僅(わず)かな食糧を喰いのばしながら、夜も昼も必死に馬を走らせて、根拠地のホータンへ駆け戻りました。

敗残の兵は、みじめです。ともすれば気持が挫(くじ)け勝ちになるのを馬希戎(シロン)将軍の不屈の勇気と、ホータンまで戻れば、そこには三千人の味方と豊かな物資があり、すぐに軍が再編できるという希望があったので、何日もの苦しい砂漠の旅が続けられたのです。あまりに苦しくひどい旅だったので、胸が痛くなりますので、これ以上詳しく書くのは省略します。

＊

十二月にもう入っていました。ヒマラヤから吹き下してくる風も冷たく、一年の中では一番寒いころになっていました。徹夜、徹夜で砂漠を走り続けていた私たちの目の前にやっと、懐しいホータンの城門が見えてきました。

既に急使伝令を、先に出しておりますので、ここらあたりまで来れば、私たちを迎えるための軍楽隊のラッパの音が、風にのって聞こえてくるはずでありました。いぶかりながら近づくと城門の前には軍楽隊も居ないのが分りました。もっと近づくと、只の一人も待って居ないのです。城門はぴったりしめられたままでした。

ようやく城門の前の広場に着きました。あたりはしーんとして静まり返っています。ともかく、生命からがら、やっとここまで辿り着いた生き残りの兵士と馬はもう疲労困憊しており今にも地面に膝をついてしまいそうでした。

それでも先頭の馬希戎将軍は、城門に向って大声で叫びました。

「おい、どうしたんだ。司令のお帰りだぞ」

ところがその声に向って、見えない所から何発も弾丸が飛んできて、回りの地面に、砂埃りをたてました。これは想像もしていなかった返答でした。ただわざと狙いを外して射っていることも分ります。それでなければ、白馬にまたがって先頭にいる将軍を、一発で狙い討ちにするぐらい、わけのないことだったのです。

「おいあけろ。私は司令の馬希戎だ」

次の瞬間、城門のあちこちの角に機関銃の銃口が姿を出し、引金を握った兵の姿が見えました。別に敵兵ではありません。明かに青い軍服の味方の東干の騎兵です。

「馬祈令（シーリン）、何を血迷っているのだ」

将軍がそう叫んだとき、今は少将になっている、留守隊隊長の馬祈令が、跛行の体を城門の一番高い所に現わしました。彼の回りには、最近アメリカから入った携帯短機関銃（マシンガン）を持った兵士が立ち、将軍に銃を向けていました。上から、跛行の隊長がどなりました。

「私が今、この城の主だ」

「何だって」

将軍は信じられないような思いで声をかけました。

「……それは正気か」

「ああ、正気だ。新しい司令として私は遠征軍の全員の武装解除を要求する。皆、馬を捨て帯剣をとき、銃をおきなさい。それが済んだ者だけ入ることを許す。中には、おまえたちの女や妻や子が待っている。そして温（あたたか）い茶、柔らかい焼きたてのパンが用意してある」

「たわけたことをいうな。取消すなら今のうちだぞ。馬祈令」

「これは冗談ではない」

短機関銃の弾丸が、将軍の馬の足の回りの砂を削って、煙をたてました。

「今から二分以内に武装解除しないと、全員城の上から狙い討ちにする」

遠征軍にも機関銃はありましたが、分解して馬の背に積まれて、すぐには使えません。将軍はピストルをひき抜こうとしましたが、銃口が何本か正確に、自分の胸に向けられたのを知って、その手をひっこめました。少し城に近づきすぎたのです。

あまりにも迂闊でした。十年以上、共に戦ってきた部下を信じきっていたことが、間違いのもとでした。砂漠の猛将としては、致命的な手ぬかりをしてしまいました。

将軍は事態を正確に悟り、回りの部下にいいました。

「おまえたちはよく戦ってくれた。私としては、今さら何もいうことはない。皆はすぐ武装を解除して、城へ入りなさい」

兵士たちは、それでも恥し気に顔を背けながら、帯剣を外し、銃を砂地におきました。

城門が細目にあけられ、丸腰になった兵が一人ずつ、城の中に入って行きました。

私と将軍と二人だけが、馬上でそれを見送っていました。私にとっては、兵隊の武装解除を見るのはこれで二度目、いつの場合も胸が痛むものです。外に立っているのは、ついに私と将軍二人だけになりました。あたりの五百メートル四方もある、平らな広場には、只、もう持ち手のいない武器が点々と転がっているだけです。

寒風が誰もいなくなった広場の上をびゅーっと音をたてて、吹きすぎて行きます。

今では馬希戎(シロン)将軍も、馬祈令(シーリン)隊長も、お互いに、下と上とで、じっと睨(にら)み合ったまま一言も発しません。

やがてまた城門があいて、十五、六人の兵を連れた、若い将校が出てきました。

「おまえ、何で出てきたんだ」

かつて側近の小姓係にすぎなかった若い将校に、馬希戎将軍は聞きました。将校は畏(かしこ)まって答えました。

「閣下をお送り申し上げます」

「送るってどこへだ」

「インドとの国境までです」

「なぜわしがインドへ行かなきゃならんのだ」

「閣下にはこの西域アジアの土地から離れていただくことになったのです。国境を越えてくだされば、後はどこへ行こうと自由であります。お二人のピストルと剣はお預りします。縄まではかけません」

「何をいうか」

その無礼な言い分を叱(しか)りつけようとしましたが、また城門の機関銃の銃口が一斉に向けられ、槓杆(こうかん)がひかれる音がしました。

将軍は豪気な方だから、自分だけであったら、ここで不名誉の生より、体中を蜂の巣のようにした壮烈な死を選ばれたでしょうが、でも私が横にいたため、その爆発を思い止まられたのでした。私は先に自分の小さいピストルと細い剣を渡しました。将軍も顔を怒りに歪めながら、ピストルを若い将校に渡し、剣を吊っている帯をときました。

「それでは行きましょう」

一個小隊の兵が、私たち二人の回りを囲み歩き出しました。

そのときもっと口惜しいことが起りました。

まるでそれを待っていたかのように、門が開かれ、去って行く私たちの背中に向って、軍楽隊が一斉に、音楽を奏で始めたのです。東干の勇壮な出発の音楽でした。これ以上私たちを馬鹿にした振舞いは考えられません。

私は結婚して始めて、豪気な将軍の目に涙があふれ出るのを目撃しました。

それは私の胸まで湿らす悲しみでした。

以後、インド、パキスタンの国境の町、ギルギットに着くまでの約一カ月、将軍は只の一言も口をききませんでした。

めまい、吐気、身を切る寒風、そして凍傷への怖れ（おそ）、そんなものに苦しめられながら、私たちの一行が、ギルギットに着いたときは、一九三八年（昭和十三年……GⅡ註）に入っていました。

＊

ギルギットの町へはすぐ入れたわけではありません。

私たち砂漠の国から来た者は、谷間の反対側の町、塔什庫爾干（タシュクルガン）の町で一旦（いったん）止められ、そこで、県庁の役人が、専用電話で向う側に問い合せます。そして向うの許可が出たものだけが、間の深い谷間にかかっている橋を渡って、ギルギットの町へ入って行くのです。許可を出すのはギルギットの長官様（ハンサーヒム）です。

二日ばかり止められて、連絡を取った後、やっと私と将軍だけが、厳寒の中、向うの国へ入ることになりました。

橋まで送ってきた若い将校が、

「ではお元気で」

と別れの挨拶（あいさつ）をしましたが、将軍はじろっと白い目で睨みつけたまま、まだ一言も言いませんでした。

私たち二人は足元のすべるのを必死に注意しながら、やっと向う側に渡りました。そのまま五百メートルばかり谷間の道を登ると、イギリス領事館の配下の兵隊のいる見張所があり、そこから、国境の町ギルギットが拡（ひろ）がっています。

そこで私たちは、思いがけない人に会ったのです。私の昔の恋人、アーサー・カマルがここで四年間も待っていたのです。そして彼のそばには、あの例の、二人の召使いもちゃんといたのです。

既に馬希戎（シロン）将軍失脚、追放のニュースは、広く伝わり、カマルは心配して事前に迎えに来ていたのです。若いアブドラは、ちょっと具合の悪そうな顔をしていました。私も将軍も彼の正体を、四年前に見抜いてしまったことを覚えていたからです。

私たちはカマルに案内されて、イギリス領事の下役人だが、この町では一番偉い長官様の事務所兼住宅に行きました。

私はそのとき、本当は人目もはばからずカマルと抱き合いたかったのです。これが夫の得意の絶頂のときでしたらわりと平気に、私はそうしたでしょう。夫だって、黙って笑って見ていてくれたでしょう。私の激しい思いを知って、一夜、彼の寝所へ行くことを許してくれたぐらいの分りのいいところもある夫でしたから。

しかし今は夫の失意のときです。馬希戎将軍には、金も力もありません。今持っているのは私の愛と肉体だけです。

私は夫のことを思って、カマルへの言葉をぐっと飲みこみました。

領事館支所の建物には、町の権力者の混血の長官様と、その妻の四十ぐらいのパキスタンの女性が待っていて、既にそこには、温いごちそうや五年ぶりに飲む、おいしいコーヒーなどが用意されていました。酷寒のカラコルムの氷の壁を越えてきた私たちには、まるで夢のような饗宴（きょうえん）でした。

しかし将軍はまだ何一つ語りませんでした。

おいしい料理を黙々と喰べ、コーヒーを飲みました。声を出すのを忘れたようでした。

それから立ち上りました。

多分お手洗だろうと思いました。扉をあけて出て行きます。気にもしませんでした。

ほんのしばらくして、扉の外で激しい銃声がしました。私たちはびっくりして立ち上り扉の外へ出てみると、そこには胸の所を自分で正確に二発射ち貫いて、私の夫が倒れていました。どこかにピストルをかくしていたのでしょうか。それとも、護送の小隊の兵から盗んだのでしょうか。

それは分りません。

しかし猛将らしい、一言の言葉も残さない見事な最期でした。

私はその死体にとりすがって、いつまでもいつまでも泣いていました。

＊

十日目。夫をギルギットの山の氷を掘ってその下に丁重に葬ってから、この町まで来ている、無蓋のトロッコ汽車に乗って、麓のスリナガルに向いました。カマルの二人の従者はこの町に残るというので、私とカマルだけが出発することにしました。カマルに抱きかかえられるようにして、私はトロッコに乗りました。小さな汽車が、かん高い汽笛の音を上げて、走り出しました。

二人のタタール人の従者、ムハミッド・イヴンとセルディ・アブドラが、いつまでも手を振って見送っていました。

そのアブドラの顔をじっと見ているうち、私は一度はこの人を殺そうとしたことなどが思い出されてきてとても辛くなりました。

アブドラは、何も言いません。カマルに雇われた、召使いの分際をわきまえ……主人との別れを悲しむ役を上手に演じていました。実際見送るアブドラの髯のないつるりとした頰に幾筋も、涙がこぼれているのがよく見えました。

私たちは、その年、一九三八年（昭和十三年……GⅡ註）の三月にはアメリカへ入国しました。

日本へは寄りませんでした。既に私の国籍も無かったし、うっかり戻れば、私は逮捕監禁され、秘(ひそ)かに処刑されることは分っていました。

私はアメリカ入国後、すぐ忠誠登録しカマルと正式に結婚し、それ以来、アメリカ国民としての義務を守り、同時にアメリカ国家の保護のもとに、充分な幸せな生活をして参りました。

父母や兄たちとも、一度も連絡をしておりません。私がとっくに死んでしまって、由利はこの世に居ないと思ってもらっていた方が、お互いのために良いと信じたからです。

以上で私がアメリカへ入国する前、西域アジアに居たときのことと、アメリカ入国に至った事情との説明をすべて述べました。

三章――B

昭和三十五年の秋、衛藤良丸(五十歳)が突然、米国の日本監視機構(GⅡ)に呼び出された時の、状況の続き。

相当長いといっても、別にこれだけの、タイプ刷りの本を読むのに、丸一日はかかるはずはない。しかし夕食に注文した豚カツがでっかくて、うまかった。

一日五千円の日当を貰った上で、こんな贅沢な部屋に寝泊りできるのに、一日でやめる手はないと考えた。

どうせ自宅に帰っても夜のおかずは、秋刀魚に沢庵と判っている。それよりは、ここで、ふだんは滅多に喰べることのできない洋食を三食好き放題に注文して、寝て暮すのは悪くない。

そこでもう一日ねばってみることにした。

ところがぼんやり寝転がっている分には、もともと畳に坐っての居職だから、何日でもわりと平気だが、いざ喰べ始めてみると、洋食の名を知らないのに困った。豚カツにコロッケにオムレツで、四つ目に思いきって、ビフテキを頼むと後が続かなくなった。何かうまそうなのは他に一杯あるとは思うのだが、具体的には見たこともないので、注文することができない。味噌汁も飲みたくなった。

ほうりっ放しにしている選挙のことも、ひどく気になってきた。何事にも無関心な、都営住宅の住人たちは、仕立屋の衛藤さんの御託宣が下りるのを待って、一斉に投票してくれる。そうすれば、春秋の楽しい行事に不自由しない。無料の上、弁当にお土産がつく。

日曜の投票日まで後二日。

あんまりこんなところでゆっくりしていられない。支持者を町内会を通じて住民に内示しなくてはならない。

この間から区役所の連中が、戦後ももう十五年こんな住宅はみっともないから取りこわして、早くコンクリートの団地にしたいといってきている。勿論、住宅の人間は優先的に、団地の中の二軒分をくれるという。しかしよく聞いてみると、とたんに、家賃は十倍だ。それに大体人間、あんな、動物園の檻のような所に住めたもんじゃない。息がつまって死んじまう。

今度は住宅問題に強い方の代議士に支持を決め、恩を売って、何としても、団地化を防ぐ。防げなかったら自分の長屋一棟だけは守りたい。

丸一日おいて翌日の朝は、

「まあ、適当に出してくれ」

と食事のオーダーはお手上げで、ついでに、

「もう読んだから、アメリカの役人を呼んでください」

と頼んでしまった。一週間ぐらいは、たらふく喰ってやろうという当初の志もこれで終った。

朝食が終るころ、すぐ、アメリカ人と、二世風の男が入ってきた。

挨拶(あいさつ)がすみ、コーヒーが出された。二世風の男がいった。

「どうもお手数をかけてすみませんです」

「いや、別に、もともと本を読むのが好きですから、面白く読みました。しかし驚きました。もうあの戦時中に、日本でもこんな本が出ていたとは、ぼくは全く知りませんでしたよ。そうだなあー。あの戦争が終って十五年たつんですなー。早いものですね」

衛藤にしゃべらせるだけしゃべらせておいてから、二世風の男はいった。

「あなたには今では私たちがなぜあなたをお呼びしたのかお分りでしょう。それと同時に、私たちが何を聞きたいか」

「ええ……つまり、アブドラについてでしょ。セルディ・アブドラは誰(だれ)か。ついでにムハミッド・イヴンという老人の正体も知りたい」

二人が同時にうなずくと、衛藤は我が意を得たりという風に答えた。

「まあこれは初めからゆっくり話さなくては分りませんよ。私、エイト・エイト上等兵は、つまり天山の麓(ふもと)で、由利(ゆり)さんと別れたとき、殺されたはずの男があの後どうしていたかということにも関係があります。勿論、殺されたと思ったのは由利さんだけです。皆さんはぼくがあの時点では生き残ったことを、知ってるわけです。しかし折角、砂漠を越えて帰ってきても、関東軍は生かしておくはずはない」

「ええそうです」

「そこで、まず結論から申しましょう。アブドラは私です」

二世は当然というようにうなずいて答えた。

「今まで私たち、この二人の従者が怪しいと思いましたです。でも誰か分らないでした。今度、あなたの『トンガン』見てみて、多分、そうかなと分ったのです。ともかくこのこと、あなたの口から、よく聞きたかったです。それでもう一つ、イヴンのことです。このお爺さん、本名、何いうですか」

衛藤はとたんに、警戒する目になった。

「ぼく、そのことを言うとあんたたち、ぼくを捕えて、監獄に入れるの困ります。だから言いたくないです」

少しあわてたのか、衛藤の言葉まで二世語訛りになった。

「いえ、そんなこと決してしません。戦争とっくに終ったです。私たちただ、国防省の資料に真実が書きたいです。それだけです。しゃべったから、罰せられることありません。しゃべらないと、罰せられます」

「ウロ覚えいいますか。それでいいです」

仕方なく、汗をかきながらいった。

「その男、宿屋で一緒だったので考えているうち、ぼくは一度見たことあるの思い出しました。ずっと昔、砂漠の旅したときの十五日目ぐらい、トラックが砂の中に止まった。そのときの人夫の中にいました。ぼく並んで押したからその顔思いだしたのです。それで聞いたら、隠さずそうだと答えてくれました」

「それでその人の名前は」

「たしか……ドブ……ドブジエンコとかいう妙な名前だった。ロシヤ人だそうです。でもカザック生れなので、外人みたいな顔じゃないそうです」

話の途中で、若いアメリカ人が立ち上った。

中年のチーフらしい取調官も、通訳を待たずに、衛藤の発言から悟って、

「おう、ドブジェンコ」

と声を上げた。二世は手で制して、

「少しあなた、この話待ちなさいです」

そしてかたわらの電話にとびつくと、昂奮（こうふん）した声で受話器に英語でしゃべり出した。

話し終っても、しばらくは昂奮が去らないらしく、ただやたらに煙草（たばこ）を吸ったり、コーヒ

ーを飲んだりしていた。大分たって、やっと質問を再開する気持になったらしかった。

気を落着けた二世はまず、中年のチーフに英語で問い合せてから、改めて衛藤に向き直っていった。

「私たち結論だけ、急ぎすぎました。今日時間ゆっくりあります。あなたどうして、ヒマラヤの人夫になったか、そして、どうしてドブジェンコそこにいたか、何でもぬかさないです。初めから話すです。いいですか」

「まあ、もっと前から話します。天山で別れたとき、馬希戎（シロン）隊長は、沢山の金と共に、二人の兵隊を、嘉峪関（かよくかん）までの砂漠の道の護送兵につけてくれたのです。馬祈令（シーリン）が空中に無駄玉を射（う）って、ぼくを死んだことにしてくれました。それでゆっくり誰にもわずらわされず、甘粛（かんしゅく）省の嘉峪関に戻れました。別れて五十日後です」

二世はタイプを出して、まるで速記者のように、それを文書にして行く。日本語が英文になって行くのだから、この男は相当な教育を受けてきた男だなと、衛藤は感心して指先を見ていた。

「後は旅順に戻るだけです。何しろぼくは、下っ端の上等兵ですから、事情は何も知りません。旅順の関東軍司令部へ戻りさえすれば、そこで御褒美を沢山もらって、そのまま除隊、まっすぐかあちゃんの所へと、それしか考えに無かったです。だから思い出してもあのときのことは頭にくるなあー」

そこにあったチョコレートを、ぱっとつまんで一息にのみこんだ。衛藤は煙草をのまない。

「ぼくが司令部に戻ったら、そりゃー大騒ぎになって、あわてて憲兵がやってきて、まるで、重大犯人が逮捕されたときのように、縛り上げられて、そのまま、牢屋へ入れられてしまいましたよ。それもまっくらな独房で、看守もいないのです。憲兵が一日一度塩の握り飯もってくるだけです。腹はすくし、腹はたつで……これ英語で、ハングリー・イズ・アングリーっていうんですってね。何ここだけ、娘にきいて知ってるんです」

この英語は、中年の情報将校にも判ったらしく、二人とも大声で笑った。

「二十日もそのままで、結局、ぼくにも、このまま、誰にも知らされずに、銃殺されるんじゃないかって、予感がしてきましてね。ああ情なかったですね。もっともぼくも辛かったが、その間、軍でも大騒ぎだったらしいんですね。後で林田先生に聞いたんですが、大部分の参謀将校は、即座に銃殺しておいた方がいいと一件落着を主張したそうですよ」

二世が指で英文のタイプを叩きながら、しかもちゃんと日本語で答えた。若いが相当の頭の切れるベテランらしい。

「それそうです。いつでも日本の軍隊はそうしますです。それ知ってます。だから私たちは、あなたがアブドラとなって生き残ったこと今日あなたが自分で証明してくれるまで信じられませんでした。その事情聞かせてもらいたいです」

「林田さんのおかげですよ。当時もう首都となった新京で、皇帝陛下の侍従長をやっていた林田先生が、旅順まで呼び出されて、参謀部から、相談を受けたらしいのです。林田先生は、もともと温厚な、仏様のような方ですから、殺生が大嫌いで『たとえ身分は下賤（げせん）な上等兵でも、人間を虫けらのように殺すわけにはいかない。既に死亡通知が出て、特殊功労軍人恩給も出ていて、家族の生活に不安がないならこのままもう五、六年使ったらどうか』と主張されたのですよ。ともかく砂漠の事情に詳しいし、ウイグル語も、ほどほどにしゃべるようになって帰ってきた者を、有効に使わない手はないってね」

「アメリカでも、そう考えますです。ミスター林田の頭インターナショナルです」

「そこでね、林田先生が牢屋に入ってきて、ぼくに『死にたくないなら、もう一度働きなさい』と言ってくれたのです。ぼくも死ぬのだけはごめんで、そこで金をもらって、インドへ行きましたよ。山の奥の村で、近くやってくるアメリカ青年を待って、どんなことがあっても従者としてくっついて行く。それからのことは後で連絡しろというのです。ぼくはそのインドの奥地の隊商宿（セライ）へ行き、もとウイグルに居た人夫だといって、約四カ月も、ごろごろとしていたのです。ウイグル語しゃべれたし、そのヒマラヤの山の中へは、別な、特務機関の偉い人が、インド経由でちゃんと連れて行ってくれたから、ぼくはそこがどこかよく分らぬままに来てしまっても旅や、言葉で不自由したことはないです」

「じゃそのときどこにいるのかよく知らないでいたのですか」

「今でも、そこがどこかよく分らないですよ。おぼえているのはひどく寒い山の中だということと、とても煙くて臭い小屋だということだけです。大体やたらにあちこち、命令で行かされ、連れて行かれましたが、今では名前は覚えていても、どこかよく分らない所が多いです」

「その宿で、イヴンと知り合ったのですね。そこ詳しく話しなさい」

「ぼくはいくら仕事があってもやらなかったのです。留守中アメリカの青年が来たら困ります。ところが同じ気持の人が居たのです。アメリカ人がやって来たら、それに使われるつもりでいるというんですよ。びっくりしましたよ。でも、だんだん話しているうちに、どこかで顔を見たことがあるのを思い出しましたよ」

「ああそれが、砂漠の中で自動車並んで押した人ですね」

「ええ、あのときも人夫の一人だから、今度も本当の人夫だとは思いましたがね。カザックの人だから、黒い髪に、平べったい顔、特別の偉い人とは思いませんでしたよ。まあー偶然といえば偶然、ゴビの入口で逢った人が、またヒマラヤの山中で合うなんて、おかしいといえば、おかしいです」

「あなた相手を疑いませんか」

「こちらだって、目的は分らないけど、妙な命令を受けています。人のことといえませんよ。だから、お互いどうし、相手のことは、何となく、探り合わないように気をつけていたんです。二人とももとのウイグル地方に帰りたいだけだといって、四カ月も、仕事しないで、ごろごろして待っていたんです」

衛藤がそこまで話したときに、ちゃんと、アメリカ陸軍の軍服を着た若い将校が入って来て、一度きちんと敬礼すると大封筒を差し出した。

彼は机に向って何枚かの写真を出した。すべて一人の男で、前、横、軍服姿、などのそれぞれの写真であった。二世は衛藤にきいた。

「この人ですね」

「ええ、この人です。たしかにイヴン爺さんです。しかし凄いもんですね。奴の写真はアメリカにまであったんですね」

すると、二世は笑いながらいった。

「あなた、エイト・エイトさんの写真だって、わが国の国防省にはこれから揃えられます。セルディ・アブドラ、第二次大戦直前に活躍した優秀なスパイとして」

「困るなあー。ぼくは何も知らない人夫です。上の命令で、ただあちこち行かされただけです」

写真を示しながら二世はいった。

「この人は違います。優秀なスパイでした。この人、ドブジェンコは、赤軍の大佐までなりました。当時は多分、少佐だったでしょう。ベテランのスパイです。あなた、どうして、ドブジェンコの名を知りましたか」

「ずっと後です。カマルが荷物を置いて、ホータンの城に呼ばれたとき、彼がカマルのノートを盗み出しているところを見つけたのです。それで取っ捕まえて、カマルに言いつけてやるといったら、交換条件を出したのです」

「そうですか、何出しましたか」

「つまり彼が書き写してある別のノートを、ぼくにも写させてくれるというのです」

「そんな書き写すひまが人夫二人にあったんですか」

「いえ、そこがこのイヴンのおかしいところです。やはり本物のスパイでしたね。何日分でもいいのです。一ページを三秒ぐらいじっと見ます。そして次のページをまたにらみます。十五ページぐらいそれでいいのです。写真機と同じです。瞼にやきつけてから後でそっくり、それを、別のノートに書き直すことできるのです。そこで、その別のノートを、ぼくは一人でゆっくり、誰もいないときに、意味も何も分らず、絵を書くように、すっかり同じに、書き写したのです」

「その点で二人は協力しあったのですね」

「まあー、人夫として、アメリカ人とつき合って、何年も山の中を歩き回っているうちは、お互いに仲好くやろうということで、ときにはぼくがノートを盗み出してきたりしました。カマルさんは、何もかくすつもりがないのか、荷物なんかいつも、鍵をかけず、ノートも、宿の机の上に、置きっ放しのことよくありましたから、イヴンが睨む時間いくらでもありました。一ページ、三秒でいいのです」

二世はふと何気ないことのように、衛藤に訊ねた。

「今、あなた、何年も山の中を歩き回るといいましたね」

「ええ」

「でもそのこと、カマルさんの本にも、由利さんの報告にも書いてありませんね」

「ええ、私たちホータンで由利さんたちと別れ一旦、カシュガルへ寄ってから、またヒマラヤへ一度戻って武器を、馬希戎の部隊へ渡す。それから三年間のこと、さっき見た書類には二つとも書いてありません。でも、私のこの間の二つの原稿には少し書いてありますよ。つまり、馬希戎の勢力がとても強く、そのあたり一帯が、将軍の強力な政策で治安がとてもよくなったので、胸に赤い三角の布をつけた、私たち三人は、いつでもゆっくり、楽しく旅ができました。どういうわけかそのとき、カマルさん町へ下りて来ないでその三年間、山の中を歩いて、何か金鉱でも探してるみたいでした。毎日が山歩きだけで同じなので、書くこともなくなって、ノートもつけませんでしたよ」

「そうでしょうか。今ではどうでもいいことですが、そのイヴン爺さんが、ノートに写さなかったか、写しても、あなたに見せなかったかどちらか、今では考えられませんか」

しばらく衛藤は考えていた。

「そうですねー。三年間は長かったですねー。山の中で同じことが続く、何もない日のことを書いても仕方がありませんからね。死ぬほど退屈な日ばかりだし、ぼくもそんなこと、後で報告しても、きっとえらい軍人さんに怒られるばかりだと思いまして、少ししか写しませんでした。イヴン爺さんも少しは写していたかもしれませんが、毎日同じで何も変ったことないと笑っていましたよ」

「それでよかったのです」

二世は妙なことをいった。

そしてまた先日の古いよれよれの本を出した。

「ここに山のことは一つもありません。それで終戦直後のあなたへの戦犯追及が免れたのです」

「えっ、戦犯ですって」

「まあー、あなたは運がよかった。もっともあなたが、山のことの毎日のこと書いた、ウイグル字のノート、何も知らないで、写して、最後に旅順の関東軍司令部に届けても、司令部のえらい人、何も分らずに、捨ててしまったでしょうね。司令部の知りたかったことは、中央アジア地区の政治状勢だけだったでしょうからね。それでも随分の量になったでしょう」

「ええ、細かい字でびっしり書きこんだノートが何冊にもなりましたが、ときどき、砂漠の町に、日本の特務機関の人がいて、そっと連絡をとってきて手渡したから、あんまり荷物にはなりませんでしたよ。それはイヴン爺さんも同じらしかったです。相手も人夫の恰好(かっこう)しているから、お互いにはっきりとは判りませんがね」

「そうですか。それでこんなに早く二重翻訳が完成して、本になって出たのですね」

二世と、チーフのアメリカ人は、そこでドブジェンコの写真を手にして、英語でしばらく語り合っていた。二世が衛藤の供述を通訳するのを聞いていた、若いアメリカ将校も、そこで話に加わり、三人はそれぞれの意見を主張しあっていた。

衛藤も写真の一つを手にとって、一人でつぶやいた。

「それにしても、あの薄汚ないイヴン爺さんがあのときもう赤軍の少佐だったとはね。あのアメリカ人から何を調べようと思って、四年もくっついていたんでしょうねー」

そのつぶやきに、また衛藤の存在を思い出し、二世の男がいった。

「今私たちが言っていたこと、教えましょう。私たちにとっては相棒のドブジェンコが、よく別れ際にあんたを殺さなかったと、それの方がむしろ不思議でしてね」

「そのイヴン爺さんは何か重大な秘密でも把んだのですかね」

「まあー、彼がどこまで、カマルの行動の意味を把んだかどうかは、私たちにはまだよく分りません。私たち、それ話していいですの時間も来てません」

あわててその話をそらせてしまった。そして、衛藤にあらたまった口調できいた。

「あなた、ヒマラヤから旅順へどう戻りましたか」

「カマルさん、由利さんを連れてアメリカへ戻ると、ヒマラヤの宿でどこにも行けずに待っていたぼくを迎えに、特務機関の人が山の中へ来ましてね。それからまた、旅順へ連れて帰ってくれましたよ。昭和八年から、十三年まで、五年間です。長い仕事でした。今度こそ、帰してくれると思いましたよ。何しろ、最後に沢山のノートを出して、一切のこと話したら、とても旅順では喜んでくれましたからね」

「それではすぐ、日本へ帰れたんですか」

「いや、まだ駄目でした。ぼくがそのまま日本へ戻って、回りに、今までやって来たことしやべられるとまずいと思ったんでしょうね。一応は除隊になりました。いつのまにか、軍曹になっていましたよ。でも嬉しくも何ともありませんよ。現地除隊という奴でね、そのまま、上海へ行かされて、宣撫隊というところへ勤めさせられました。農村へパンを配ったり、紙芝居を持っていって、日本が占領すると、どんなに人々は幸せになるか、そんな話をする仕事をさせられましたよ。そのときの上司が、あんたらが、事務所を捜索して、ぼくの原稿を提出させた柴野君ですよ。だからぼく、今のあんたたちの仕事を、とても理解できるです」

二世はにが笑いした。アメリカ人たちも、これには二人とも笑いだした。

二世はきいた。

「上海では一人でしたか」

「いえ、家族を呼びよせることが許されましたよ。義父はもう待ちくたびれて、死んでしまってたけど、妻と、義母と、娘の、女三人を呼びよせましたよ。まあーやっとこれで普通の人並の結婚生活ができました。生れる前に、別れたきりの娘の芳江(よしえ)が、小学校の二年の年になっていました。月給がよかったので上海ではいい生活をしましたが、それにしても、随分、長いこと、家族と別れさせられたものです。入営のときから数えれば、まる八年です」

「それ、軍人仕方ないです」

それからまたしばらくアメリカ人どうしで話し合っていたが、改めて向き直っていった。

「これで私たちが、あなたを無理にお呼びして御協力していただいた仕事はすべて終りました。私たちにとっては、あなたが、アブドラであり、イヴンがドブジェンコ大佐であるということがはっきり分っただけで、大変な収穫でした。心よりお礼を申し上げます」

そばの中年の男が、鞄(かばん)の中から封筒を取りだした。二世がそれを、衛藤に渡してくれた。

「これは当方からのお礼です。百日分の報酬が入っています。今まで私たちが、対アジア政策の実際をずっと研究してきながら、どうしても、一つだけ暗礁に乗り上げて解明できなかったことがこれでようやく分ったのです。とてもうれしいのです」

あんまり気の大きい方ではないから、衛藤は仰天した。五十万円は多すぎる。

「いくら何でも、百日分は多すぎますよ」

「いえ私の言い方悪かったです。そのうち二十万円は、原稿二つの代金です。報酬は六十日分三十万円です。合せて五十万円です。これですべて忘れてください。何も無かったことにしてください。原稿は、今後、誰の手にも渡らないようにします。とても厳重に保管されますです」

「そんなもの破いて捨ててしまってもいいですが、五十万円とは、驚いたな」

「あなたトルコへ何回行けますか」

「えっ、トルコへ、ああ、あのトルコか。もう年ですから、行く元気ありゃしませんよ。孫のために貯金しますよ。いずれにしても大学ぐらい行かせてやりたいです。近い内に初めての孫が生れるですからね」

彼は改めて礼をいって立ち去ろうとした。

二世が別れ際にいった。

「ああそれから、今日の帰りがけに必ずここへ寄ってくれませんか。三十分ぐらいで用がすむでしょう。ここからは、バスで渋谷へ行ってから国電で一駅です」

と紙に書いた住所書きをくれた。

何でも早くそこを出てしまわないと、折角もらった五十万円が自分の手からするっと出て行ってしまいそうな怖れを感じた。

それで大急ぎで礼をいって出て、六本木の交叉点から渋谷行きのバスに乗って、初めてメモを出した。

そのメモには、原宿駅から下りて、すぐの所にある、マンションの場所と、『世界紅卍字会、東京大教会』という字が書いてあった。どうせ今日はもう坐り直して仕事をやる気にもなれない。それに二世は三十分ぐらいですむといった。

またわざわざ、日暮里（にっぽり）から原宿へ出てくるのは大変だ。原宿なんて、日暮里からいわせれば、地球の裏側ぐらい遠い。年に一度明治神宮へ行く時でなければ、用がない。

それでいわれた通り行くことにして渋谷からの一駅目で下りた。なだらかな坂を下りた左側に、その頃（ころ）急にはやり出した、マンションという、大きなビル風の住宅が建っていた。

総ガラスの立派な扉がある。

少し気おくれがした。普通なら、そのよく磨かれたプラタイルのロビーを見ただけで戻ってくるところだった。

ポケットに、今日は自分がどう使ってもかまわない金が、五十万円も、ずしりと重く入っていることで、衛藤にも度胸ができた。入口にちゃんと守衛の部屋（ボックス）があった。衛藤が、メモの紙を示すと、

「八階の八〇五号です」

と教えてくれた。紅卍字会なんて会のことが、まず分らない。自分に一体何の用があるの

だろうか。大分金が入ったので、一割ぐらい寄付しろというのかな。それだといかにもアメリカらしい。でも孫のために、もう一円も出すものかと、しっかり胸ポケットを押えてから、エレベーターに乗った。

八〇五号室はすぐ分った。

ベルを押すと中年の女が出てきた。不審そうな顔で見ている。

「何か会に御用ですか」

聞きたいのは衛藤の方だ。

「どうも、用はぼくの方でなくて、そちらの方にあるらしいですよ」

「そうですか。ともかく、それでは院長にきいてみますから礼拝堂でお待ちください」

厚いスリッパをはかされた。礼拝堂とは、こんな西洋長屋に大げさなと思った。しかし奥の一間は、正面に祭壇があり、その前に三列のベンチがあり、たしかに小人数の礼拝や祈禱ができるようになっていた。

十人ぐらいの信者がベンチに腰かけて、各人、深い祈りを捧げている。中には、中国服や、東南アジアの民族服の人々も居たし、明らかにアメリカ人らしい中年の夫婦も交っていて、なかなか国際色豊かな宗教だった。

壁のすみには別にソファーがあり、そこに坐ってしばらく待たされた。祭壇の神様は、キリストとも、日本の仏や神とも違う。中国の難しい字が沢山書いてある旗が垂れ下っており、何かえらい中国人の老人の絵が、真中においてあった。

「ああ、よく来ましたね」

元気のよい声がした。そして丸く禿げ上った温顔の老人が奥から出てきた。

「ああ林田先生」

そういったまま、衛藤ははじかれたように立ち上りしばらく立ちすくんだ。

それから体中が急にぞっとした。

昭和八年のあのときに、先生は既に老人の域に達していた。それから三十年たっている。殆ど変ってない感じだ。腰もしっかりしているし、歩き方も元気だ。まさか幽霊ともいえない。

「本当に先生なんですか。それともお子さまですか」

おそるおそるきいた。

「本物の林田賢介だよ。もう八十を越した。だが元気で、今でも、アメリカ、香港と、世界中飛び回っているよ。君も生きていてよかった」

「こりゃー驚いた。それにしても、林田総領事が御健在とはね、びっくりしました」

「私は今、宗教の仕事をしていてね。神様のおかげで年とらないでいるよ。まあ、ゆっくり話して行きたまえよ」

そういって、衛藤を、奥の、道院院長室と書いた札が下っている部屋に案内した。

大きい事務机が一つあるだけの部屋であった。

上海以来、口にしたことのない、香り高いウーロン茶が、久しぶりになつかしかった。

だが、二人の思い出話はあまりはずまなかった。

多くの人には手柄になり、息づまるような若い日の闘いの歴史であったかもしれないが、衛藤良丸（よしまる）にとっては、この一連の出来ごとは、全くの災難以外の何ものでもなかったからである。何しろ若い働き盛りの中の五年も意味もなく只（ただ）、砂と石と風との不毛の荒野を歩き回らなくてはならなかったのである。

その結果何の恩賞もなく復員したらほうり出されてしまった。生きて帰って、遺族年金もストップしてしまった。

まことに踏んだり蹴（け）ったりの目に会わされた。できることなら、東条首相か、天皇陛下に文句の一つもいってやりたい思いだ。

とても懐しく思い出話のできる気分には一生なれそうもない。

衛藤は一時間ばかり話し合い、あのとき生命を助けてもらったことの礼を言った。丁度大勢の信者が入ってきたのでそれをしおに遠慮することにして別れを告げた。

「また遊びに来なさい。まだゆっくり話したいことが沢山あるから」

別れぎわにそう言われたが、それ以後一回も、紅卍字会へは、行ったことはない。大体、原宿というところが、わざわざ行くのには、億劫（おっくう）な場所だったし、行ってまた昔の辛く苦しかったことを思い出すのも、気がすすまなかったからである。

正確には世界紅卍字学会日本総院の院長である、林田賢介老が、客を送り出して一息ついたところへ、これまでベンチで祈っていた中年の外人夫婦が入ってきた。

院長は達者な英語できいた。

「どうでした。お逢いになった感想は」

「いやー元気でよかった。それにしてもよく生きていましたね」

夫の方が答えると、顔だちは東洋風のおもかげは残っているが、身なりや態度が、すっかりアメリカ風の中年の夫人もやはり達者な英語で答えた。

「本当に生きていてよかったわ。わたし、あの人の元気な声が、礼拝室まで洩れてくるのをきいて、何度も涙が出そうになりましたわ。でもよく、戦後の戦犯追及にかかりませんでしたねー。ほっとしました」

「大丈夫ですよ。あのときに、途中から、沢山のウイグル字で書いた英文のメモが、翻訳のため何度も、旅順や新京にいる私の所へ届きました。私もカマルさんが、世界的に有名な物理学者だということは知らされていました。しかし、昭和八年から十年の段階では、理論物理学が、戦争を左右するなんてことは、私も無論ですが日本の軍人だって、誰一人考えた者はありません。それであなたが自由に山を歩いている間の記録が、翻訳すると少しは出てきたのですが、大部分はカットしてしまいましたよ。まあ、山歩きは個人の趣味だぐらいに思いましてね。軍の方も、あなたが砂漠へ下りてきて、東干（トンガン）やカザックの将軍たちと、接触したときの記事しか喜ばないのでね」

「それで、私の三年の山歩きは、日本側の資料には、無視されてしまったのですね。そしてあの人は戦後アメリカに追及されないですんだというわけですね」

院長は二人に茶をつぎ足した。

「私だって、三年間の山歩きの真相を知って『アッ！』といったのは、戦後です。あなたは自分の恋物語や、東干との交渉をいつも意識的に表面に出しては我々の目をそらせていました。ロシヤ側のスパイらしい老人は、どこまでそれを見抜いていたか知らないが、我が方はまるで気がつかなかった。もっとも練達なスパイでも気がつきはしませんでしょう。山の鉱石が、やがて、戦争を一発で終らせる材料になろうなんて考えた人は一人も居ませんからね」

「あのときは、その山を持つ中国も、ソ連さえも気がつきませんでしたよ。ドイツとの戦費の調達が苦しくなると、パミールから中東経由で、天山の北西にいくらでもあるウラン鉱を、安く大量に売ってくれましたよ。私がその正確な埋蔵地をすっかり知っていたので、むしろ喜んで掘ってくれました。今はあのあたり、大きな工場を作って、全く外国人の出入禁止地帯になっていますがね」

　夫人がいった。

「ときどき無性に、あの静かな天山の地帯へもう一度行って見たいと思うことがあります。私にとってはいつも、戦陣の中の苦しい思い出しかない場所ですが、まるで、あの場所こそ私の心の故郷だという感じがします。もうとても無理でしょうけれど懐しいですわ」

　院長が答えた。

「いつか、自由にあそこへ行ける日が来たら、世界的な組織を持っている道院がお手伝いして、必ず、もう一度、あの土地へ、あなた方を行かせてあげますよ。私は年ですから、いつまでも生きていられるかどうか分りませんが、これを、次代の継承者に、重要事項として伝えておきますよ。カマル夫人。あなたが、日本のために、健気(けなげ)にそのお身体を捧げると決めたときに私は自分のできるだけのことはして、あなたをお助けしなければならないと考えたのです。戦争はとっくに終っても、日本という国の指導者の地位にいた者は、まだまだ何年も、お互いの生命尽きるまで、尽きても、自分の力が残る間は、何も知らずに犠牲になった国民に、そのときのお返しをしなくてはいけないと私は信じているのです」

　立ち上って、普通の服の上に、礼拝用の、袖(そで)のゆるやかな白い道服をつけた。

「さっきの衛藤君にも、教団から、相応のお金を、GⅡを通じて、手渡すようにしておきました。幾らでもないけど、あの男にとっては、久しぶりのお小遣いにはなったでしょう。私としては、彼の元気な姿を見て、肩の荷が一つ下りた感じです。さあーみんなで、お祈りしましょう。今日の日に逢えたことを」

白い道服の林田賢介に続いて、外人夫婦も再び、礼拝室に戻って行った。

強い香の匂(にお)いが、一層濃く部屋中に漂った。

一章―B

昭和五十六年、衛藤良丸（七十一歳）突然の失踪についての記述の続き。

東干（トンガン）の支配していたころの古い城塞（じょうさい）都市しか知らない衛藤（えとう）には、この近代的な街路を持つ都会が、烏魯木斉（ウルムチ）とは理屈で分っても心の一部ではまだ信じられない。迎えの車の隣りに坐（すわ）って、ずっと行動を共にしている婦人が誰（だれ）かは、蘭州（らんしゅう）の飛行場のコーヒー・パーラーで、大きい哈密瓜（ハミうり）を二人で眺めたときに、瞬間、衛藤には分った。

最初に会ったのが昭和八年、それから最後に別れたのが昭和十三年、いずれにしても、五十年前後の日時がたっている。

その間衛藤は只（ただ）の一度もこの女の消息を耳にしたことはない。しかしもう今では二人は特別のなつかしさを感じたり、手を握りあって大声を出すのには、年を取りすぎていた。

ただ二人の乗った車の中から、天山の主峯（しゅほう）博格多山（ボグダウラ）の白い峯（みね）を見つけたときは、思わず声を出し、隣りの婦人の手を握ってしまった。

その天山こそ、二人の悲しみも、苦しみもすべて、知っている山だった。そして自分もまた、何度もヴィディオを、元に巻き戻して涙ぐみながらこのところ毎日のように眺めていた山だった。甘い感情がじわりと胸の中に拡がってきた。

ただもう七十一歳だ。お互いに、肉体的には男でも、女でもない。そう思うと、再会そのものが少し味気がない感がしないわけではない。

政府機関差し回しの高級車の『紅旗』が、町の中心地にある『人民大飯店』という、三階建ての豪華なホテルの前に停ったときも、そこがホテルだからといって、昔、女を連れこんだりしたときのような（彼が最も景気のよかった上海の勤務時代に二、三度あるだけだが）胸はずむものは、到底なかった。前の席に坐っていた白人との混血かと思えるような、中年の立派な服装の役人が先に車を下りて部屋の係のところへ行き、鍵を持ってきた。

二人はちゃんと別の部屋になっていたが、それであてが外れたり、どうという感情も起きなかった。もともとそんな感情の波風さえたたない年になっていた。

冷房のきいた、清潔な良い部屋だった。

窓から、天山の白い峯々が見える。

二十三歳の年の秋から冬にかけてだった。

あの山の細い峠道を、駱駝にのって、一体いつまで、自分はこんな旅をしなくてはならないのかと、嘆きながら、息を喘がせて越えて行った、中央の白い峯は相変らず高い。

それからまた、二度ほど来た。それはインドで会った、カマルという青年の召使いアブドラとしてだ。

　山へ入り、何日も山の中だけ歩いた。時には、ずっとソ連領まで入った。そのときは、イヴン爺さんが、故郷が近いらしく、相当奥地まで、平気で案内した。何回か、赤軍の兵士に咎められそうになったが、いつもイヴン爺いが、適当に上手に切り抜けてくれた。ドブジェンコというソ連人ということが、本当は分っていたが、そのときはまさか、赤軍の少佐とは思わなかった。

　それにしても惜しいことをした。あの、第二部と、第三部とが、もし活字になっていれば、天山から、コンロン、遠く、パミールまでの山々の、泊ったところの名前ぐらいは、今、思い出せるのに。

　それも友人がアメリカ人に脅されて渡してしまって、アメリカ政府の倉庫に入り、行方が分らない。昔は頂上の形を見ただけで山の名から、山肌の小径まで説明できたのに。一人でベッドで寝転ぶと、どういうわけかまたあの女のことを考えた。たしか三つ先の部屋だ。

　あの混血くさい中年の男と、同じ部屋に入って行ったのはかなりおかしいが、まあー気にしないようにしよう。どうせ七十近い婆さんのことだ。裸にしてみても、面白いわけでも何でもないだろう。

　それより、明日からの予定がまるで知らされていないのは困る。自分は一体どうなってしまうんだろう。

こんなことは、二十三歳のとき、いきなり嘉峪関に連れられてきて、駱駝に乗せられて以来だ。あのときも同じだが、まあーなるようになるさと思うより他仕方がない。

それにしても妙な一生だなと思う。平凡で何の取り柄もない、只の町の仕立屋がスパイになったり、文学賞の候補になったり、棺桶に足をつっこむ年になって、今はやりの、ナウいシルクロードへやって来たり。

夕方になった。知らせがあって、食堂へ出て行き、楽団や踊りを眺めながらの食事になった。

楽士のかなでる音も、舞姫たちのたおやかな手ぶりや、軽羅のひるがえる裾や、素足に黒い布の鞋が踊るありさまも、ホータン市やその近辺にいたときの、幾つかの懐しい状況を思い出させるものばかりだった。

「ねえー」

と饅頭パンをちぎりながら年よりは若々しく見える由利が話しかけた。

「この人、私と似てない」

そばの混血児を見ていう。衛藤は始めてその点に気がついた。

「そう言えばそうですね、顔だちが大体同じだ」

「生れてすぐ離されて、五十年近く一度も会ってなかったの。今度やっと会えたの」

「馬希戎将軍との間のお子さんですか」

「さあーそこは難しいところね。でも、あんただってそうじゃないことぐらいは分っているんでしょう。今となってはかくしてもしょうがないけどね」

衛藤は黙ってじっと見ていた。もしカマルとの間の子なら、アメリカで育っているべきで、この辺境の町で中国人の高級役人として暮しているのがおかしい。深くは触れられたくないらしい。

「まあー何でもいいとしておきましょう。実際に私の子だから、とても親孝行の子でね。ママに素晴らしいものをプレゼントしてくれたのよ」

アメリカ式に頰(ほお)をよせて、軽いキスをした。そういうやり方になれない中国人の役人は、びっくりして、てれていた。回りの人も、半分はこの土地の人だったので、このアメリカから来た婦人の大胆なふるまいに目を丸くしていた。

こういうことは、よほど中国人の間では珍しいことなのか、正面のステージの舞姫さえ、一瞬、踊りの手を忘れてとまどったほどであった。普通のアメリカ人どうしならまだしも、一人は党の高級役人、そして女も東洋系の顔だちをしていたから、意外さは一層だったらしい。

翌朝、ボーイが、旅行用の軍服改造の木綿の服を朝早く部屋に届けにきた。

それに着換えて待っていると迎えがあった。

同じような、サファリ・ルックの上衣に、スラックスをはいた由利が、今日は軍服をきちんと着た息子と待っていた。

「これから丸一日走り続けるので、服装は替えていただきました。相変らず埃りのひどい土地ですから。ああ荷物は全部持って行きます。多分ここへはもう二度と戻りませんから」

トランクを持って、ホテルの表へ出た。

人民解放軍の紅旗が、先頭にさしてあるジープが待っていた。運転は若い兵士がし、助手席に息子、後ろの席に衛藤と由利が乗った。

車は走り出した。町は十五分ぐらいで抜けて、天山に向う街道を走り出した。

さすがに市街地を離れ、埃りっぽい街道にかかると昔の思い出がよみがえってきた。

畑は整備され、農民たちの服装は昔よりは格段によくなっているが、あたりの広い野原の形は殆ど変らない。特に三十分も走って、回りには畑も家も何もなくなってしまってからは、もう五十年前の苦しい旅を続けていたとき見た光景とまるで同じになった。

埃りの中をかき分けて行くようだ。汗が出るとその上にねばりつく。忽ち皮一枚かぶったようになった。しかしそれは却って、五十年前を思い出させて、なつかしいほどだった。

昼食には、オアシスのある小集落に寄った。

土の家や、裸で遊ぶ子供、羊を追うおかみさん、すべてが、東干と国民党軍が、係争していたときそのままの光景であった。

夕方、あたりが暗くなったころ、山の峰に入った。

中国の要人は、英語で由利に話しかけ、由利がそれを伝えてくれる。

「一晩中かけて峠を、南側へ出てしまいます。今では道は整備されているから、危いことはないそうです」

昔は駱駝で三日かかった。深い峠であった。

途中は高度が高いため、馬や駱駝の額を切って、血を流して血圧を下げながら、やっと越えた道だ。それをジープは苦もなく越えて行く。

人民解放軍の若い兵士は、一言もしゃべらず、まっすぐ前を見てハンドルを握っている。朝からそろそろ十二時間近く走っていても、その姿勢は崩れず、疲労の色さえ見せなかった。

山と山との間の一番低い所を選んで峠が切り開かれている。それでも、夜おそく、頂上近くを通るときは、タイヤの半分ぐらい埋まる雪があった。ジープは砂地用の特別のタイヤがはめてあるらしく、苦もなくその雪路を乗りきり、頂上を越えて下りて行った。

山肌に沿う道をぐんぐん下りて行く。

明け方、道が大きく曲る所で、何だか見覚えがある土地になった。一つだけ違うのは、そこに、小さな山小屋が一軒建っていることだった。一応、

『烏魯木斉人民解放軍、天山分遣隊哨所』

と漢字で書いてあった。

ジープはその前に止まった。

二人は降りた。荷物も下した。

由利の子息の中年の役人は、鍵をあけて中をたしかめると、何か母にいった。

それから、二人の老人に敬礼して、また自動車に乗った。停車中に、積んできたスペヤーのガソリンタンクから、ガソリンを車に入れていた若い兵士は、またすぐに、運転台に乗りこんだ。

一休みもせず兵士は車を転回させて元の道へ戻って行った。結局そこには二人だけが取り残された。

由利はいった。

「これがあの子が、私のために、自分の持っている権限を、フルに利用して作ってくれたプレゼントなの。アメリカと違って、中国では、相当の地位にあってもこれだけのことをするのは大変だったらしいわ。でもあの子は私のためにやってくれたの」

二人は中に入った。

ベッド、テーブルが用意され、そして台所には何日分もの食糧が貯蔵されていた。

ランプに灯をつけると、あたりが明るくなる。

「私たちのハネムーンにふさわしいと思わない」

と由利がいった。

「ハネムーン。それ新婚旅行のことですか」

衛藤はあわててそう聞き返した。

「そうよ。まあそこに坐ってゆっくりしなさいよ。あなたは、今では上等兵ではなくて、私の旦那様なのだから」

そう言いながら、由利は、まるでこの山小屋にもう何年も住んでいたかのように、戸棚から饅頭パンを出し、コーヒーを沸かし、食卓を整えた。

丁度夜が白々とあけてきた。

「ぼくたちはこんな年で結婚してここに住むのですか」

衛藤にはまだ分らないことだらけだ。昔からこの女には、いつもひきずり回されてきた。今度もまだ、何が何だか分らないままだ。

「別にそういうわけじゃないけど。ともかく少しだけここにいて」

食事がすむと、由利はタオルを持った。

「私、小川で体を洗ってくる。昔から結婚のときにする五つの大浄の儀式をやりたいのよ」

「ぼくはどうしたらいいんですか」

「あなたも全身を水で洗いなさい。埃りがとれてさっぱりするから。少し寒いけど」

二人は家の前に流れている小川の所で、それぞれ着ている衣服を脱いだ。谷間の木の葉の間から、さーっと金色の朝日の光が洩れ、由利の白い裸身が眩しく光った。やせてはいるが、女の肌の柔かい線がまだあちこちにほんの少しは見ることのできる裸像であった。

「冷たいけど我慢してね」

二人は並んで小川に身をひたした。冷たくてとても長く入っていられない。しかし女が体中を水で浄めているのに、男が先に出るわけにはいかない。由利が水から出るまで、衛藤もじっと我慢して、埃りだらけの体を水で浄めていた。

うっかり濡れたままいたら肺炎でも起しそうだった。

二人はやや離れたところで、お互いの裸身をあまり見ないようにしてタオルで体を拭いた。

拭き終ると衣服はつけずに、タオルを巻いたままの由利が近よってきた。目の前でタオルを外した。

「ちょっと、ここを見て」

なぜそんなことをするのだろう。六十七、八にもなると女は羞恥心が無くなるのだろうか、そう考えながら、衛藤はタオルを外した彼女の胸を見た。一つの乳房がまるで抉りとられるようにして無かった。

「どうしたんです」

傷痕は無残であった。

「ガンよ。二年前に切ったの。夫が亡くなったその直後だったわ。私もついでにあの世に行けると思ったけど、そのときは手術が成功して、生き残ったの。でももう駄目なのよ」

「どうして駄目なんですか」

「今年に入って再発したのよ。みるみる拡がってあと一月は無理らしいの。今は、痛みは注射で押えているけれど、それもやがてきかなくなるらしい。だから死ぬ日まであとほんの少しだからここで一緒に暮して」

女はまたタオルで、片方だけの乳房の胸をかくした。

二人は小屋に戻った。

温かそうな毛布の中に、裸のまま二人はもぐりこんだ。衛藤はすまなそうにいった。

「もう十年も前なら、これから楽しいことができたかもしれませんがね。ずっと使ってないから、忘れちまって、もうどうにもならんでしょう。代りにぼくはあなたが死ぬときは、一緒に死んで上げますよ」

「そこまでしてくれなくてもいいのよ」

由利は両腕でしっかり抱きしめてきた。女の体と男の体がぴったりくっつく。こんな年よりどうしの体でも、触れ合っていると温かった。

まだ二人には、生命を燃やすエネルギーがほんの少しずつだが、残っているらしい。

「あと、何日後か、何カ月後か、はっきりはしないけれど、そう長いことないでしょう。私が苦痛に呻きながら死んで行くときも、こうしてしっかり抱いていてもらいたいの。でも私が、五十年ぶりに会ったあなたにまた、こんなわがまま頼むの、不審に思う」

「いえ思いませんよ」

老いた衛藤は、細い骨ばった体を抱きしめて答えた。

「その資格あるわね」

「ええありますよ。ぼくは一日だってあの日のことを忘れたことはありませんよ。場所も谷間のここだ。小川もちゃんとあった。ぼくとあなたの天幕が二つここに並んでいた」

由利は衛藤の老いて力のない物を、掌で、そっと包みこむようにした。

「覚えていてくれて、ありがとう。これが私の体に入ってきた最初の男のものだったわ。少し苦しくて悲鳴をあげたのを思い出すわ。あなたが、翌朝、東干の騎兵に殺されるものだとばかり思っていたから、何かしてあげたくてね。最初があなたに抱かれたのだから、最後のときもあなたに抱かれたまま、眠りたいの」

「必ず、この腕に抱きかかえたまま眠らせてあげますよ。二人ともいろいろと沢山なことがあった一生だけど、結局、最初のときに戻るのが、一番自然なんですよ。こうして」

どういうわけか、窓の外に雪がちらつき出した。時期からいったら、このあたりでは、今年最後の雪かもしれない。ちら、ちらと、はかなげな降り方であった。

掌の中のものが少し熱くなってきた。

もしもう一度悦（よろこ）ばせてやれたら、そのまま二人一緒に燃え上り、同時に燃えつきるようにして死んでしまってもかまわない……良いことがあれば必ずそれに何倍もする悪いことがやってくる一生だったが、今度こそは良いことを悪いことに追いつかせはしないぞと、七十一歳の衛藤良丸(よしまる)は、小さくやせてしまった由利の体を、愛しげに抱きしめながら思っていた。

解説

西上心太（にしがみしんた）
（文芸評論家）

「あの興奮をもう一度」というコピーとともに、光文社文庫で〈冒険小説クラシックス〉シリーズが始まったことは実に欣快である。すでに第一弾として生島治郎『黄土の奔流』が二〇一九年十月に刊行されている。戦後冒険小説の嚆矢ともいえる傑作を先鋒に、次鋒を務めるのが本書『天山を越えて』（一九八二年）である。

本書の初版が出た一九八〇年代の前後は、冒険小説やハードボイルドなどの〈活劇小説〉の書き手が続々と登場し、ジャンルが活況を呈し始めた時期だった。その多くの若手作家たちに交じって活躍したベテランが胡桃沢耕史だった。それから亡くなるまでの十年余りはベストセラー作家として一世を風靡した感があるが、いまとなっては電子書籍を除くと、アンソロジー収録作品を除いて、紙版では読むことができない状態が続いていた。本書刊行を機に、胡桃沢耕史が再び注目されることを願うばかりだ。

とにかく本書は面白いのである！

舞台の中心となるのはシルクロードで有名な中国の西域。日本と中国が全面戦争に至る前夜の昭和八年から昭和十二年ごろが中心となるが、作品全体を通せばそれ以降の戦中戦後から現代（もちろん執筆当時の）にまで至る。地域になじみがなくても、詳しい歴史を知らなくても問題はない。時代に翻弄されながらたくましく生きた男女と出会えるだけで、エネルギーをもらえる。本書はそんな小説なのだ。

その前に、近年の読者にとってなじみが薄いと思われる作者のことを紹介しよう。

胡桃沢耕史は一九二五年（大正十四年）東京に生まれた。拓殖大学商学部卒。特務機関員として中国に渡り敗戦を迎え、モンゴルに抑留される。復員後、映画撮影所勤務などを経てＮＨＫのディレクターに。一九五五年に本名の清水正次郎名義で「壮士再び帰らず」で現在のオール讀物新人賞にあたる第七回オール新人杯を受賞した。翌年に退職し、同人誌「近代説話」に参加する。その一方で五百冊以上ともいわれる〈性豪小説〉を発表。「性豪作家」「ポルノのシミショウ」という異名を取ったという。一九六七年にそれらの版権を売却し、東南アジアやアメリカ大陸をバイクで放浪した。

帰国後に胡桃沢耕史名義で執筆を再開し、再デビュー作「父ちゃんバイク」を発表。同作品を含む作品集『旅人よ』（八一年）所収の「ロン・コン」など二編が第八十五回直木賞にノミネートされた。続いて南米を舞台に、日系移民の末裔たちの冒険を通して祖国のあり方を問う『ぼくの小さな祖国』（八二年）で第八十七回直木賞候補、本書で同賞の第八十八回候補となり、抑留時代の体験を活かした『黒パン俘虜記』（八三年）でついに第八十九回直木賞を受賞した。受賞後は、郷ひろみ主演でテレビドラマ化もされた〈翔んでる警視〉シリーズ（第一作は八一年）、〈半佐夢警部〉シリーズ、〈ごきぶり商事〉シリーズなど多数のシリーズものを量産し、一九九四年に亡くなった。このように胡桃沢耕史名義以前に長いキャリアがあったため、本書発表当時でもベテランと呼んで差し支えない存在だったのだ。

胡桃沢耕史が参加した「近代説話」からは、司馬遼太郎、寺内大吉、黒岩重吾、伊藤桂一、永井路子というメンバーが直木賞を受賞していたが、胡桃沢耕史はその後塵を拝していた（それにしても錚々たる同人が揃っていた雑誌である）。おびただしく量産した性豪小説の存在が災いしたともいわれている。そのためか、直木賞受賞に執念を持ち、四度目のノミネートで受賞した際の喜ぶさまが大きく報道されたことは、筆者の記憶にも残っている。近年は五十代以上の受賞者も珍しくないが、当時五十八歳での受賞は歴代二位となる高齢受賞記録だったことも話題になった。

さて本書である。主人公は昭和五十六年三月に、七十一歳を迎えた衛藤良丸という老人だ。彼は敗戦後、妻と二人の子供を伴い外地から引揚げてきた。戦時中は「軍ではなく、民間でもないという、特別な仕事」をしていたという。この「特別な仕事」こそがこの冒険譚の中心を占める物語になる。

衛藤は引揚げ後しばらくして、幸運にも当選した日暮里駅近くの都営住宅に住み、小僧時代からの仕事である外套の仕立職人に戻り、日々の暮らしを支えてきた。そのような平凡な男にも、かつて大きな出来事があった。再会した戦時中の同僚が始めた同人雑誌に投稿を勧められ、戦争中の体験をそのまま書いた作品『東干（トンガン）』が「文壇の登竜門とされている、有名な文学賞の候補作品」になったのだ。昭和三十五年のことである。だがあえなく落選。続編を書いたものの、同人雑誌にも掲載されず、原稿は行方不明になってしまう。

それ以来、作家と名乗っても作品は書かず、家業に専念。現在は妻も亡くなり隠居状態である。そんな無名に近い老人に転機が訪れる。おんぼろの自宅に高級車に乗った外国人が訪れ、アメリカからやってくる女性の旅をエスコートして欲しいと告げたのだ。衛藤老人は彼らの依頼を受け、家族に書き置きを残して、かつて危険な旅をした中国西域の烏魯木斉（ウルムチ）へと再び向かうのだった。

以上が「一章―A」と記された発端である。ここからが作者の面目躍如。普通の冒険小説のようには進まない。第二章には衛藤良丸が同人雑誌に書き、「有名な文学賞の候補」になった『東干』という小説が丸々挿入されるのだ。

この『東干』の舞台になるのが昭和八年の中国大陸である。その前年には日本は傀儡国家である満洲国を設立していた。さらに陸軍の一部には、中国との全面戦争に突き進もうとする計画もあった。その先頭にいた一人が、朝鮮軍司令官の森鉄十郎大将だった（余談だがこのキャラクターのモデルは、後に首相にもなった林銑十郎であろう）。森は、中国西域に住む漢民族だが回教徒である東干人に注目していた。東干人の精強な騎馬隊を率いるのが若き小司令（ガースリン）と呼ばれた馬仲英である。森の狙いは馬仲英を取りこむことにあった。将来予想される蔣介石率いる国民党軍との戦いの際に東干軍を蹶起させ、国民党軍の背後を攪乱させることをもくろんだのだ。そのため白羽の矢が立ったのが奉天のホテル経営者の娘である犬山由利だった。アメリカ育ちで英語と中国語に通じた才媛である。彼女を馬仲英と結婚させ、東干人との関係を強化しようとしたのだ。由利たち一行は馬仲英軍の司令部がある嘉峪関に向かうが、馬仲英はすでにこの地にいなかった……。

ここから由利は東干人の護衛部隊とともに、馬仲英の後を追い天山山脈や砂漠を進んでいく。その部隊にただ一人、日本人護衛として残されたのが衛藤上等兵だった。

この第二章だけでもとてつもなく面白い。だがこの第二章を包み込むような、外側にあたるエピソードが用意されて、物語は進んでいくのだ。第三章は昭和三十五年が舞台となり、衛藤良丸がアメリカのある組織に呼び出され、第四章では由利と関わりの深いアメリカ人が書いた手記が登場するのだ。

話はどんどん広がり、いったいどうなるのかと読み進めていくしかない。ようやく話が繋がり始めるころには、すでに読者は作者の術中に陥っており、ページを捲る手を止めることはできないだろう。やがて全貌が明らかになり、すべての疑問が解消した後に、発端の続きである最終章の「一章―B」に至るのだ。

自らの戦争体験を元に、虚実を交えた人物を配置し、実に巧みなメタ的といっていい構成で、波瀾万丈な先が読めないストーリーを構築したのが本書なのだ。しかも人と人、民族と民族が殺し合う戦争を背景にしながらも、衛藤という根源的に生（性も）を謳歌しようとするキャラクターの助けもあって、力強いユーモア味が行間から浮かび上がってくる。

直木賞を獲ることはできなかったが、その代わりに本書は第三十六回日本推理作家協会賞長編部門を受賞した。五人の選考委員全員が絶賛していることも、本書が傑作である証明になるだろう。特に「全体をまとめ上げるトーンが、ロマンと大人のメールヒェンの間を行くような、何ともいえず大らかな稚気のようなものである事も、忘れていた戦前の『読み物』の世界を思い出させせられた」「この作者のよくいえば天衣無縫、悪くいえば野放図な作風が、どうまとまるかと、ややはらはらもしたが、中程この世界にひきこまれ」た、という小松左京の選評が、本書のすべてを語っているように思えてならない。

本書『天山を越えて』は戦地での過酷な体験と、奔放な想像力が掛けあわされた作品であり、時代の風雪に耐えていまも独立峰のように屹立する傑作なのだ。

とにかく面白い。そしてその面白さは破格である。ぜひともご一読を。

本書は徳間文庫版（一九八九年十月刊）を底本にしました。

※本文中に、個室付浴場を「トルコ」と称するなど、今日の観点からすると不快・不適切とされる用語が用いられています。しかしながら昭和を舞台とした物語の時代背景、また著者がすでに故人であることを考慮した上で、これらの表現についても底本のままとしました。偏見や差別の助長を意図するものではないことを、ご理解ください。（編集部）

光文社文庫

天山を越えて　冒険小説クラシックス

著　者　胡桃沢耕史

2020年3月20日　初版1刷発行

発行者　鈴木広和
印　刷　堀内印刷
製　本　ナショナル製本

発行所　株式会社　光文社
〒112-8011　東京都文京区音羽1-16-6
電話（03）5395-8149　編集部
8116　書籍販売部
8125　業務部

落丁本・乱丁本は業務部にご連絡くだされば、お取替えいたします。
ISBN978-4-334-77994-8　Printed in Japan

組版　萩原印刷

ココナツ・ガールは渡さない　喜多嶋 隆
ハピネス　桐野夏生
巫女っちゃけん。　具 光然
もう一度、抱かれたい　草凪 優
鬼門酒場　草凪 優
避雷針の夏　櫛木理宇
世界が赫に染まる日に　櫛木理宇
九つの殺人メルヘン　鯨 統一郎
浦島太郎の真相　鯨 統一郎
今宵、バーで謎解きを　鯨 統一郎
努力しないで作家になる方法　鯨 統一郎
笑う忠臣蔵　鯨 統一郎
オペラ座の美女　鯨 統一郎
ベルサイユの秘密　鯨 統一郎
冷たい太陽　鯨 統一郎
作家で十年いきのびる方法　鯨 統一郎
雨のなまえ　窪 美澄

七夕しぐれ　熊谷達也
リアスの子　熊谷達也
揺らぐ街　熊谷達也
蜘蛛の糸　黒川博行
人間椅子　黒史郎 原案・江戸川乱歩 原作・乱歩奇譚倶楽部 監修・上江洲誠
怪人二十面相　黒史郎 原案・江戸川乱歩 原作・乱歩奇譚倶楽部 監修・上江洲誠
乱歩城 人間椅子の国　黒 史郎
底辺キャバ嬢、家を買う　黒野伸一
弦と響　小池昌代
女は帯も謎もとく　小泉喜美子
殺人は女の仕事　小泉喜美子
ミステリー作家の休日　小泉喜美子
八月は残酷な月　河野典生
ショートショートの宝箱　光文社文庫編集部 編
ショートショートの宝箱II　光文社文庫編集部 編
ショートショートの宝箱III　光文社文庫編集部 編
街は謎でいっぱい　光文社文庫編集部 編